HAYMONtaschenbuch 199

LAND ▌▌ KÄRNTEN
Kultur

Gedruckt mit freundlicher Unterstützung durch die Kulturabteilung des Landes Kärnten.

Auflage:
4   3   2   1
2018 2017 2016 2015

HAYMON tb 199

Originalausgabe
© Haymon Taschenbuch, Innsbruck-Wien 2015
www.haymonverlag.at

Alle Rechte vorbehalten. Kein Teil des Werkes darf in irgendeiner Form (Druck, Fotokopie, Mikrofilm oder in einem anderen Verfahren) ohne schriftliche Genehmigung des Verlages reproduziert oder unter Verwendung elektronischer Systeme verarbeitet, vervielfältigt oder verbreitet werden.

ISBN 978-3-7099-7827-6

Umschlag- und Buchgestaltung nach Entwürfen von
hoeretzeder grafische gestaltung, Scheffau/Tirol
Umschlag: Eisele Grafik · Design, München, unter Verwendung von
Bildelementen von depositphotos/cluckva (Hintergrund);
depositphotos/a4ndreas (Maria Wörth und Wörthersee)
Satz: Da-TeX Gerd Blumenstein, Leipzig
Autorenfoto: Philipp Scheiflinger

Gedruckt auf umweltfreundlichem,
chlor- und säurefrei gebleichtem Papier.

Roland Zingerle
Ein Mord am Wörthersee
Kärnten-Krimi

Roland Zingerle
Ein Mord am Wörthersee

Ich widme dieses Buch meinen Eltern Helga und Gunter,
meiner Frau Elke und meinem Freund Gerhard.
Ihr seid die besten, die ich mir hätte wünschen können,
euch verdanke ich mein heutiges Leben.

Kapitel 1

Freitag, 7 Uhr

Diese Kindsköpfe!
Heinz Sablatnig starrte auf die Spitzen seiner Laufschuhe.
Ich Idiot!
Im Reflex schüttelte er eine Ameise ab, die über seine rechte Hand krabbelte, ehe er diese wieder neben die linke an die Backsteinmauer legte, an der er lehnte. Die Bewegung seines Körpers ließ die Brieftasche und das Handy in seinen Hosentaschen hin und her schwingen. Heinz fragte sich, warum er die Sachen überhaupt zum Laufen mitgenommen hatte.
Hätte es gestern Abend nicht auch bis neun Uhr gereicht? Oder zehn? Aber nein, Sperrstunde, wie üblich.
Er blies die verbrauchte Luft aus seinen Lungen und atmete tief durch die Nase ein. Als er die Ausdünstung seines Mundes roch, drehte er den Kopf angeekelt zur Seite. Auch wenn er sich mit seinen einundvierzig Jahren zu alt für Eskapaden wie die gestrige im Innenstadtcafé fühlte, so war ihm doch seit geraumer Zeit klar, dass es gewisse Dinge gab, für die er nie alt genug werden würde. Ein Teil jedes Mannes blieb wohl immer ein Kind. Als sich ihm schnell getaktete Schritte auf dem Kies näherten, wusste er, dass sein Arbeitstag gerade begann.

„Ah, Herr Sablatnig, Dehnungsübungen vor dem Sport, sehr gescheit!"

Heinz stieß sich von der Mauer ab, drehte sich zu Herrn Oberhofer um und zwang sich zu einem freundlichen Lächeln. Am verdutzten Blick seines Gegenübers erkannte er, dass sein Gesicht keinen Zweifel über seinen Zustand offenließ. Er streckte dem Ankömmling die Hand entgegen und begann zu reden, um den schlechten Ersteindruck zu überspielen, den er heute wohl vermittelte.

„Guten Morgen, Herr Direktor. Sie nützen das schöne Wetter?"

Oberhofer schlug in Heinz' Hand ein, dass es patschte.

„Das Wetter ist wurscht, die Trainingsleistung muss stimmen."

Der Direktor hatte seinen Laufschritt für die Begrüßung verlangsamt, nun beschleunigte er wieder, so dass Heinz sich in Bewegung setzen musste, um ihm zu folgen.

Magister Armin Oberhofer war Landesdirektor der Versicherungsgesellschaft Fiducia AG für Kärnten und Osttirol. In dieser Funktion hatte er dem Berufsdetektiv Heinz Sablatnig in der Vergangenheit immer wieder Aufträge erteilt, bei denen dieser Versicherungsfälle überprüfen musste, deren Umstände nicht gänzlich klar waren. Konnte Heinz einen Versicherungsbetrug nachweisen, brauchte die Fiducia nicht zu bezahlen. Auch wenn Oberhofer nicht der Typ war, mit dem Heinz einen Abend wie den gestrigen hätte verbringen wollen – genau genommen würde ihm in Gegenwart des Versicherungsmannes wohl nicht einmal ein einziger Schluck Bier schmecken –, so mochte Heinz doch dessen Aufträge. Sie brachten gutes Geld, das noch dazu prompt überwiesen wurde. Und sie waren in der Regel herausfordernd, was in Heinz' Geschäft die Ausnahme war. Deshalb hatte er auch nicht eine Sekunde lang gezögert, als Oberhofer ihn gestern angerufen und um den heutigen Termin gebeten hatte.

Das heißt, gebeten hatte er nicht darum, der Landesdirektor war kein Mensch, der einen anderen um etwas bat. Er hatte bestimmt, dass sie sich um sieben Uhr am Lendhafen treffen und sich während seines Lauftrainings unterhalten würden, weshalb Heinz Sportgewand anziehen solle.

Heinz hatte nicht widersprochen, er kannte seinen Auftraggeber: So brachte dieser einen Geschäftstermin während seiner Trainingszeit unter, und das war gut, denn es sparte Zeit. Und Zeit war Geld.

Der Lendhafen war nicht mehr als ein kleiner Vorplatz um eine Steinverbauung, die den Lendkanal im Osten abschloss. Der etwa zehn Meter breite Kanal war im sechzehnten Jahrhundert rund vier Kilometer durch ein Sumpfgebiet gegraben worden, das Klagenfurt vom Wörthersee trennte. Über den Kanal konnten der Stadtgraben mit Wasser versorgt sowie Bau- und Heizmaterial nach Klagenfurt gebracht werden. Außerdem war er ein Segen für die rund um den See lebenden und arbeitenden Menschen, da sie ihre Waren per Boot viel schneller auf die Märkte der Stadt bringen konnten als über den Landweg.

Eine kurze Steigung brachte Heinz und Oberhofer aus dem Hafenbecken auf die Uferböschung und damit auf die Tarviser Straße, die dem Verlauf des Lendkanals folgte. Der auch tagsüber mäßige Anrainerverkehr hatte noch nicht eingesetzt, und so gehörte die Straße all jenen, die die kühlen Morgenstunden zum Sport nutzten oder mit ihren Vierbeinern eine morgendliche Runde drehten.

Heinz hatte Mühe, zum Versicherungsmann aufzuschließen. Er war an sich gut trainiert, doch Oberhofers Tempo hätte er selbst ohne seinen Kater nicht halten können, die Kondition des Direktors war viel besser als seine.

„Na, besonders in Form sind Sie nicht gerade." Oberhofers ungehaltener Blick und sein abschätziger Tonfall konkurrierten miteinander um die größere Wirkung. „Da kann ich mir den Trainingseffekt heute aber in die Haare schmieren."

Heinz biss sich auf die Zunge. Anstelle einer Entgegnung sagte er knapp: „Sie haben am Telefon gesagt, es ginge um einen Auftrag?"

Oberhofer wandte sich seinem Gesprächspartner zu und musterte ihn eingehend. Sein federnder Seitwärtsschritt erweckte den Anschein, er trüge nur wenige Kilogramm Gewicht. Im krassen Gegensatz zu Heinz, dessen Schritte sich für ihn selbst wie das Stampfen eines Elefanten anfühlten, begleitet vom weit ausholenden Pendelschlag der Utensilien in seinen Hosentaschen.

„Na schön, Herr Sablatnig, in medias res. Dass es in den vergangenen beiden Jahren bei den Ironman-Wettbewerben am Wörthersee zu je einem Todesfall gekommen ist, wird nicht an Ihnen vorbeigegangen sein. Was wissen Sie darüber?"

„Was die Medien berichtet haben."

„Also nicht viel. Das heißt, ich muss Ihnen alles erklären, na schöne Grüße. Aber sehen wir es positiv, wenn ich rede, laufe ich langsamer. Hoffentlich langsam genug, damit Sie mir folgen können. Körperlich, meine ich. Und geistig natürlich auch." Heinz hatte sich im Laufe der Jahre an Oberhofers Art gewöhnt, was aber nicht bedeutete, dass sie ihn heute weniger störte als damals, als er ihn kennengelernt hatte. „Vor zwei Jahren starb ein gewisser Christoph Neunteufel", fuhr der Versicherungsmann fort. „Schwächeanfall am Fahrrad, er stürzte und starb an der Unfallstelle. Vergangenes Jahr erwischte es einen Einundachtzigjährigen, sein Name war Josef Tengg. Auch er kippte vom Fahrrad und starb, wahrscheinlich ein Hitzekollaps, der Tag war extrem heiß."

Oberhofer legte eine Redepause ein und atmete sehr flach, was zur Folge hatte, dass sich die Frequenz, in der er Luft holte, hektisch steigerte. Heinz empfand diesen Versuch des Direktors, seine Atemlosigkeit zu überspielen als ebenso armselig wie die Tatsache, dass der Versicherungsmann seine Laufgeschwindigkeit nicht drosselte – beides wohl nur, um Heinz zu zeigen, wie sehr er ihm körperlich überlegen war. Dabei wäre das heute überhaupt nicht nötig gewesen, so miserabel, wie der Detektiv sich fühlte. Zwar stabilisierte sein in Schwung kommender Puls den Kreislauf, dennoch schien jede Zelle seines Körpers lauthals um Gnade zu winseln. Im Gegensatz zu Oberhofer machte Heinz allerdings keinen Hehl aus seiner Atemlosigkeit: „Ich nehme an, die beiden ... die beiden Verunfallten waren bei der Fiducia versichert?"

„Zwei Lebensversicherungen, die wir ausbezahlt haben."

Eine Zeit lang liefen beide schweigend nebeneinander her. Heinz wartete auf Oberhofers Erklärung, wozu er bei einem offenbar klaren Sachverhalt die Hilfe eines Detektivs brauchte, während Oberhofer wohl darauf wartete, dass Heinz ihn danach fragte – zweifelsohne, um eine weitere Gelegenheit zu bekommen, ihn als begriffsstutzig oder sonst wie minderwertig hinzustellen. Heinz stieg nicht auf dieses Spiel ein. Dass er keinen Atem zum Fragen hatte, brauchte er nicht zu simulieren, und wenn es der Herr Landesdirektor für angebracht hielt, würde er schon das Wort an ihn richten. Bis es so weit war, blickte Heinz zwischen den alten, hohen Weiden, die die Tarviser Straße flankierten, hindurch auf den Lendkanal hinunter. Dort standen zwei Angestellte der Stadtwerke Klagenfurt auf einem motorisierten Floß und mähten das Gras auf der steilen Uferböschung. Das Floß fuhr in dieselbe Richtung, in die auch Heinz und Oberhofer unterwegs waren, doch war es ein wenig langsamer, so dass die beiden Läufer es über eine Distanz von etwa einhundert Metern überholten.

„Beide Todesfälle waren medizinisch völlig unverdächtig", begann der Direktor schließlich wieder, wobei er seine Stimme so klingen ließ, als sei er in der vergangenen Minute in Gedanken versunken gewesen. „Die Aufregung, die Anstrengung, die Hitze – die Athleten kollabieren reihenweise deswegen. Vor allem die Amateure, die sich etwas beweisen wollen." Den letzten Satz begleitete ein kurzer Seitenblick auf Heinz.

„Was war an den beiden anders?"

„Bitte, wie?"

Oberhofer tat so, als hätte er Heinz' Frage wegen dessen Keuchen nicht verstanden, wohingegen Heinz nun so tat, als hätte Oberhofer den Sinn seiner Frage nicht erfasst: „Kreislaufzusammenbrüche führen selten zum Tod."

„Im Fall von Tengg kam wohl das Alter hinzu. Bei Neunteufel nicht, der war erst einunddreißig, dafür litt er aber an einer Herzschwäche. Er wurde beim Training für den Ironman sogar von einem Sportmediziner betreut."

Dass Heinz ärgerlich wurde, lag nicht daran, dass er soeben über seine eigenen Füße stolperte und gerade noch einen Sturz verhindern konnte. Es lag daran, dass Oberhofer ihn schon wieder ins Messer laufen lassen wollte. Heinz sollte sich wohl dumm vorkommen, weil er immer nachfragen musste; begriffsstutzig, weil er offenbar nichts verstand. Dabei hatte er momentan ganz andere Sorgen, auf den Beinen zu bleiben, zum Beispiel, oder zu verhindern, dass ihm abwechselnd Handy und Brieftasche im Lauftakt schmerzhaft zwischen den Beinen schwangen.

„Ich nehme an, Sie haben begründete Zweifel an der Dummer-Zufall-Theorie?"

Oberhofer warf Heinz einen amüsierten Blick zu. Aufgesetzt naiv fragte er: „Aber wie kommen Sie denn darauf?"

Ich schwöre, ich würde diesen Versicherungskasper jetzt und auf der Stelle verprügeln, wenn ich die Kraft dazu hätte!

„Weil Sie mich kaum ... unter dem Vorwand einer Vertragsvergabe ... zu einem Plauderstündchen beim ... beim Morgensport locken würden."

Der Direktor lachte auf.

„Nein, wirklich nicht, Sablatnig, wirklich nicht. Ich sage Ihnen, was mich misstrauisch macht: Abgesehen davon, dass trotz allen logischen Erklärungen beide Todesfälle ungewöhnlich sind, und abgesehen von dem Zufall, dass sie sich in zwei aufeinanderfolgenden Jahren in gleicher Weise ereigneten, haben die beiden Toten noch andere Gemeinsamkeiten. Zum Beispiel den Sportmediziner, den ich vorhin erwähnt habe, ein gewisser Doktor Peter Zernatto. Er war nicht nur der behandelnde Arzt sowohl von Christoph Neunteufel als auch von Josef Tengg, er hat außerdem seinerzeit die Untersuchungen für die Lebensversicherungen der beiden vorgenommen. Das ist allerdings kein Zufall, sondern familiär bedingt. Neunteufel war nämlich der Ehemann von Christine Tengg, der Tochter des zweiten Toten."

„Neunteufel."

„Was?"

„Sie wird Christine Neunteufel heißen, wenn sie mit Christoph Neunteufel verheiratet war."

„Halten Sie mich für deppert, Sablatnig? Christine Tengg hat nach der Heirat ihren Mädchennamen behalten, weil ihr Geschäft auf diesen Namen läuft. Ich weiß schon, was ich rede!"

O ja, ich würde ihn verprügeln! Und wie ich ihn verprügeln würde: mit Genuss!

„Na, und letztlich waren auch die Lebensversicherungen, die die beiden bei der Fiducia abgeschlossen haben, eine Gemeinsamkeit. Und hier wird's für uns interessant."

Heinz wartete einige Sekunden, ehe er betont gelangweilt nachfragte: „Warum denn?"

Er hatte endgültig genug von Oberhofers „jetzt frag mich schon"-Spielchen. Dieser blickte kurz forschend zu ihm, beschloss dann aber wohl, Heinz' Tonwahl als Produkt von dessen Atemlosigkeit anzusehen.

„Dass beide bei uns versichert waren, war kein Zufall. Christoph Neunteufel hatte gleich nach seiner Heirat eine Lebensversicherung abgeschlossen und seine Frau als Begünstigte eingesetzt. Sie verstehen, was das bedeutet?"

Anstelle einer Antwort entgegnete Heinz müde: „Sie werden sich daran erinnern, ich habe früher einmal für die Fiducia gearbeitet."

„Na super", ging der Direktor über diese Zurechtweisung hinweg, „und jetzt raten Sie einmal, wer die Begünstigte in Josef Tenggs Lebensversicherung war."

Am Ausbleiben seines eigenen Keuchens erkannte Heinz, dass er zwei Schritte lang den Atem angehalten hatte.

„Ebenfalls Christine", stieß er dann hervor.

„Seine beiden Kinder", korrigierte Oberhofer, „Christine und Hannes. Die Versicherung wurde zu gleichen Teilen an die beiden ausgezahlt."

Heinz und Oberhofer waren an der Steinernen Brücke angekommen, wo sie die Fahrbahn queren mussten, ein ungeregelter Übergang, der permanent unangenehme und mitunter auch gefährliche Verkehrssituationen provozierte. Nach mehreren Kontrollblicken, die sicherstellten, dass die Autofahrer sie wahrnahmen, liefen sie über die Straße.

Auf der anderen Seite blieb Heinz stehen, stützte die Hände auf die Oberschenkel und verschnaufte. Auch wenn die Luft noch angenehm kühl war, so stach die Sonne, wo sie durch das Laub der Bäume drang, doch schon spürbar auf der Haut. Dass Heinz der Schweiß aus der Stirn trat, sich langsam auf seiner Nasenspitze sammelte und von dort zu Boden troff, hatte aber nichts mit der Sonne zu tun. Das war vielmehr eine Panikreaktion seines Körpers, der offenbar den Restalkohol über die Poren ausschied – und über den Atem, wie Heinz einmal mehr roch. Damit nicht genug, spürte er, wie nun auch sein Speichel flüssig wurde und aus seinem Mund zu triefen drohte. Er spuckte aus, möglichst geräuscharm, das schien ihm eine Nuance weniger eklig zu sein, als zu sabbern.

Nie wieder trinke ich auch nur einen Tropfen Alkohol; nie wieder!

„Was ist denn?", rief Oberhofer ungehalten. Er war weitergelaufen und umgekehrt, als er Heinz' Abwesenheit bemerkt hatte.

Heinz war das jetzt egal. Er starrte keuchend auf seine Schuhspitzen, während seine Arme zitterten und der rasende Herzschlag in seiner Kopfhaut pulsierte. Er brauchte eine Pause, da konnte der Direktor an ihm herummäkeln, wie er wollte. Jeweils zwischen zwei Atemzügen stieß Heinz hervor: „Das bedeutet ... Christine Tengg hat ... vordergründig ein ... ein Mordmotiv."

Einige Sekunden lang wog Oberhofer am Stand laufend offenbar ab, ob er auf Heinz' Gesprächsfortführung einsteigen oder ihn nicht doch lieber noch ein bisschen demütigen sollte.

„Wieso vordergründig?", meinte er schließlich. „Geld ist immer ein Motiv, vor allem, wenn es um größere Summen geht."

„Es ist vordergründig ... weil ... weil zu offensichtlich." Heinz blickte aus seiner gebückten Stellung seitlich zu seinem Gesprächspartner auf. Seine Atmung wollte und wollte sich nicht beruhigen. „Außerdem ... außerdem wenig denkbar: zuerst der eigene Ehemann ... und dann der eigene Vater. Und das für Geld. Welche Art Mensch tut so etwas?"

„Woher soll ich wissen, wie ein Mörder tickt?"

„Hören Sie, dass eine ... eine Frau ihren Mann ins ... ins Jenseits befördert – okay. Dass eine Frau ... ihren Vater um die Ecke bringt – auch okay. Aber beide? Ich meine, einen Mord ... begeht man ja nicht, weil ... weil einem gerade langweilig ist, da stecken massive ... emotionale Triebkräfte dahinter."

„Sablatnig, wo leben Sie? So etwas passiert jeden Tag."

Heinz holte tief Luft, dann fuhr er Oberhofer an: „Wo? Im Fernsehen? Wir leben in Kärnten, Herr Direktor. Können Sie sich an einen einzigen solchen Fall hier bei uns erinnern?"

„Darum geht's überhaupt nicht. Es geht um zwei merkwürdige Todesfälle und um eine Dame, die ein starkes Motiv hat."

„Das ist aber nur eine Theorie, die zu den Fakten passt, und nicht mehr. Und das ist vordergründig."

„Was ist überhaupt los mit Ihnen? Gemma, gemma, wir haben noch ein paar Kilometer vor uns!"

Oberhofer klatschte in die Hände wie ein Baupolier, der seine Maurer bei einer nicht genehmigten Rauchpause erwischt hatte. Dass das nur ein Ablenkungsmanöver war, weil er Heinz' Argumenten nichts entgegenzusetzen hatte, war diesem bewusst. Als Heinz sich wieder in Bewegung setzte, schien es ihm, als hätte er in der vergangenen Minute fünfzig Kilogramm aufgespeckt, vorwiegend in den Beinen. Es klang wie ein Stöhnen, als er weitersprach: „Ich nehme doch an, die Wahl der Fiducia als Versicherungsgesellschaft hatte ähnliche familiäre Hintergründe wie die des gemeinsamen Arztes?"

„Was meinen Sie?"

„Ich meine, dass Christoph Neunteufels Entscheidung, welche Versicherungsgesellschaft er wählen sollte, davon beeinflusst war, wo seine neue Familie versichert war."

„Wie kommen Sie darauf?"

„Sie haben erwähnt, dass Christine Tengg ein Geschäft leitet, wegen dem sie ihren Mädchennamen behalten hat. Das hätte sie nicht gemacht, wenn dieser Name nicht gut etabliert, also seit vielen Jahren gut eingeführt wäre. Ich schließe daraus, dass schon ihr Vater das Geschäft leitete, und das bringt mich zu der Annahme, dass dieser seit jeher alle nötigen Versicherungen bei ein und derselben Anstalt abgeschlossen hat, um bessere Konditionen zu bekommen. Bei der Fiducia nämlich, immerhin hatte er hier ja auch seine Lebensversicherung laufen."

Oberhofer, der sich dazu herabgelassen hatte, sich Heinz' Lauftempo anzupassen, sah diesen beinahe anerkennend an.

„Sie sind ja ein richtiger Sherlock, Sablatnig, oder nein, wie heißt der? Genau: Monk!"

... und in den Hintern würde ich ihm auch treten, aber kräftig!

„Was für ein Geschäft leitet Christine Tengg?"

„Frau Tengg ist Geschäftsführerin eines Cateringunternehmens. Nicht irgendeines Cateringunternehmens, sondern jenes, das das VIP-Zelt beim Ironman betreut."

Das Grinsen, mit dem der Versicherungsmann nun seinen Gesprächspartner bedachte, war in gleicher Weise triumphierend und selbstgefällig. Heinz sprach aus, was in Oberhofers Worten mitgeschwungen war: „Was Ihren Verdacht gegenüber Christine Tengg bestätigt."

„So ist es. Sie hatte nicht nur bei beiden Todesfällen ein Motiv, sie hatte auch beide Male die Gelegenheit."

„Wie soll das abgelaufen sein? Ich meine, wenn es Morde waren, können sie ja eigentlich nur mit Gift begangen worden sein. Wäre das für Christine Tengg nicht zu riskant gewesen, wo doch die ganze Welt zusieht, vor allem, wenn man die familiären Verstrickungen bedenkt, die Sie aufgezählt haben? Das wäre ja so, als würde sie den Ermittlern das Messer in die Hand drücken, in das sie dann selbst hineinrennt."

„Im Gegenteil, genau diese völlige Offenheit war der optimale Schutz. Wenn ein alter und ein herzkranker Mann bei einem der anstrengendsten Publikumswettbewerbe der Welt sterben, ordnet doch kein Staatsanwalt eine Obduktion an, wo doch die ganze Welt zusieht, wenn er sich blamiert."

Heinz freundete sich kurz mit diesem Gedanken an, ehe er ihn weiterspann: „Und Christine Tengg kennt die Schwächen ihres Mannes und ihres Vaters gut genug, um ihre Giftmixturen so abzustimmen, dass die Morde wie Unfälle aussehen, meinen Sie?"

„Sie haben es erraten."

Während beide eine Weile schweigend nebeneinander herliefen, dachte Heinz über den Sachverhalt nach, und je länger er das tat, desto besser konnte er Oberhofers Verdacht nachvollziehen. Selbst wenn die Todesumstände in beiden Einzelfällen unverdächtig erscheinen mochten, so war die Gesamtkonstellation zumindest Misstrauen erweckend. Ging Heinz davon aus, dass der Versicherungsdirektor Recht hatte, zog das eine Reihe von Zwangsläufigkeiten nach sich. Zum einen musste Christine Tengg ein Motiv für ihre Taten haben, das weit über bloße Geldgier hinausging, und zum anderen musste sie über umfassende Kenntnisse verfügen, was die Wirkung von Giften auf den menschlichen Körper anbelangte. Oder sie kannte jemanden, der solche Kenntnisse besaß, womit zumindest eine weitere Person in der Sache mit drinsteckte.

Auf der anderen Seite erschienen Heinz diese Überlegungen jedoch zu konstruiert. Immerhin musste Christine Tengg von Anfang an klar sein, dass der erste und schwerste Verdacht auf sie fallen würde. War sie dazu bereit gewesen, im Kreuzfeuer der Verdächtigungen zu stehen, war sie selbstsicher genug zu glauben, man würde ihr nichts nachweisen können? Oder wollte sie diese Offensichtlichkeit gar zu ihrer Verteidigung nutzen, indem sie darauf hinwies, dass sie ja kaum den Verdacht auf sich selbst lenken würde? Aber wie konnte sie sicher sein, dass ihre Opfer nicht obduziert würden, und – dieses Argument wog für Heinz am schwersten – hätte sie Ehemann und Vater nicht weitaus unverdächtiger und unauffälliger beseitigen können?

„Irgendwie verstehe ich nicht, was Sie in dieser Angelegenheit von mir erwarten", meinte Heinz schließlich. „Wenn die Fiducia die Versicherungen ausgezahlt hat, hat sie offenbar keine Gründe gefunden, die dagegen sprächen. Damit sind die Fälle doch abgeschlossen, oder nicht?"

„Beides: ja und nein." Oberhofer zog die Nase hoch und schluckte hörbar, ehe er seine Antwort erklärte. „Beim diesjährigen Ironman startet wieder ein Athlet, auf den all die Gemeinsamkeiten zutreffen, die ich Ihnen vorhin beschrieben habe."

Heinz stöhnte auf.

„Aber nicht im Ernst! Sie wollen doch nicht sagen, dass Christine Tenggs Bruder, dieser ... wie heißt er?"

„Hannes Tengg. Doch."

„Das darf doch nicht wahr sein. Wer ist dieser Hannes? Ich meine, wenn in zwei aufeinanderfolgenden Jahren mein Schwager und mein Vater ..."

„Er ist Profisportler und ziemlich erfolgreich. Für ihn gelten andere Regeln."

„Wie meinen Sie das?"

„Sablatnig, Sie könnten es sich leisten, nicht anzutreten, weil Sie Angst davor haben, als Dritter in einer Serie den Tod zu finden, aber Hannes Tengg hat diesen Luxus nicht. Wenn er antritt, dann macht er seine Arbeit, tritt er nicht an, kürzt ihm sein Sponsor die Mittel."

„Na gut, ich verstehe. Aber was hat das mit mir zu tun?" Als Heinz das entgeistert-verständnislose Gesicht des Versicherungsmannes sah, erläuterte er: „Wie lautet mein Auftrag?"

„Ich habe es vorhin schon erwähnt: Möglicherweise ist die Serie noch nicht zu Ende. Wenn Frau Tengg, wie ich glaube, eine Mörderin und ihr Motiv die Geldgier ist, dann wird sie versuchen, auch ihren Bruder umzubringen."

„Einmal angenommen, Sie haben Recht – warum sollte sie das tun?"

„Sagen Sie, haben Sie mir nicht zugehört? Wegen der Lebensversicherung natürlich!"

„Sie meinen, er hat auch eine ..."

„Ich habe Ihnen doch gesagt, alle Gemeinsamkeiten der beiden Toten treffen auch auf Hannes Tengg zu. Auch er hat eine Lebensversicherung, auch er hat sie bei uns abgeschlossen und auch sein Gesundheitsattest wurde von Doktor Zernatto ausgestellt. Auch in seiner Polizze waren sein Vater und seine Schwester als Begünstigte eingetragen, und jetzt raten Sie einmal, was sich nach dem Tod des Vaters in dieser Angelegenheit geändert hat?"

Heinz spürte einen Knödel des Zorns in seinem Hals anschwellen, so sehr brachte ihn die ironische, oberlehrerhafte Art des Landesdirektors auf die Palme. Mit erstickter Stimme antwortete er: „Seine Schwester ist jetzt die Alleinbegünstigte."

„Bravo, Columbo!"

Heinz ließ sich aus dem Trab fallen und bemühte sich um einen autoritären Tonfall, als er erwiderte: „Danke für den Applaus. Und jetzt noch einmal für die billigen Plätze: Wo komme ich ins Spiel?"

In Oberhofers Gesicht spiegelte sich Erheiterung. Da Heinz keine Anstalten mehr machte, weiterzulaufen, sondern nur noch in schnellem Schritt ging, lief der Versicherungsmann von nun an rückwärts vor ihm her.

„Wenn Hannes Tengg etwas zustößt, können wir davon ausgehen, dass seine Schwester dahintersteckt. Wenn das geschieht, ist die Suppe auf jeden Fall dick genug, um eine Obduktion zu beantragen, und zwar nicht nur für Hannes, sondern auch für die beiden anderen Toten."

Heinz empfand Oberhofers Haifischgrinsen als abstoßend.

„Sie scheinen sich das ja geradezu zu wünschen."

„Sablatnig, selbstverständlich wünsche ich niemandem den Tod. Aber wenn Christine Tengg eine Mörderin ist, dann muss sie hinter Gitter."

„… und die beiden Lebensversicherungen wurden zu Unrecht ausgezahlt, weil Mord keine versicherungswirksame Todesursache ist. Die Fiducia kann sie zurückfordern", sprach Heinz den Satz so zu Ende, wie er ihn verstand.

„Ich tue nur meine Arbeit, Sablatnig, und dazu gehört auch, meine Firma vor Schaden zu bewahren."

„Selbst auf die Gefahr hin, als menschliche Gebetsmühle zu enden: Welche Rolle spiele ich dabei?"

„Sie sollen während des Ironman ein Auge auf Christine Tengg haben. Sollte es ihre Absicht sein, ihren Bruder zu ermorden, sichern Sie Beweise und sorgen dafür, dass sie nicht zum Zug kommt."

„Was, wenn Sie nicht Recht haben?" Oberhofers Gesichtsausdruck war irritiert, er schien unfähig, diesen Gedanken überhaupt in Betracht ziehen zu können. „Ich meine, wenn die Todesfälle tatsächlich nur Unfälle waren und die Gemeinsamkeiten unter den Opfern nichts weiter als Zufälle?"

„Dann bleiben die Dinge so, wie sie sind – und Sie haben als Einziger davon profitiert."

„Moment!" Die Erkenntnis traf Heinz mit Wucht. „Findet der Ironman nicht schon dieses Wochenende statt?"

„Übermorgen. Lesen Sie keine Zeitung?"

„Warum ... warum geben Sie mir den Auftrag dann erst jetzt? Wenn ich mehr Zeit gehabt hätte, hätte ich schon im Vorfeld Recherchen durchführen und mir einen besseren Überblick ..."

„Ich weiß, dann hätten Sie mehr Stunden schreiben und mehr Spesen verrechnen können. Sablatnig, meine Arbeit dreht sich in der Regel um rechtskonforme Angelegenheiten und nicht um die Aufdeckung von Illegalitäten. Womit ich sagen will, dass ich andere Dinge im Kopf habe, als mich um Ihr Wohlergehen zu kümmern. Wie sieht es aus, trauen Sie sich diesen Auftrag zu, oder muss ich mich nach einem echten Profi umsehen?"

Echter Profi? Ein echter Schlag in sein Gesicht würde mir jetzt echte Erleichterung verschaffen!

„Ja. Und nein."

„Ich sehe, wir sind uns einig. Ich gehe davon aus, dass die zwischen uns üblichen Konditionen gelten? Gut, dann laufe ich jetzt weiter, sonst werden meine Muskeln kalt. Ach ja, und noch etwas: Ich muss wohl nicht extra betonen, dass niemand Ihre Überwachungstätigkeit bemerken soll. Vertrauen ist eine wichtige Sache im Verhältnis Versicherungsgeber-Versicherungsnehmer, und ein Versicherungsgeber, der seine Versicherungsnehmer überwacht, wird diesem Vertrauen nicht gerecht. Ich wünsche Ihnen einen erfolgreichen Tag – und schützen Sie auf den paar Metern zurück keine Müdigkeit vor, Sablatnig. Der frühe Vogel fängt den Wurm!"

Damit wandte sich Oberhofer ab und lief davon, ohne eine Antwort von Heinz abzuwarten. Dieser blieb stehen und sah ihm hinterher, wobei er sich selbst zuraunte: „Mag sein, aber die zweite Maus kriegt den Käse."

Kapitel 2
Freitag, 7.30 Uhr

Heinz saß gefühlte zehn Minuten an der Uferböschung des Lendkanals, ehe sich sein Atem und sein Herzschlag beruhigt hatten und sein Schwindelgefühl sowie sein Schweißaustritt abgeflaut waren.

Irgendwann, nach dem fünften oder sechsten Bier, hatte er gestern aufgehört zu zählen. Oti war wieder einmal in Höchstform gewesen: Angesichts der erzählerischen Ausschmückungen seiner Alltagserlebnisse wäre sogar Baron Münchhausen vor Neid erblasst. Und Luigi hatte den ganzen Abend über nur Unsinn geredet, was aber von niemandem, der ihn kannte, zwingend als Zeichen für seine Trunkenheit angesehen wurde. Heinz selbst hatte so viel gelacht wie schon lange nicht mehr.

Das war ihm heute gründlich vergangen.

Wie er nachhause gekommen war, hatte er sich nicht gemerkt, und auch die Erinnerung an die erste halbe Stunde des heutigen Morgens schien in eine Art Nebel gehüllt zu sein. Zwar hatte er daran gedacht, Sportbekleidung anzuziehen, nicht jedoch, Handy und Brieftasche zuhause zu lassen. Doch was ihn beim Laufen behindert hatte, gereichte ihm nun zum Vorteil. Entlang der gegenüberliegenden Uferböschung folgte die Villacher Straße dem Verlauf des Lendkanals. Dort befand sich auf Heinz' Höhe die Bushaltestelle Neckheimgasse. Mit dem unbeabsichtigt mitgenommenen Geld konnte er sich einen Fahrschein zurück in die Innenstadt kaufen, immerhin verspürte er nicht die geringste Lust, die gelaufene Strecke wieder zurückzugehen. Und das Handy konnte er für Recherchen nutzen, wenn sich der Bedarf danach ergab.

Als er sich aufrappelte, stellte er fest, dass sich seine Knie während des Sitzens offenbar in Butter verwandelt hatten. Er hinkte die zwanzig oder dreißig Meter weiter bis zur Unterführung, vor der ihn ein Zubringer auf die Villacher Straße hinaufbrachte. Dort wartete er eine Verkehrslücke ab, querte die Fahrbahn und ließ sich mit einem Seufzen der Erleichterung auf die Wartebank der Haltestelle fallen. Während er auf den Bus wartete, versuchte er nachzudenken – was aber nur bedingt gelang.

Nachdem sein Auftrag lautete, einen Mord zu verhindern, musste er die beiden bereits vorgefallenen Todesfälle zwangsläufig ebenfalls als Morde ansehen. Um seinen Auftrag zu erfüllen, musste er dem Mörder – ob es ein Mann oder eine Frau war, ließ er vorerst dahingestellt – zuvorkommen, und das konnte ihm nur gelingen, wenn er dessen Motive kannte – und dessen Methode. Wenn die Tode von Christoph Neunteufel und Josef Tengg fremdverschuldet waren, kamen nur Giftmorde in Frage, alle anderen Mordarten wären von außen sichtbar gewesen. Das wiederum bedeutete, dass der Mörder eine Reihe von Voraussetzungen erfüllen musste. Erstens musste er über ein gewisses pharmazeutisches Wissen verfügen, das ihn in die Lage versetzte, das passende Gift zu mischen. Zweitens musste er sich die Zutaten für dieses Gift beschaffen können; ein nicht unwesentlicher Punkt, denn Heinz ging davon aus, dass nicht alle Ingredienzien für jedermann erhältlich waren. Drittens musste der Mörder die Möglichkeit haben, den Opfern das Gift zu verabreichen, ohne dass diese es bemerkten.

Wie es um die pharmazeutischen Kenntnisse von Christine Tengg bestellt war, würde Heinz noch herausfinden müssen, doch klar war, dass sie genaue Kenntnisse über den Gesundheitszustand sowohl ihres Ehemannes als auch ihres Vaters besessen hatte, wodurch es ihr ein Leichtes gewesen wäre, das Gift jeweils richtig zu dosieren. Auch wäre für sie die Verabreichung in beiden Fällen kein Problem gewesen.

Der Bus kam, Heinz stand auf und zückte seine Brieftasche.

Wenn Christine Tengg die Mörderin war, so war ihr Motiv sicherlich nicht das Geld der Lebensversicherungen – zumindest nicht ausschließlich, denn dazu wäre ihr Vorgehen viel zu auffällig. Für Versicherungsdirektor Oberhofer mochte Geld der Antrieb des gesamten Universums sein, für Heinz, wie für viele andere Menschen, war es das nicht.

Heinz legte zwei Ein-Euro-Münzen auf den Kassenautomat neben dem Busfahrer. Dessen abschätziger Blick, mit dem er den verschwitzten Fahrgast musterte, entging Heinz, er war viel zu sehr mit seinen Gedanken beschäftigt. Er warf sich auf einen freien Sitz und starrte zum Fenster hinaus.

Was die Täterschaft von Christine Tengg betraf, war Heinz überhaupt skeptisch. Als Begünstigte beider Lebensversicherungen stand sie in der Reihe der Verdächtigen an erster Stelle. Wäre auch nur der Verdacht aufgekommen, die Todesfälle hätten keine natürliche Ursache, hätte die Polizei sie so lange durchleuchtet, bis sie gefunden hätte, was zu finden war.
    Da erschien ihm der Arzt, dieser Doktor Zernatto, schon um einiges verdächtiger. Immerhin hatte die-

ser die Möglichkeit, das Gift unbemerkt – etwa als Medikament getarnt – zu verabreichen, verfügte über die nötigen Kenntnisse der Substanzen, kam problemlos an diese heran und kannte den Gesundheitszustand seiner künftigen Opfer vermutlich besser als jeder andere Mensch. Darüber hinaus hatte er die Untersuchungen für die Lebensversicherungen durchgeführt, wodurch er auch über diesbezügliche Zusammenhänge Bescheid wusste, etwa, dass Christine Tengg die Hauptverdächtige wäre, wenn eines oder mehrere ihrer Familienmitglieder unnatürliche Tode starben.

Je mehr Heinz darüber nachdachte, desto stimmiger erschien ihm Doktor Zernatto in der Rolle des Mörders. Vordergründig natürlich, denn was noch fehlte, war ein Motiv. Heinz beschloss also, zuerst dem Mediziner auf den Zahn zu fühlen, und dann erst Christine Tengg. Allerdings musste er dabei besonders behutsam vorgehen, denn offiziell wurden die Todesfälle ja als Unfälle betrachtet. Das bedeutete, dass sich Doktor Zernatto, wenn er tatsächlich der Mörder war, seiner Sache sicher sein konnte. Ihn mit einer anderen Version der Geschehnisse bluffen zu wollen, würde dazu führen, dass er das Gespräch abbrechen und überdies wahrscheinlich auch seinen Anwalt einschalten würde, womit Heinz' Ermittlungen schon beendet wären, noch bevor sie überhaupt begonnen hätten.

Draußen vor dem Busfenster zog die Steinerne Brücke vorbei, danach kam das Floß der Stadtwerke Klagenfurt in Sicht. Die Arbeiter mähten mit gleichmäßig gemächlichen Bewegungen die Uferböschung, und Heinz stellte fest, dass sie nicht viel weiter gekommen waren, bis er sich bewusst machte, wie wenig

Zeit eigentlich vergangen war, seit er und Oberhofer das Floß überholt hatten. Er hatte in dieser Zeit nicht nur viel Neues erfahren und eine Menge Gedankengänge durch sein Gehirn laufen lassen, er schleppte ja auch einen ausgewachsenen Kater mit sich herum, der – neben anderen unschönen Begleiterscheinungen – die Zeit zäh wie kalten Honig fließen ließ, besonders wenn sie so unangenehm war wie ein unfreiwilliger Morgenlauf.

Doch das war jetzt nicht wichtig. Wichtig war, dass Heinz mehr Informationen zu den beiden Todesfällen brauchte, wenn er den Mediziner gezielt befragen oder vielleicht sogar Widersprüche in dessen Aussagen aufdecken wollte. Er überlegte. Wenn es einen Verdacht gab, oder auch nur eine Ahnung, dass die Unfälle gar keine solchen waren, dann hatte am ehesten die Polizei Kenntnis davon.

Heinz zog sein Mobiltelefon hervor und sah es unschlüssig an. Seine Hand spielte damit, während er aus dem Fenster sah, ohne irgendetwas wahrzunehmen. Er wusste, wie Sabine darauf reagierte, wenn er ihr Geschwisterverhältnis für Belange seiner Arbeit missbrauchte. Dass er in diesem Punkt gar keine andere Wahl hatte, wenn er professionell arbeiten wollte, ließ Sabine nämlich nicht gelten. Kurz entschlossen wählte er ihre Nummer und hielt das Telefon an sein Ohr.

„Guten Morgen, Bruderherz", tönte es ungewohnt gefühlswarm aus dem Hörer. Heinz führte das darauf zurück, dass seine Schwester noch nicht lange wach war. Vermutlich hatte sie gestern Abend länger gearbeitet und fing deshalb heute später an. „So früh schon auf den Beinen?"

Du hast ja keine Ahnung!

„O, so früh ist es gar nicht mehr. Aber dir auch einen wunderschönen guten Morgen."

Sabine stockte kurz, ehe sie antwortete: „Da kommt nichts Gutes, wenn du säuselst."

Eine gehörige Portion Misstrauen färbte nun den Klang ihrer Stimme. Das passte eher zu ihr, fand Heinz.

„Aber wer wird denn? Ich brauche nur eine kleine Auskunft von dir, weiter nichts." Seine zu einem Grinsen gespannten Lippen färbten seine Sprechweise. In der Heftigkeit ihrer Antwort war Sabine endgültig sie selbst: die taffe Chefinspektorin.

„Das hätte ich mir eigentlich denken können! Warum sonst ruft mich mein Bruder so früh an? Egal, was es ist, vergiss es gleich, okay?"

„Popopop", machte Heinz schnell, um zu verhindern, dass sie auflegte, „erst zuhören, dann ablehnen."

Doch wenn Sabine in Fahrt war, ließ sie keinen Widerspruch gelten: „Mich kotzt das an, dass du immer Insiderinformationen von mir verlangst, nur weil wir verwandt sind."

„Ich würde dich auch anrufen, wenn wir nicht verwandt wären, das gehört nun einmal zu meiner Arbeit. Außerdem keine Sorge, ich bringe dich nicht in einen Interessenskonflikt. Der Fall, um den es geht, ist abgeschlossen."

Diesmal folgte ein Seufzen dem kurzen Stocken.

„Ich bring dich um, Heinz, irgendwann bringe ich dich um, hast du mich gehört?"

„Ich hab dich auch lieb." Heinz erklärte, worum es ging und wie viel er wusste, dann fragte er: „Gab es zu irgendeinem Zeitpunkt Zweifel an der Unfalltheorie?"

Seine Schwester schwieg. Vermutlich dachte sie nach.

„Nein", antwortete sie dann, „soweit ich mich erinnere, standen die Todesursachen nie in Zweifel. Es gab ausreichend Zeugen, und die Beschreibungen der Unfallhergänge unterschieden sich in nichts von denen anderer Schwächeanfälle, die an den Renntagen ebenfalls passiert waren – nur dass eben die beiden speziellen tödlich endeten."

„Die Motivlage hat keinen Verdacht erregt?"

„Welche Motivlage meinst du?"

„Christine Tengg war in beiden Fällen die Begünstigte der Lebensversicherungen der Opfer."

„Vergiss das, Heinz! Die Frau war nach beiden Unfällen so was von fertig, wenn du sie gesehen hättest, würdest du nicht einmal auf diesen Gedanken kommen."

„Vielleicht ist sie eine gute Schauspielerin?"

„Ich hatte in meinem Leben schon mit so vielen Betrügern und Scheinheiligen zu tun, dass ich sie zehn Kilometer gegen den Wind riechen kann, das darfst du mir glauben. Aber die Tengg gehört nicht dazu. Wenn die uns echt etwas vorgespielt hat, dann verdient sie einen Oscar."

„Das heißt, eine Obduktion stand nie zur Debatte?"

Sabine zischte verächtlich.

„Obduktion! Nicht einmal wenn ich eine gewollt hätte, hätte ich sie bekommen, dafür war die Suppe einfach zu dünn."

„Und was ist mit dem gemeinsamen Arzt?"

„Was soll mit dem sein? Die Verunfallten und die Tengg waren eine Familie, da ist es nicht ungewöhnlich, dass alle denselben Arzt haben. Mama, Papa und wir zwei waren ja auch bei Doktor Gruber, bis er in Pension gegangen ist."

„Aber findest du nicht, dass da verdächtig viele Gemeinsamkeiten mitspielen? Ich meine: dieselbe Familie, derselbe Arzt, dieselbe Versicherung ..."

„... derselbe Sponsor – ich weiß, diese Gedanken haben wir uns auch gemacht. Doch es war nun einmal so, dass die beiden Verunfallten gehandicapt waren, der eine durch seinen Herzfehler, der andere durch sein Alter. Da passieren solche Dinge schon einmal, auch wenn sie verdächtig aussehen. Aber Heinz: Jeden Tag geschehen Zufälle, die noch viel unglaublicher sind, und trotzdem nichts weiter sind als Zufälle."

„Moment, was hast du gesagt", restalkoholbedingt hatte Heinz' Gehirn etwas länger gebraucht, um die eingehende Information zu verarbeiten, „denselben Sponsor?"

„Hast du das nicht gewusst?" Sabine machte sich nicht die Mühe, ihre Genugtuung zu verbergen. „Obwohl die beiden Verunfallten nur Amateursportler waren, traten sie für ein Rennteam an, und zwar für jenes, in dem der Bruder von der Tengg Mitglied ist, dieser ... wie heißt er?"

„Hannes."

„Hannes, stimmt. Hannes Tengg ist Profisportler und hat seinen Schwager und seinen Vater in sein Team gebracht. Was ich mir übrigens nicht besonders einfach vorstelle."

„Warum?"

„Weil ein solches Team von sportlichen Höchstleistungen lebt, die nehmen nicht jeden auf. Amateure wie der alte Tengg und dieser ... dieser ..."

„Neunteufel."

„... Neunteufel, genau, die senken die Teamleistung, und das kann dem Sponsor gar nicht recht sein – und damit dem restlichen Team auch nicht."

„Warum haben sich dann alle darauf eingelassen?"

„Ich denke einmal, Hannes' Leistungen sind so gut, dass er seinen Einfluss geltend machen konnte."

„Aber warum sollte er das tun?"

„Aus demselben Grund, warum du mich immer anrufst: Verwandtschaftsliebe."

Heinz ging über diese Spitze hinweg.

„Wer ist der Sponsor?"

Sabine seufzte tief.

„Soweit ich das mitbekommen habe, hat so ein Team mehrere Sponsoren. Die Sportartikelhersteller, zum Beispiel, sponsern vor allem die Materialien, also Schuhe, Rennanzüge, Rennräder und so weiter. Und dann gibt's meistens noch einen Hauptsponsor, der Geld herauslässt, zum Beispiel für das Gehalt der Profis."

„Okay, okay, wer war der Hauptsponsor?"

„Warum fragst du?

„Weil ich denke, dass der am meisten dabei verliert, wenn die Teamleistung nachlässt."

„Soweit ich weiß, irgendein Software-Hersteller."

„Ein Software-Hersteller? Wieso sponsert ein ...?"

„Frag mich nicht! Aber wenn du meinst, dass der Sponsor ein Motiv hätte, seine Sportler aus dem Weg zu schaffen, dann hast du deinen Beruf verfehlt. Was glaubst du, was das für ein Image-Schaden ist, wenn zwei Triathleten aus demselben Team hintereinander die Kurve kratzen?"

„Du hast Recht, die Idee ist Blödsinn." Heinz dachte kurz nach, ehe er fortfuhr: „Also, kurz zusammengefasst gab es keinerlei Verdachtsmomente, weil die ganze Geschichte eine blöde Verkettung von Zufällen war."

„So ist es."

„Na gut, dann danke ich dir für die Info."

„Bitte, bitte, das nächste Mal nicht mehr. Verrätst du mir auch, wozu du das jetzt wissen wolltest?"

Heinz spürte, wie ein Lächeln seine Mundwinkel dehnte.

„Musst du nicht schön langsam in die Arbeit?"

Kapitel 3

Freitag, 8 Uhr

Sein Kopf fühlte sich an, als würde er vom Stirnbein ausgehend nach und nach gefrieren, doch Heinz hielt das Gesicht weiterhin regungslos in den Wasserstrahl. Es war, als klänge mit der Hitze seiner Kopfhaut auch sein Kopfschmerz ab und als bringe die Kälte sein Bewusstsein zurück.

Er war nachhause gegangen, in sein Wohnbüro, wie er es nannte; eine Mansardenwohnung in der Klagenfurter Innenstadt, in der er einen Raum für seine Arbeitszwecke eingerichtet hatte.

Als Heinz das Gesicht aus dem Wasserstrahl zog, schlug ihm das Herz bis zum Hals. Genau das, nämlich seinen Kreislauf weiter in Schwung zu bringen, hatte er mit dieser Brachialtherapie bezweckt, und tatsächlich erschienen ihm seine Gedanken nun ungleich klarer als noch vor wenigen Minuten.

Auch Hannes Tengg war für Heinz verdächtig. Der Profisportler war dazu bereit gewesen, die Beziehung zu seinem Team und zu seinem Sponsor zu belasten, um Schwager und Vater an den Ironman-Start zu bringen. Da er um die Handicaps seiner Verwandten Bescheid wusste, ergab diese Handlung nur dann einen Sinn, wenn Hannes wollte oder zumindest in Kauf nahm, dass a) den beiden etwas zustieß und b) Team und Sponsor deswegen Schaden nahmen. Welche Beweggründe er dafür hatte, musste Heinz freilich noch herausfinden.

Während Heinz sich abtrocknete, machte er sich klar, dass er Hannes Tengg so oder so durchleuchten musste. Doktor Zernatto war jedoch die heißere Spur, weshalb er sich zuerst um diesen kümmern wollte.

Als Heinz angezogen war, hatte auch seine alte Filterkaffeemaschine ihre Arbeit beendet. Er goss das duftende Schwarzbraun in eine Tasse, startete den Computer in seinem Büro und während dieser hochfuhr, schlürfte er den ersten Schluck. Es war wie eine Infusion mit Leben.

Mit wenigen Klicks hatte er die Kontaktdaten von Doktor Zernattos Praxis in Klagenfurt ausfindig gemacht und rief dort an.

„Ordination Doktor Zernatto, Sie sprechen mit Ilse Funder?"

Die piepsende Stimme am anderen Ende der Leitung wirkte jung und naiv.

„Guten Tag, Conrad Ferdinand Meyer von der Fiducia AG", begann Heinz sein Schauspiel. „Ich hätte gerne einen Termin bei Herrn Doktor Zernatto, am besten heute noch, wenn es ginge."

„Es tut mir leid, der Herr Doktor ist heute nicht im Haus. Worum geht es denn?" Frau Funder klang, als spulte sie diesen Satz heute schon zum fünfzigsten Mal herunter.

Heinz erzählte die Geschichte, die er sich ausgedacht hatte; dass er ein neuer Mitarbeiter der Fiducia sei, der die Sachbearbeitung von Hannes Tenggs Versicherungsangelegenheiten übernommen hätte und sicherstellen wolle, dass Tengg bei bester Gesundheit sei, was aufgrund der vorangegangenen Todesfälle im familiären Umfeld sowie des bevorstehenden Ironman-Wettkampfs wohl nur allzu verständlich sei. Abschließend wies er noch auf die Dringlichkeit eines Gesprächstermins mit dem Herrn Doktor hin. Doch Frau Funder schien ihm nicht helfen zu können oder zu wollen: „Der Herr Doktor hat nur noch morgen Vormittag drei Termine, dann ist er im Wochenende."

Heinz war überrascht.

„Morgen? Morgen ist doch Samstag."

„Als Privatordination sind wir da flexibel. Nächste Woche könnte ich Sie ..."

„Es muss auf alle Fälle noch diese Woche sein", schnitt Heinz ihr das Wort ab. „Ich weiß, ich bin spät dran, aber wissen Sie, ich bin erst seit kurzem auf diesem Posten und habe erst jetzt gesehen, dass Herr Tengg bei den Ironman-Triathlons der vergangenen Jahre zwei tragische Verluste hinnehmen musste und dass er heuer trotzdem antreten will. Da mache ich mir natürlich Sorgen. Verstehen Sie mich?" Heinz hegte keinen Zweifel, dass Ilse Funder seine Beweggründe verstand, deshalb sprach er gleich weiter: „Ich will mich ja auch nur versichern, dass Herr Tengg bei bester Gesundheit ist, mehr verlange ich gar nicht."

Heinz hörte, wie Frau Funder leicht seufzte und offenbar in einem Kalender blätterte.

„Ich ... ich weiß nicht ..."

„Acht Uhr! Schieben Sie mich kurz vor acht Uhr hinein, noch vor den ersten Termin. Ich verspreche Ihnen, ich werde den Herrn Doktor nicht länger als zehn Sekunden aufhalten, wenn überhaupt."

Am anderen Ende der Leitung kicherte Ilse Funder wie ein kleines Mädchen.

„Okay, zehn vor acht. Aber wenn Sie auch nur eine Sekunde zu spät kommen, nehme ich den ersten Patienten dran."

„Klingt fair."

Ilse Funder kicherte wieder.

Nach dem Telefonat klickte Heinz die Seite der Ärztekammer von seinem Bildschirm weg, auf der er Doktor Zernatto gefunden hatte, und rief stattdessen eine

Suchmaschine auf, über die er das Cateringunternehmen Tengg suchte. Heinz war von Anfang an klar gewesen, dass der beste Weg, sich während des Ironmans in Christine Tenggs Nähe aufzuhalten, der war, für sie zu arbeiten. Und damit sie ihn auch einstellte, würde er es gratis tun.

Schon der erste Treffer, „TC – Tengg Catering GmbH", schien der richtige zu sein, doch als Heinz die Homepage aufrief, wurde er stutzig. Zwar brüstete sich das Unternehmen schon auf der Startseite, seit Jahren das VIP-Catering des Ironman Austria abzuwickeln, und auch im Impressum war Christine Tengg als Geschäftsführerin ausgewiesen, doch war der Firmensitz mit einer Adresse in München angegeben. Das passte nicht dazu, dass Familie Tengg ihren Arzt in Klagenfurt hatte – doch gleich darauf machte sich Heinz klar, dass die Arbeit eines Cateringunternehmens nicht ortsgebunden war. Möglicherweise war der Standort in München nur eine Frage der öffentlichen Abgaben oder des Renommees.

Heinz tippte die auf der TC-Homepage angegebene Telefonnummer in sein Handy und verbrachte einige Zeit bei dudelnder Musik und periodisch wiederkehrenden „Bitte Warten"-Aufforderungen auf Deutsch und Englisch in der Warteschleife. Schließlich meldete sich eine Callcenter-Dame mit ausgeprägtem bayerischen Akzent, die er nach Christine Tengg fragte. Als die Dame erklärte, Frau Tengg sei „bei der Veranstaltung in Klagenfurt", log Heinz ihr vor, gelernter Kellner und glühender Ironman-Fan zu sein, weshalb er seine Dienste gratis anbieten wolle. Die Dame machte ihm recht eindrücklich klar, dass alle Posten längst besetzt seien, woraufhin Heinz um die Telefonnummer des Personalverantwortlichen bat. Sie gab ihm die Nummer eines Herrn Prugger durch, den sie als „rechte Hand von der Frau Tengg" bezeichnete.

Heinz bedankte sich, legte auf und stierte vor sich hin. Er spürte, wie Ärger in ihm aufstieg, der so heftig wurde, dass er sich am liebsten in seinem eigenen Hintern verbissen hätte oder noch besser: in dem von Oberhofer. Dessen Arroganz hatte er es zu verdanken, dass er den Auftrag erst so spät erhalten hatte, was ihm die Arbeit nun immens erschwerte. Und er ärgerte sich auch wieder über sich selbst, dass er den gestrigen Vollrausch zugelassen hatte, weswegen er nun nicht richtig bei der Sache war. Dass die TC-Leute längst schon am Wörthersee aktiv waren, um ihren übermorgigen Einsatz vorzubereiten, hätte er sich denken können, ebenso, dass das gesamte Team wohl schon seit Wochen feststand. Auch kam ihm das Naheliegendste erst jetzt in den Sinn, nämlich, sich die Ironman-Seiten im Internet anzusehen.

Als hätte seine Tastatur Schuld daran, klopfte er die Buchstaben in die Suchmaschine, öffnete den passenden Link und surfte durch die Seiten. Dann schämte er sich in Grund und Boden. Bereits seit gestern liefen am Wörthersee Schwimmtrainings, bei denen die teilnehmenden Athleten im Cateringzelt verpflegt wurden. Christine Tenggs Firma war also schon seit Tagen voll bei der Arbeit. Wie glaubhaft war da noch seine Behauptung, ein glühender Ironman-Fan zu sein?

Er seufzte tief und wählte die Telefonnummer von Herrn Prugger. Bei seinem ersten Versuch war die Leitung besetzt, beim zweiten einige Minuten später hob niemand ab. Heinz spürte förmlich, wie die Hürde, die er hier nehmen musste, in seinem Inneren in die Höhe wuchs. Die Catering-Leute hatten wohl alle Hände voll zu tun, was bedeutete, Herr Prugger würde keinen Kopf für eine Neueinstellung haben, noch dazu, wo eine solche für das Rennen in Klagenfurt längst schon kein Thema mehr war. Während Heinz überlegte, mit welchem Trick er sich dennoch in die Belegschaft reklamieren konnte, erklang der Refrain des Liedes: „If you don't know me by now" von Harold Melvin & The Blue Notes, sein Handy-Klingelton für unbekannte, weil nicht eingespeicherte Anrufer. Das Display zeigte Pruggers Nummer. Im Reflex hob Heinz ab und ebenso reflexartig meldete er sich mit: „Hutten?"

„Prugger hier, Sie haben mich angerufen?"

Pruggers Hochdeutsch wurde von einer erkennbaren Kärntner Dialektmelodie getragen. Er klang freundlich, aber gehetzt.

„Vielen Dank für Ihren Rückruf. Mein Name ist Ulrich Hutten, ich bin gelernter Kellner und würde gerne für Sie arbeiten."

„Melden Sie sich Ende der kommenden Woche noch einmal, da habe ich Zeit für Sie."

„Ich weiß, Sie sind im Ironman-Fieber, aber genau hier möchte ich Sie entlasten – gratis."

Der Laut, der nun aus dem Äther kam, klang wie eine Mischung aus Seufzen und verzweifeltem Lachen.

„Da sind Sie ein bisserle spät dran, lieber Herr!"

„Auch für die Ersatzbank?"

„Auch für die Ersatzbank. Hören Sie", Prugger holte kurz Luft und sprach dann in einer Geschwindigkeit, als hinge sein Leben von der Anzahl seiner Silben pro Sekunde ab: „Wir sind hier voll belegt, ich habe keinen Bedarf an weiterem Personal. Aber ich unterhalte mich mit Ihnen gerne über künftige Projekte. Wenn Sie sich Ende kommender Woche noch einmal melden, vereinbaren wir ein Gespräch und schauen, wie wir zusammenkommen, okay? Danke und auf Wiederhören."

Als die Verbindung gekappt wurde, sah Heinz sein Handy an, als hätte es ihn gerade beleidigt.

Das war ja klar. Dieser verdammte Oberhofer!

Eine Zeit lang saß Heinz mit starrem Blick da und grübelte. Wie er die Dinge auch drehte und wendete, ihm wollte keine andere Möglichkeit einfallen, für die Dauer des gesamten Rennens am nächsten Sonntag in Christine Tenggs Nähe zu kommen. Mit einem tiefen Seufzen verschob er die Lösung dieses Problems auf einen späteren Zeitpunkt und beschloss, seine Aufmerksamkeit zunächst Hannes Tengg zuzuwenden.

Freitag, 13 Uhr

Als Heinz sich mit Wilfried Egger im Restaurant im Landhaushof verabredet hatte, hatte er nicht bedacht, dass heute Freitag war. Folglich füllte sich der Sitzbereich im Freien binnen weniger Minuten bis zum letzten Platz mit öffentlich Bediensteten, die ihre Arbeitswoche bei einem Mittagessen und dem einen oder anderen Bier ausklingen lassen wollten. Glücklicherweise war Heinz ein pünktlicher Mensch. So war er bereits vor 13 Uhr hier gewesen und hatte einen der kleinen Tische ergattert.

Er nippte an seinem Mineralwasser und versuchte, nur die beschatteten Teile des Landhaushofes anzusehen, da ihm die sonnenbeschienenen trotz seiner dunklen Brille in den Augen schmerzten. Die Sonne brannte von einem hellblauen, nur da und dort mit Schönwetterwölkchen betupften Himmel, so dass die Kellner Schirme aufgestellt hatten. Dass sich Heinz' linker Unterarm außerhalb eines der kreisrunden Schatten befand, spürte er rasch, denn der Restalkohol sensibilisierte auch knapp zwölf Stunden nach dem letzten Bier noch seine Sinne. Auch sein Magen war noch nervös, er schien richtig Angst vor der bevorstehenden Tomatensuppe zu haben, die Heinz bestellen würde, sobald Egger endlich auftauchte. Doch es half nichts, er musste etwas essen.

Während er wartete, wurde er Zeuge eines Gesprächs, das sich an einem der Nebentische entfaltete. Dort saß eine Gruppe Männer Mitte vierzig, die Heinz von ihrem kugeligen Aussehen her als Keglerrunde typisiert hätte. Eine krasse Fehleinschätzung, wie sich nun herausstellte, denn ihr offensichtlicher Rädelsführer, ein Kerl mit großen Händen, dicht behaarten Unterarmen und einer Teilglatze, von der links und rechts ungepflegte Haarbüschel abstanden, outete sie als Verein von Hobbysportlern, der am diesjährigen Ironman teilnehmen würde. Das erklärte für Heinz, warum sie alle gespritzte Fruchtsäfte bestellt hatten und nicht große Biere, wie er es von ihnen erwartet hätte.

„Dreitausend Euro habe ich heuer noch einmal in mein Rad gesteckt", sagte der Fastkahle soeben mit jener Art lauter Stimme, die jeden im Umkreis von drei Tischen zum Mithören zwang. „Neues Navi, neue Bremsen, leichtere Räder ..."

„Wozu brauchst du ein Navi?", unterbrach ein Zweiter mit nicht minder lauter Stimme, „hast du Angst, dass du dich beim Ironman verfährst?" Der Rest lachte.

„Weißt du, wie viel ich das ganze Jahr über trainiert habe?", empörte sich der Verspottete. „Wenn ich so richtig im Training drin bin, dann übersehe ich oft, wohin ich fahre. Da brauchst du ein Navi, so blöd das auch klingt."

„Das kenn ich, das geht mir auch so", pflichtete ein Dritter bei.

„Super ist das!" Die Stimme des Rädelsführers machte klar, wie wohl er sich fühlte. „Übermorgen geht's endlich los, ich kann's kaum noch erwarten."

„Ich hab die Schnauze auch schon voll vom Trainieren", sagte der Zweite wieder, der damit abermals Gelächter erntete. Der Erste sprach ihn nun direkt an: „Sei einmal ehrlich, fühlt sich das nicht super an, wenn du nach dem Training erschöpft nachhause kommst und dich unter die Dusche stellst?"

„Allerdings, weil's dann nämlich vorbei ist." Wieder Gelächter.

„Im Ernst jetzt: Fühlt sich das super an, oder nicht?"

„Ja ... ja, eh."

Heinz schmunzelte. So, wie die Antwort des Gefragten klang, fühlte er sich kein bisschen super.

„Allein schon die Ernährungsumstellung", schwärmte der Rädelsführer weiter, „ich habe mir früher nie vorstellen können, dass ich so eine Diät auf Dauer durchhalte. Den Vogel hätte ich jedem gezeigt, der mir das vorgeschlagen hätte! Aber so ist das im Leben, manche Dinge muss man selbst machen, damit man sie glaubt."

„Also ehrlich gesagt", meldete sich nun ein Vierter aus der Runde zu Wort, nachdem er sich geräuspert hatte, „bin ich froh, wenn ich wieder normal essen kann. Diese ganzen Nahrungszusätze, ich weiß nicht, die habe ich eigentlich nie gut vertragen. Und das mit dem Training, na ja, super ist es schon, aber diese Muskelkrämpfe die ganze Zeit, die Zerrungen und so weiter ... nein, also ich bin froh, wenn es vorbei ist und der Alltag wieder normal wird. Ich habe im ganzen letzten Jahr meine Familie kaum gesehen vor lauter: arbeiten, heimkommen, umziehen, trainieren, duschen, schlafen. Wenn ich das meiner Frau noch ein Jahr lang antue, verlässt sie mich wahrscheinlich für einen Unsportlichen."

„Wenn sie nicht versteht, was dir am Herzen liegt, soll sie doch gehen", entgegnete der Rädelsführer schroff und erntete damit Laute des Missfallens von der ganzen Runde. „Ist doch wahr", beharrte er, „meine Familie zieht voll mit. Meine Frau hat am Anfang mit mir mittrainiert, bis ich ihr zu schnell geworden bin, und dann hat sie mir bei der Diät geholfen und beim Aussuchen der Sportsachen. Meine Kinder wollten auch beim Ironman mitmachen, aber das hab ich ihnen verboten. Solange sie noch im Wachstum sind, ist das viel zu gefährlich für sie, die ganze Anstrengung und so weiter. Aber ich habe beiden die hundert Euro für die Anmeldung als freiwillige Helfer bezahlt. Die haben sich gefreut, sage ich euch!"

Heinz blickte sich verstohlen zu der Tischrunde um, als könnte das, was er sah, das, was er gehört hatte, glaubhafter machen. Einhundert Euro pro Kind, damit dieses für den Ironman arbeiten durfte? Bekam man für gewöhnlich nicht etwas dafür, wenn man seine Arbeitskraft zur Verfügung stellte?

„Servus, servus!"

Wilfried Egger war gekommen und Heinz blieb sitzen, während er ihm die Hand reichte. Egger, Journalist bei der lokalen Tageszeitung „Kärntner Beobachter", war trotz seiner Männer-Stöckelschuhe im Stehen nicht viel größer als Heinz im Sitzen, weshalb dieser ihn nicht frustrieren wollte, indem er aufstand. Der Neuankömmling rückte einen der Sessel zurück und zwängte seinen Bauch hinter die Tischkante, ehe er seinen unregelmäßig wachsenden, lichten Bart kratzte. Ein satter Hauch von Schweiß stach in Heinz' Nase.

„Tut mir leid, die Verspätung, aber du weißt ja: Termine, Termine", sagte Egger geschäftig, griff zur Speisekarte und begann, während er darin blätterte, übergangslos von seinen soeben getätigten Recherchen zu erzählen, die jedoch nichts mit dem Grund dieses Treffens zu tun hatten.

Am Vormittag hatte Heinz den Namen Hannes Tengg in eine Suchmaschine eingegeben, woraufhin er gleich bei einem der ersten Einträge den Namen Wilfried Egger entdeckt hatte. Egger hatte einen Zeitungsartikel über Hannes Tengg und dessen dauerhafte Rivalität mit dem US-amerikanischen Triathleten Josh Strongbow verfasst. Da Heinz und Egger einander seit geraumer Zeit bei der Beschaffung von Informationen halfen, hatte Heinz sich mit ihm zum Mittagessen verabredet, um mehr über Tengg zu erfahren. Darüber hinaus wusste Egger als Journalist bestens über die Todesfälle bei den vergangenen beiden Ironman-Wettbewerben in Klagenfurt Bescheid, weshalb Heinz sich auch hierzu neue Einzelheiten erhoffte.

Der Kellner kam und nahm die Bestellung auf. Heinz orderte die Tomatensuppe, Egger ein Schnitzel Wiener Art.

„Kennst du den Unterschied zwischen Wiener Schnitzel und Schnitzel Wiener Art?", fragte er, als der Kellner gegangen war, und wartete Heinz' Kopfschütteln gar nicht erst ab. „Ein Wiener Schnitzel ist immer vom Kalb. Ist es nicht vom Kalb, ist es ein ‚Schnitzel Wiener Art'."

„Wilfried, ich brauche dein Fachwissen." Wie üblich sah Heinz keine andere Möglichkeit als einen abrupten Themenwechsel, um Eggers Geplapper zu unterbrechen. Tatsächlich hörte der Journalist nun zu, als der Detektiv ihm von seinem aktuellen Fall erzählte. Selbstverständlich, so sagte er danach, wüsste er eine ganze Menge über den „Ironman-Zirkus", wie er sich ausdrückte, und über Hannes Tengg, und begann sofort, Heinz mit all diesem Wissen zu überschütten.

Nachdem der Kellner das Essen gebracht hatte, rührte Heinz unentschlossen in seiner Tomatensuppe herum, während er versuchte, Wilfried Egger zuzuhören. Dass seine Konzentration immer wieder abschweifte, war nur zum Teil auf seinen Kater zurückzuführen. Der Journalist hatte nämlich eine Art zu erzählen, die Heinz an höflichen Tagen als ichbezogen oder als langweilig bezeichnet hätte, was bei Egger auf dasselbe hinauslief.

„Mir ist da als einzigem Reporter aufgefallen, dass Strongbow andere Rennschuhe trug", erzählte dieser gerade. Dabei brachte er das Kunststück zustande, zwischen den Sätzen große Stücke des Schnitzels in seinen Mund zu werfen, die er dann irgendwie während des Sprechens kaute und schluckte. „Er hatte mit der neuen Saison den Sponsor gewechselt. Freilich, wenn man in dem Zirkus unterwegs ist, weiß man das, aber im Regionaljournalismus sind solche Dinge nicht allgemein bekannt, da kommt's darauf an, ob man ein Auge fürs Detail hat." Ein triumphierendes Grinsen brachte seine gelben Zähne zum Vorschein, deren unregelmäßige Zwischenräume mit Schnitzelresten verfugt waren.

Heinz fasste sich ein Herz und leerte einen Löffel Tomatensuppe in seinen Mund, eine Bewegung, die ihn so viel Überwindung kostete, als müsste er sich von einer Felsklippe stürzen. Zu seiner Überraschung schmeckte ihm die Suppe sehr gut und auch sein Magen nahm die wohlige Wärme dankbar an, was Heinz dazu ermutigte, weitere Löffelladungen folgen zu lassen. Die Informationen, die er über Hannes Tengg brauchte, ließen indessen auf sich warten, zumal Wilfried Eggers

Ausführungen immer wieder in alle möglichen und unmöglichen Richtungen abdrifteten. Heinz griff deshalb lenkend ein: „Wie muss ich mir eine solche Rivalität vorstellen?", fragte er, woraufhin der Journalist kurz stockte, überrascht, dass sein Zuhörer ihm ins Wort gefallen war. Doch er nahm den neuen Faden sofort auf.

„Tödlich! Freilich grinsen sie in die Kameras und hauen sich für die Siegerfotos gegenseitig auf die Schultern, aber wenn sie könnten, hoho, ich sage dir, wenn sie könnten, dann würden sie sich gegenseitig den Hals umdrehen."

„Geht's denn dabei um so viel Geld?"

„Das Geld ist es erst in zweiter Linie. In erster Linie geht es um die Ehre. Sieh es einmal so: Was damals im Mittelalter die Ritter waren, das sind heute die Sportler."

Heinz senkte das Gesicht in die Hände. Er wusste, dass er die nun folgende historisch fragwürdige, dafür aber umso pathetischere Gegenüberstellung von altem Ritter- und modernem Sportlertum zumindest eine Zeit lang über sich ergehen lassen musste, um Wilfried nicht zu verletzen. Als ihm der richtige Zeitpunkt schließlich gekommen schien, fiel er ihm erneut ins Wort: „Wer von den beiden ist der bessere Athlet?"

„Das ist es ja gerade: Sie sind beide gleich gut. Seit Jahren schon liefern sie sich ein Kopf-an-Kopf-Rennen. Manchmal ist Hannes Tengg um eine Nasenlänge voraus, dann wieder Josh Strongbow. Das macht dieses Duell ja gerade so spannend. Wenn das nicht wäre, wären die Namen der beiden wahrscheinlich nicht einmal bekannt."

„Wieso?"

„Na ja, sie gehören nun einmal nicht zu den Spitzensportlern."

„Nicht?"

Wilfried Egger schüttelte lachend den Kopf.

„Keiner der beiden ist je auch nur in die Nähe des Siegespodests gekommen."

„Ja, aber dann ... dann verstehe ich nicht ..."

„Was glaubst du, wie viele Profisportler am Ironman teilnehmen?" Egger warf den letzten Schnitzelfleck ein, der irgendwo hinter seinen Lippen und irgendwann zwischen seinen Worten zerkleinert wurde. Seine Stimme klang überlegen. „Auf dem Siegerpodest gibt es nur drei Plätze, und die machen sich eine Handvoll der Besten untereinander aus – na ja, quasi eine Handvoll."

„Wer sponsert dann all die anderen?"

Egger lachte wieder, diesmal nachsichtig.

„Es geht ja nicht zwingend darum, dass ein Sportler gewinnt. Vor allem geht es darum, dass er eine große Fangemeinde hat. Wenn er sympathisch ist, sehen viele Fans auch gerne darüber hinweg, dass er nicht auf dem Stockerl steht."

„Ja, aber was bringt das dem Sponsor?"

„Dass die Community ihrem Athleten nacheifert, seine Schuhmarke trägt, seine Sport-Videos in Social Media-Kanälen teilt, wodurch noch mehr Leute das Herstellerlogo auf dem Fahrrad sehen und so weiter."

Heinz verabreichte sich eine innerliche Ohrfeige für seine gedankenlos-naive Frage. Erst dadurch wurde ihm aber bewusst, dass Hannes Tenggs Rivalität mit Josh Strongbow durchaus in seine Ermittlungen passte.

„Einmal angenommen, Strongbow wollte Tengg aus dem Rennen werfen", sprach er laut aus, was er dachte, „wäre da nicht Gift das geeignete Mittel?"

„Schon, aber Strongbow müsste Hannes Tengg vergiften und nicht seinen Schwager und seinen Vater, sonst hilft's nichts", witzelte Egger.

„Was, wenn es ein Versehen war?"

„Ein Versehen? Wie denn?"

„Was weiß ich? Vielleicht hat er irgendein Nahrungsmittel oder ein Getränk vergiftet, das für Hannes Tengg bestimmt war und das stattdessen einmal von Christoph Neunteufel und einmal von Josef Tengg gegessen oder getrunken wurde."

„Also, das müsstest du mir schon im Detail zeigen, damit ich es glaube!"

„Ich spinne ja auch nur vor mich hin", rechtfertigte sich Heinz, „aber du verstehst, was ich meine, oder?"

Egger nickte, wandte jedoch ein: „Das erscheint mir aber schon an den Haaren herbeigezogen. Ich meine, sportliche Rivalität ist das eine, Mord das andere, noch dazu in dieser hartnäckigen Dummheit."

„Was meinst du?"

„Wer zweimal den Falschen vergiftet, ist gleich hartnäckig, wie er dumm ist – oder umgekehrt."

Heinz sann nach. Auf den ersten Blick mochte sein Verdacht wenig glaubhaft sein, doch er kannte die Natur der Rivalität zwischen Tengg und Strongbow bislang ja auch nur sehr oberflächlich. Auf alle Fälle wollte er diesen Gedanken im Hinterkopf behalten.

„Du hast Hannes Tengg nicht zufällig einmal interviewt?", fragte er nun.

Der Journalist räusperte sich kurz.

„Persönlich leider nicht, dazu geht die Sportberichterstattung in unserem Lokalteil nicht tief genug. Abgesehen davon bin ich nicht für den Sport zuständig." Als er Heinz' schräges, diabolisches Grinsen sah, fragte er verunsichert: „Was ist?"

„Ich glaube", erwiderte Heinz, „ein Reporterkollege von Wilfried Egger wird Hannes Tengg um ein Interview bitten."

Kapitel 4

Freitag, 17 Uhr

Als Heinz zum zweiten Mal an diesem Tag im Sportdress den Lendhafen betrat, wusste er, dass das Leben ihn für den Vorabend bestrafen wollte. Es war siebzehn Uhr und sein Unwohlsein bis auf ein unterschwelliges Kopfbrummen abgeklungen. Dennoch machte ihm das Tageslicht zu schaffen, das die Steinmauern und der Schotterboden so gleißend reflektierten, dass Heinz sich dafür verfluchte, keine Sonnenbrille mitgenommen zu haben. Obendrein hatten sich die Mauer und der Boden den ganzen Tag über so in der Sonne aufgeheizt, dass Heinz schon nach wenigen Sekunden spürte, wie die Schweißdrüsen auf seiner gesamten Körperoberfläche aktiv wurden. Er stellte sich in den Schatten eines Pfeilers der Fußgängerbrücke.

Hannes Tengg hatte einem Interviewtermin nur unter der Bedingung zugestimmt, dass Heinz ihn bei seinem Lauftraining begleitete, damit er – und darin erkannte Heinz eine unschöne Parallele zu Direktor Oberhofer – keine Zeit verlor. Heinz, der seinem Empfinden nach heute schon genug gelaufen war, hatte am Telefon schwach dagegen argumentiert, dass er ja gar nicht die erforderliche Kondition hätte, doch Hannes Tengg hatte beruhigend erklärt, es würde sich ohnehin nur um einen Abwärmlauf mit eingestreuten Lockerungsübungen handeln.

Als Heinz an das Telefonat zurückdachte, verzogen sich seine Lippen zu einem schiefen, sardonischen Grinsen.

Abwärmlauf! Ich schwitze ja schon beim Stehen im Schatten.

Es verging eine knappe Viertelstunde, ehe Tengg im lockeren Trab gelaufen kam. Obwohl Sonnenbrille und Schirmkappe sein Gesicht nahezu unkenntlich machten, erkannte Heinz ihn sofort. Es war diese spielerische Leichtigkeit in seiner Bewegung, die ihn verriet. Nur ein durch und durch trainierter Mensch konnte den Eindruck der Unempfindlichkeit gegenüber Dingen wie Schwerkraft, Bodenreibung und Luftwiderstand vermitteln. Hannes Tengg blieb vor dem Hafenbecken stehen und ging in die Hocke. In dieser Stellung wippte er mehrmals, wobei er immer wieder das Bein wechselte, das die Hauptlast trug. Heinz trabte zu ihm hin, er war froh, dass er dem Athleten nicht nachlaufen musste, um auf sich aufmerksam zu machen.

„Herr Tengg?" Hannes Tengg blickte in einer Weise auf, die Heinz als Bejahung auffasste. „Mein Name ist Ernst Hoffmann, ich bin vom Kärntner Beobachter." Der Sportler nickte nur, aber immerhin mit dem Anflug eines Lächelns. „Danke, dass Sie sich Zeit für mich nehmen."

„Keine Ursache." Tenggs Stimme klang tief und in keiner Weise außer Atem.

„Ich habe Ihnen ja schon am Telefon gesagt, dass es um Ihr mittlerweile legendäres Duell mit Mister Strongbow geht."

Heinz hatte schon oft genug Journalisten gespielt, um die Rolle zu beherrschen. Zwar musste er sich dazu überwinden, den englischen Namen in übertriebener Weise amerikanisch auszusprechen, weil er das einfach nur lächerlich fand, doch er wusste, dass er dadurch authentisch erscheinen würde, nämlich wie ein Provinzreporter, der glaubte, damit welterfahren zu wirken.

„Fuck hey. Duell."

Heinz wusste Tenggs Bekundung nicht recht zu deuten, darum fragte er nach: „Wie meinen?"

„Bei euch Journalisten läuft's immer auf einen Krieg hinaus. Wir machen nur Sport, Alter, sonst nichts."

Heinz machte sich bewusst, dass Hannes Tengg gerade einmal siebenundzwanzig Jahre alt war. Durch seine große, muskulöse Statur, sein Sportdress und die kontrollierten, weil schier endlos oft wiederholten Übungsbewegungen wirkte er jedoch um einiges älter. In der Rolle eines Reporters, der nur mit den Wassern seiner Heimatstadt gewaschen war, fuhr Heinz großspurig fort: „Na, ein bisserl mehr ist es schon. Immerhin hängt eine Menge Geld davon ab, ob Sie gewinnen oder verlieren. Ihre ganze Existenz, wenn man's genau nimmt."

Tengg lachte locker, ehe er fragte: „Alter, welche Ahnung hast denn du?"

„Was meinen Sie ... meinst du?"

„Ich sterbe ja nicht gleich, wenn ich einmal nicht gewinne. Glaubst du, die schmeißen mich deshalb aus dem Team?"

„Aber ... deine Sponsoren ...?"

„Die reden da überhaupt nicht mit. Von woher kommst du eigentlich? Vom Wetter?"

„Nein, Lokalredaktion, aber sehr sportinteressiert."

„Und nix anderes ist es, was ich mache. Nur Sport."

„Du willst mir jetzt aber nicht erzählen, dass dir Mister Strongbow vollkommen wurscht ist, oder?"

„Nein, nein, nein." Hannes Tengg stand auf und schüttelte kurz die Beine aus, ehe er sich im lockeren Trab in Bewegung setzte. Heinz folgte ihm. „Josh ist ein super Konkurrent. Gleich stark wie ich. Was Besseres gibt's nicht."

„Wieso?"

„Weil das der beste Motivator ist, wo gibt. Wenn einer viel besser ist als du, fuck hey, dem kommst du eh nicht nach. Und wenn einer viel schlechter ist als du, interessiert er dich eh nicht. Aber wenn einer fast gleich so gut ist wie du, das spornt richtig an, weil dem willst du immer einen Schritt voraus sein."

„Also ein Duell, oder?"

„Ach Scheiße, Duell! Wir schießen ja nicht aufeinander, wir laufen gegeneinander und fahren und schwimmen gegeneinander."

Heinz fielen Bodenmarkierungen auf, die in der Früh noch nicht da gewesen waren. „Go, Franky, go! 818" stand da mit Sprühfarbe geschrieben, „Du schaffst es, Papa! 1023" mit Kreide. Diese Botschaften wurden alljährlich von Fans oder Angehörigen der Ironman-Teilnehmer platziert, um diese zu motivieren. Die beigefügten Nummern waren die Startnummern des jeweiligen Athleten und sollten sicherstellen, dass die Motivation den richtigen Franky oder Papa erreichte. Das hatte mittlerweile Tradition – ebenso wie die öffentliche Diskussion in den Wochen danach, wer die Kosten für die Entfernung dieser Markierungen tragen solle.

„Ein bisserl Feindschaft ist aber schon dabei, oder?", fragte Heinz nun, um an Hannes Tenggs Worte von vorhin anzuknüpfen. Dieser zischte verächtlich.

„Alter, du hast echt keine Ahnung."

Heinz hatte das Gefühl, er und Tengg würden einer Dimensionsgrenze entlanglaufen, die genau zwischen ihnen verlief. Denn während seine Schrittfolge zappelig war und er schon jetzt spürte, dass sein Atem schwerer ging, schien der Athlet fast nur am Stand zu hüpfen.

„He – meine Leser lieben den Nervenkitzel. Soll ich schreiben, dass du und Mister Strongbow die besten Freunde seid? Das reißt doch niemanden vom Hocker!"

„Wenn du lügen musst, damit du dein Blatt verkaufst, dann musst du eben lügen."

In der nun folgenden Gesprächspause ermahnte sich Heinz zur Mäßigung. Nur um seine Rolle überzeugend zu spielen, hatte er sich in ein Thema verrannt, das ihn überhaupt nicht interessierte. Da er keinen Anknüpfungspunkt für einen inhaltlichen Schwenk sah, blieb ihm nichts anderes übrig als ein abrupter Themenwechsel: „Ein weiterer Grund für dieses Interview ist natürlich auch das tragische Schicksal deiner Familie." Verstohlen beobachtete Heinz die Reaktion seines Interviewpartners, doch dieser ließ sich nichts anmerken. „Vergangenes Jahr ist dein Vater beim Ironman ums Leben gekommen, das Jahr davor dein Schwager. Macht dir das nicht irgendwie Angst?"

Hannes Tengg antwortete mit einigen Sekunden Verzögerung: „Mir macht eher Angst, was du darüber wieder schreiben wirst."

„Ja, tut mir leid, das frühere. Aber im Ernst jetzt: Machst du dir keine Sorgen?"

„Warum sollte ich?"

„Es sieht irgendwie so aus wie eine Serie", begann Heinz behutsam. „Dein Schwager war ja nur wenig älter als du. Dann dein Vater ... und du läufst heuer trotzdem mit?"

„Ich bin nicht abergläubisch, wenn du das meinst." Heinz wartete die Pause ab, er spürte, dass da noch mehr kam. „Christoph hatte ein schwaches Herz. Papa war alt. Es hätte nicht passieren sollen, aber es ist passiert. So was passiert nun einmal."

„Hast du versucht zu verhindern, dass die beiden am Ironman teilnehmen?"

„Im Gegenteil, ich war es, der Christoph gesagt hat, er soll mitmachen. Und wie der mitgemacht hat, hat sich auch Papa dafür begeistert."

Heinz war weniger über Tenggs Offenheit irritiert als über den stolzen Unterton, mit dem dieser davon erzählte.

„Das musst du mir erklären."

Tengg blieb wieder stehen, stellte sich breitbeinig hin und begann, seinen Oberkörper über die Seiten zu dehnen. Dabei fuhr er fort: „Der Christoph war ein ganzer Kerl, auch wenn er wie ein halbes Hemd ausgeschaut hat. Und sein Herz war am richtigen Fleck, auch wenn es schwach war. Ich hab ihm immer gesagt, dass auch er das schaffen kann. Den Ironman, meine ich. Der hätte eh viel früher mitgemacht, wenn die Christine nicht so ein Trara gemacht hätte."

„Seine Frau? Deine Schwester?"

„Wegen seinem schwachen Herz natürlich. Aber ich hab immer gesagt, wenn er es schön langsam angeht, kann ihm nichts passieren. Und außerdem war er ja beim Peter in Behandlung, der hat ihn seit Jahren gekannt und gewusst, worauf er schauen muss."

„Der Peter war sein Arzt, nehme ich an?"

„Wir sind alle beim Peter in Behandlung, die ganze Familie."

„Also euer Hausarzt, dieser Peter ...?"

„Hausarzt ... ja, auch. Der Peter ist Sportmediziner. Aber wie er seine Praxis eröffnet hat, haben wir alle gerade einen neuen Arzt gesucht. Für mich perfekt, weil ich ja dann meine Profikarriere gestartet habe, und ohne medizinischen Betreuer geht da nix."

Heinz musste sich konzentrieren. Wenn er in den Augen des Athleten zu viele Dinge wusste, die er in seiner Rolle als Journalist nicht wissen konnte, flog seine Tarnung auf. Deshalb fragte er nach: „In Klagenfurt, oder wo hat er seine Ordination? Wie heißt er überhaupt?"

„Zernatto. In Klagenfurt, ja."

„Und der war schon sozusagen euer Hausarzt, als Christoph auf die Idee kam, beim Ironman mitzumachen?"

„Ja, schon längst. Den Christoph hat er aber schon vorher gekannt."

Nachdem Hannes Tengg seine Glieder ausgeschüttelt hatte, lief er weiter. Heinz gab sein Bestes, um mit ihm Schritt zu halten und gleichzeitig Klarheit in seine Gedanken zu bekommen. Wie konnte es sein, dass Doktor Zernatto Christoph Neunteufel schon behandelt hatte, bevor dessen Familie ihn konsultierte? Das ergab auch nach mehrmaligem Nachdenken keinen Sinn, weshalb Heinz nachfragte: „Wie meinst du das, Doktor Zernatto hat Christoph vorher schon gekannt?"

Hannes Tengg schnaufte ungeduldig, als müsste er einem Dreijährigen zum dritten Mal erklären, warum nachts nicht die Sonne schien: „Peter war vorher Herzspezialist. Ich glaube in Graz oder so. Damals war Christoph schon bei ihm in Behandlung wegen seiner Herzschwäche. Und dann, als Peter seine Privatpraxis in Klagenfurt eröffnete, als Sportmediziner, da nahm er Christoph als Patienten sozusagen mit, weil der eh in Klagenfurt wohnte. Das war gescheiter, als wenn Christoph zur Behandlung weiter nach Graz oder sonst wohin gefahren wäre, noch dazu, wo Peters Nachfolger seine Leidensgeschichte nicht gekannt hätte."

„Verstehe, dann war es also Christoph, der euch zu Doktor Zernatto gebracht hat."

Hannes Tengg sah Heinz im Laufen von der Seite her an, als hätte dieser nicht alle Balken unter dem Dach. Heinz spürte den Blick, wusste ihn jedoch nicht einzuordnen, bis der Athlet endlich sagte: „Nein, da haben wir uns noch gar nicht gekannt."

„Wer ...?"

„Alter! Christoph und Christine haben sich ja erst beim Peter im Wartezimmer kennengelernt. Meine Leute und ich, wir haben einen neuen Arzt gebraucht, weil der alte in Pension gegangen ist. Und weil ich damals gerade am Sprung zum Profi war, habe ich einen Sportmediziner gesucht. Und Papa und Christine habe ich gleich mitgenommen."

„Ach, so ist das! Und Doktor Zernatto hat dann auch Christophs Training überwacht?"

„Aber wie! Jede Woche machte er Herzmessungen, stellte die Medikamentendosen ein und so weiter, und so weiter. Normal hätte da nix passieren dürfen."

Heinz sah an dem Schatten, der plötzlich auf Hannes Tenggs Miene zu liegen schien, wie sehr ihn die Umstände des Todes seines Schwagers mitgenommen hatten. Deshalb bemühte er sich um größtmögliches Einfühlungsvermögen, als er die Frage formulierte, die ihm auf der Zunge lag: „Hat deine Schwester dir je Vorwürfe gemacht, weil du ..."

„Ja. Sie gibt mir die Schuld an dem, was Christoph passiert ist. Und Papa. Das wird nie mehr aufhören."

Heinz konnte nicht leugnen, dass ihn der Sportler tief beeindruckte. Seine Offenheit schien ebenso ehrlich zu sein wie sein Umgang mit der Situation. Er log sich nicht selbst etwas vor, wusste, wo er stand, und war dennoch felsenfest davon überzeugt, nicht falsch gehandelt zu haben. Gerade diesen Punkt wollte Heinz aber noch abklopfen.

„Wie siehst du das?"

„Wie sehe ich das", wiederholte Tengg im Murmelton die Frage für sich selbst und schwieg dann geraume Zeit, ehe er antwortete: „Ich sehe das so, dass ein Mann immer selbst wissen muss, was er tut, und dass er die Folgen seiner Entscheidung nicht anderen in die Schuhe schieben darf. Ich meine, ich habe die beiden zu nichts gezwungen. Den Christoph nicht und Papa schon gar nicht, weil der ließ sich sowieso nie was dreinreden. Alles, was ich getan habe, war, den Christoph mit meiner Begeisterung anzustecken. Und er steckte dann Papa damit an."

„Aber wenn ... wenn du sie nicht angesteckt hättest, dann ... dann könnten die beiden noch ..."

„Ich wollte nicht, dass es so kommt. Niemand wollte das. Aber wenn du gesehen hättest, wie die zum Schluss noch aufgeblüht sind ... ich meine ... diese Begeisterung vom Ironman ... wenn ich einmal sterben muss, Alter, dann hoffe ich, es ist auf die Art."

Wenn du dir da nur kein schlechtes Omen herbeiredest, Alter!

„Wie geht deine Schwester mit der ganzen Situation heute um? Ihr Cateringunternehmen versorgt auch heuer wieder den Ironman, so wie in den vergangenen Jahren. Hat sie nicht Angst, die Unglücksserie könnte sich fortsetzen?"

Hannes Tengg spuckte auf den Boden. Heinz konnte nicht beurteilen, inwieweit das eine Reaktion auf seine Frage war.

„Ja, die hat's nicht einfach. Die hat sich von Christophs Tod nie mehr erholt. Sie flehte Papa an, nicht beim Ironman zu starten, und wie auch er starb, ist sie zusammengeklappt. Sie wollte nachher nie mehr was mit dem Ironman zu tun haben. Auch mit der Cateringfirma nicht. Ich redete wochen- und monatelang auf sie ein, damit sie es sich noch einmal überlegt."

„Warum ist dir das so wichtig?"

„Weil die beiden Unfälle nichts weiter als verdammtes Pech waren, Alter! Ich will unbedingt, dass sie niemals aufgibt und dass sie von ihrem Aberglauben wegkommt. Wir haben ja jetzt niemanden mehr außer uns zwei, da muss ich ihr ja beweisen, dass das kein Fluch ist, der auf ihr liegt, sondern dass es verdammtes Pech war."

„Sie hat Angst um dich."

„Aber wie! Alleine hätte ich sie heuer eh nicht mehr überreden können. Gott sei Dank hat mir der Valte geholfen."

„Wer?"

„Ich weiß nicht, wie der mit vollem Namen heißt. Ihr Angestellter, der alles für sie schupft."

Prugger, ihre rechte Hand. Ich hab mit dem Kerl schon telefoniert. Aha, Valte heißt er mit Vornamen; Valentin.

„Warum hat der dich unterstützt?"

Hannes Tengg grinste Heinz verschmitzt an.

„Wegen dem Geschäft. Ist nicht so leicht, beim Ironman reinzukommen, und die Bezahlung ist super, vom Ansehen ganz zu schweigen. Wenn du da einmal nicht mitmachst, kommst du wahrscheinlich nie wieder rein."

„Du hast gesagt, von dir ist die Begeisterung auf Christoph übergesprungen und dann von Christoph auf deinen Vater. Wie war das? Ich meine, warum hat sich dein Vater von Christoph begeistern lassen?"

„Weil auch Papa ein echter Kerl mit dem Herz am richtigen Fleck war. Dem hat das getaugt, wie sich Christoph in die Sache reinhängt, und irgendwann sagte er: ‚Wenn das ein Junger mit einem kranken Herz schafft, dann schafft das auch ein Alter mit einem gesunden Herz.' Er betrachtete das Ganze als Familienangelegenheit: ich das Zugpferd, er und sein Schwiegersohn als eiserne Außenseiter. Und Christine serviert die Getränke." Tengg lachte in einer kindlichen Art, in der er sonst wohl nur in Gegenwart seiner Familie lachte, wie Heinz glaubte. „Die beiden haben zwei Jahre lang jeden Tag in ihr Training hineingekämpft, bis sie so weit waren, dass sie antreten konnten. Papa hatte ja später angefangen, deshalb wollte er ein Jahr nach Christoph starten."

„Hat ihn der Unfall von Christoph nicht abgeschreckt?"

„Da kennst du Papa aber schlecht. Angespornt hat ihn das. ‚Lass dich nie unterkriegen', das waren die letzten Worte, die er zu Christine gesagt hat, bevor er an den Start ging. Und zu mir hat er gesagt: ‚Christoph zu Ehren werde ich den Ironman bis zum Ende durchmachen, und wenn's mein eigenes Ende ist.' Und das Versprechen hat er gehalten."

Heinz drehte sich zur Seite und räusperte sich, um das spontane Lachen zu verbergen, das ihm die unfreiwillige Komik von Hannes Tenggs Erzählung ins Gesicht gejagt hatte.

„War es dir auch so ein großes Anliegen, dass die beiden mitmachen?", fragte er dann.

„Hast du mir nicht zugehört? Mir hat das getaugt, wie ich gesehen habe, wie die zwei sich nicht unterkriegen lassen! Wenn ich so richtig trainiere, dann treibt mir der Schmerz oft die Tränen in die Augen. Aber ich bin das gewohnt und ich weiß immer genau, wie weit ich gehen kann. Christoph und Papa wussten das nie, aber das hielt sie nicht auf."

„Aber sie waren doch beide unter ärztlicher Beobachtung, oder? Doktor Zernatto hat doch auch deinen Vater bei seinem Training betreut, oder?"

„Ja, freilich, ohne Peter ging gar nichts. Aber das nützte den beiden nichts. Alles kann man eben nicht vorhersagen."

„Warum hast du sie eigentlich in dein Team geholt? Aus Respekt, weil sie nicht aufgaben?"

„Na, vor allem, damit sie einen Sponsor kriegen. Das ganze Renn-Equipment ist nicht billig, wenn man es selbst kaufen muss."

„Aber hast du damit nicht viel riskiert? Ich meine, deinen Sponsor zu erpressen, dass er deine Verwandten unterstützt – hätte der Schuss nicht auch nach hinten losgehen können? Hätte dein Sponsor nicht sagen können: ‚Das geht mir jetzt zu weit, schau, dass du woanders unterkommst'?"

Einmal mehr sah der Sportler Heinz von der Seite her an und dieser konnte Tenggs Fassungslosigkeit regelrecht spüren.

„Du hast echt keine Ahnung, Alter. Wenn ein Herzkranker oder ein Greis mitläuft, dann schaut doch die ganze Welt hin. Was Besseres kann sich ein Sponsor ja gar nicht wünschen!"

„Okay, aber wenn die wegen Überanstrengung sterben, während die ganze Welt hinsieht, erreicht der Sponsor doch das genaue Gegenteil, oder nicht?"

„Aber damit hat doch keiner gerechnet!" Hannes wurde laut. „Beim ersten Mal sowieso nicht und beim zweiten Mal erst recht nicht. Wer glaubt denn schon, dass sich so etwas wiederholt? Okay, wenn ich meinem Team heuer noch einmal mit einem aus meiner Familie gekommen wäre, dann, ja, dann hätten sie mir wahrscheinlich was gepfiffen, aber in den letzten beiden Jahren ..."

Noch während Hannes Tengg sprach, fiel Heinz etwas auf. Es stimmte gar nicht, dass ein Sponsor Schaden nahm, wenn die ganze Welt beim Sterben seines

Athleten während eines Wettkampfs zusah, im Gegenteil: Es gab wohl keine andere Situation, die noch größere Aufmerksamkeit erregen konnte. Und heuer, nachdem dies zweimal hintereinander geschehen war, würde alle Welt gespannt auf Hannes Tengg blicken, den letzten Athleten seiner Familie. Wie groß die Aufmerksamkeit wohl wäre, würde Hannes Tengg während des Wettkampfs sterben? Doch dieser schien nicht eine Sekunde darüber nachzudenken, und das durfte er wohl auch nicht, wollte er beim bevorstehenden Ironman eine gute Figur machen. Wie er selbst gesagt hatte, glaubte er nicht an eine Unglücksserie, nicht einmal ein Schatten von Angst schien auf seiner Seele zu liegen.

Und noch etwas fiel Heinz auf. Wenn die Rivalität zwischen Hannes Tengg und Josh Strongbow tatsächlich so tödlich war, wie Wilfried Egger behauptet hatte, dann gab Tengg sein Bestes, seine wahren Gefühle zu kaschieren – und das hatte er weder nötig noch war er der Typ dafür. Da war es viel wahrscheinlicher, dass Egger sich mit dieser Behauptung noch dicker machen wollte, als er ohnehin schon war.

Während Heinz und Hannes Tengg geplaudert hatten, passierten sie die Steinerne Brücke sowie die Unterführung der Villacher Straße, vor der Heinz' unfreiwilliger Morgensport geendet hatte. Diesmal hielt er mit seinem Gesprächspartner mit, lief mit ihm an der Lendkanalbrücke vorbei, die zur Universität hinüberführte, sowie am Reptilienzoo Happ und an der Rückseite des Minimundus-Areals. Nach der nächsten Unterführung, auf der Höhe des am anderen Lendkanal-Ufer liegenden Seepark-Hotels, bogen sie nach rechts weg, durchquerten den soeben neueröffneten riesigen Spielplatz und liefen über den Parkplatz des Wörthersee-Strandbades bis zu jenem Bereich des Metnitzstrandes, den dieser Tage der Ironman für sich in Anspruch nahm. Am VIP-Zelt, in dem wohl gerade die Cateringfirma seiner Schwester am Werk war, verabschiedete sich Hannes Tengg von Heinz und lief weiter zur Seepromenade hinunter, wohl, um sein Training fortzuführen.

Heinz blieb stehen und verschnaufte, dann ging er langsam den Zaun entlang, der das VIP-Zelt großräumig umschloss, um die Lage zu sondieren. Das Zelt hatte zwei Stockwerke, die mit weißen Plastikplanen teilweise vor Blicken von außen geschützt waren. An einer der Längsseiten befanden sich zwei kleine Vorzelte, deren Eingangsbereiche offenstanden, so dass Heinz durch das Zaungitter hindurch aus etwa zehn Metern Entfernung in sie hineinsehen konnte. Sie dienten offenbar als Lager- und Vorbereitungsräume. An die andere Längsseite des VIP-Zelts schloss die Rückseite einer Tribüne an, die mit einer zweiten, ihr gegenüberliegenden Tribüne eine Gasse bildete. In dieser Gasse stand ein großer, aufblasbarer Torbogen, der übermorgen den Zieleinlauf des Ironman-Wettbewerbs bilden würde. Nicht nur das Zelt, auch die VIP-Tribüne war von dem hohen, mobilen Zaun umschlossen, der wohl jedem den Zutritt verwehren sollte, der nicht hier arbeitete oder für teures Geld ein VIP-Package gekauft hatte. Eine Öffnung gab es vor dem Eingang des Zelts. Hier standen zwei Securitymänner, die soeben den in Plastik eingeschweißten Ausweis eines jungen Mannes kontrollierten, der den abgesperrten Bereich betreten wollte. Heinz spürte, wie sich seine Mundwinkel nach oben krümmten.

Alles klar, so komme ich ins VIP-Zelt!

Und wenn er erst einmal im Zelt war, würde er schon weitersehen. Er wollte gerade wieder gehen, als er auf die vielen Menschen aufmerksam wurde, die in einem anderen großen Zelt, unweit des VIP-Zelts, aus- und einströmten. Von der Neugier getrieben ging er hin und erkannte schon am Eingang, dass hier Merchandising-Artikel zum Kauf angeboten wurden, vor allem Sportbekleidung und andere Sportartikel, die allesamt das offizielle Ironman-Logo trugen. Heinz hatte kein Interesse daran, zu viel Geld für etwas auszugeben, das ihn im Grunde nicht interessierte, doch er sah sich die Sachen gerne einmal an. Schnell stellte er fest, dass dieses Zelt nicht der einzige Grund für den Massenauflauf war. Er folgte einigen der Kunden durch den Hinterausgang und gelangte so in ein Zeltdorf. Dort schlenderten Besucher zwischen weißen Zelten mit hohen Spitzdächern umher, die den hier ausstellenden Unternehmen als Messestände dienten und vor denen Werbesegel positioniert waren. Die Zelte waren an einer Seite offen. So konnten deren Betreiber ihr Angebot den Interessierten präsentieren. Heinz erinnerte sich, dass er bei der Durchsicht der Ironman-Homepage etwas von einer „Expo" gelesen hatte; das hier musste sie sein. Er schlenderte zwischen den Zelten durch, um die Atmosphäre zu atmen, die hier vorherrschte. Das Angebot schien alles zu umfassen, was ein Triathletenherz höherschlagen ließ, angefangen vom Energie-Gel bis hin zu Rennrädern. Heinz sah das Zelt eines Laufschuhanbieters, dessen Modelle allesamt neongelb gefärbt waren. In einem anderen befand sich eine Messstation für das Luftvolumen der Lungen samt einer mannshohen Skala. Im Zelt gleich daneben stand eine große, durchsichtige Badewanne, in der gerade ein Mann gegen eine künstlich erzeugte Strömung anschwamm. Der Pool-Hersteller, der diesen Stand betrieb, pries dieses Produkt als Trainingsbecken an. Sogar ein Autobauer stellte aus, wobei er sein Angebot hier ausschließlich auf seine Familien-Van-Serie konzentrierte. Die großzügigen Innenräume der Fahrzeuge wurden allerdings nicht mit dem Attribut familienfreundlich beworben, sondern damit, dass jede Menge Sportgerät darin Platz fände. Egal ob Fahrradzubehör, Sportschmuck oder Pulsmessgeräte, buchstäblich alles, was auch nur irgendwie mit den Triathlon-Disziplinen in Verbindung gebracht werden konnte, war hier erhältlich.

Heinz lächelte und wandte sich zum Gehen, er hatte genug gesehen. Vor allem aber hatte er gespürt, wie dieses ganz spezielle Flair Besitz von ihm ergriffen hatte. Obwohl eine Teilnahme an einem Ironman-Wettbewerb, etwa zum Zweck, sich selbst etwas zu beweisen, für ihn kein Thema war, hatten doch der Glanz in den Augen der anderen Besucher, der Fanatismus, mit dem sie über Detailfragen fachsimpelten, die spürbare Vorfreude auf den Wettkampf und die Begeisterung für das ganze Drumherum Heinz mitgerissen.

Diesmal hatte er alle störenden Utensilien zuhause gelassen und daher auch kein Geld für den Bus. Das bedeutete, dass er die rund vier Kilometer, die er mit Hannes Tengg bis hierher gelaufen war, zu Fuß zurückgehen musste. Doch das störte ihn nicht, zumal er nachdenken musste, und das konnte er am besten im Spazierschritt. Sein Auftrag hatte mit einem Schlag aufgehört, sich wie ein Problem anzufühlen.

Kapitel 5

Samstag, 7.45 Uhr

Der Empfangsbereich von Doktor Zernattos Praxis wirkte auf Heinz wie eine Mischung aus Hotellobby und Krankenhausrezeption. Zwei große Flügeltüren aus Glas glitten vor ihm auseinander, und dahinter befand sich ein Raum von etwa zehn Mal fünfzehn Metern, der von einer halbrunden Thekenkonstruktion dominiert wurde, die den Charakter eines Schiffsbugs hatte. Links davon befand sich ein weitläufiger Wartebereich, rechts davon war ein weiterer, kleinerer Wartebereich eingerichtet, wohl als Vorhof zu diversen Behandlungsräumlichkeiten, zu denen mehrere hier befindliche und entsprechend beschriftete Türen führten. Die Einrichtung hatte ein modernes Design, man sah, dass bei der Innenausstattung viel Wert auf Helligkeit gelegt worden war.

Auch wenn der Raum menschenleer war, fühlte Heinz sich dennoch freundlich von ihm aufgenommen. Er trat an die Theke, die ihm bis unter die Brust reichte, und sah erst jetzt eine zarte, blonde Sprechstundenhilfe im Inneren des Halbkreises sitzen, die ihn mit einem „Grüß Gott" empfing, das ebenso mechanisch wirkte wie ihr Lächeln. Heinz erwiderte den Gruß nicht, stattdessen schenkte er der jungen Frau einen mehrsekündigen, tiefen Blick, der sie sichtlich nervös machte.

„Ilse Funder", sagte er dann, bemüht, seiner Stimme einen sonoren Ton zu geben.

„Grüß Gott", wiederholte die Sprechstundenhilfe, diesmal erfreut und mit einem Gesichtsausdruck der Verwunderung; offenbar hatte sie vergessen, dass sie ein Namensschild trug.

Heinz streckte betont langsam seine Hand über den Tresen, wobei er den Blickkontakt nicht unterbrach.

„Wir haben gestern miteinander telefoniert, mein Name ist Conrad Ferdinand Meyer. Sie haben mir großzügigerweise eine Stippvisite beim Herrn Doktor vermittelt, die ich auf keinen Fall verpassen möchte."

Sie ergriff seine Hand und kicherte.

„Stimmt, Sie wollten keine Sekunde zu spät kommen."

„Deshalb bin ich fünf Minuten zu früh hier."

„Bitte nehmen Sie Platz, der Herr Doktor wird jeden Moment kommen."

„Wie schade, ich habe gehofft, wir werden ein bisserle miteinander plaudern?"

„Während der Arbeitszeit nie!"

„Wann machen Sie Pause?"

Ilse Funder kicherte wieder und wiederholte anstelle einer Antwort: „Nehmen Sie Platz, der Herr Doktor kommt gleich."

Heinz gehorchte ohne weiteren Kommentar, allerdings erst, nachdem er ihr schmunzelnd noch einige Sekunden lang tief in die Augen gesehen hatte. Im Wartebereich sah er noch einmal zu ihr hinüber, ehe er sich auf einem der Sessel niederließ. Dabei erkannte er, dass ihr Gesicht tomatenrot angelaufen war.

Mitte zwanzig; sechsundzwanzig, vielleicht.

Heinz' erster Eindruck von der Sprechstundenhilfe war der einer Teenagerin gewesen, doch sowohl als Mann als auch als Detektiv war er erfahren genug, um das wahre Alter einer Frau richtig einschätzen zu können, egal, was sie mit sich anstellte, um es zu kaschieren. Ilse Funder mochte ihr jugendliches Aussehen und ihr pubertäres Gehabe behalten haben, doch sie war dem Jugendalter auf alle Fälle schon vor einigen Jahren entwachsen.

Dass sie alleine hier war, fand Heinz schade. Er hatte die Erfahrung gemacht, dass scheinbar harmloser Smalltalk wertvolle Informationen enthalten konnte, wenn er ihn nur richtig lenkte. Oft erfuhr er aus Nebensätzen Details, die ihm gemeinsam mit dem, was er aus anderen Quellen wusste, einen neuen Horizont eröffneten. Smalltalk mit Angestellten war aber, wenn überhaupt, nur möglich, wenn diese etwas Zeit hatten, und das war nur selten gegeben, wenn sie alleine waren.

Heinz rieb sich die Augen. Die Reparaturbiere vor dem Fernseher am Vorabend hatten ihm gutgetan. Er war stolz auf sich, dass er dem Impuls widerstanden hatte, diese im Innenstadtcafé einzunehmen, wo er mit an Sicherheit grenzender Wahrscheinlichkeit abermals Oti und Luigi ins offene Bierglas gelaufen wäre, sowie all den anderen Quartalstrinkern, die freitagnachmittags traditionell die landläufige Vorstellung von Vernunft und Mäßigung an ihrem Arbeitsplatz zurückließen. Wie das ausgegangen wäre, das stand noch vom Abend davor auf Heinz' Leber geschrieben.

So aber war er nun ausgeruht und voll konzentriert. Während des Frühstücks rekapitulierte er noch einmal sein gestriges Gespräch mit Hannes Tengg. Er glaubte nun nicht mehr, dass dieser Schuld an den Todesfällen trug. Tenggs strikt leistungsorientierte Betrachtung des Sports war wohl berufsbedingt, und aus dieser resultierte das Fehlen jeglichen Schuldbewusstseins, dass er Christoph Neunteufel für den Ironman begeistert hatte, obwohl das schlussendlich zu dessen Tod geführt hatte. Ganz sicher aber zog Hannes Tengg keinen Vorteil aus dem Tod seiner beiden Angehörigen, außer der halben Lebensversicherung seines Vaters. Er hatte auf Heinz allerdings nicht den Eindruck gemacht, sich sonderlich viel aus Geld zu machen.

Dadurch war Doktor Zernatto an die erste Stelle von Heinz' Verdächtigen gerückt – was aber vorerst ausschließlich daran lag, dass dieser alle Möglichkeiten gehabt hatte, um eventuelle Vergiftungen durchzuführen. Bei seinem heutigen Gespräch musste Heinz den Mediziner also nach einem Motiv abklopfen – und dazu musste er ihn erst einmal kennenlernen.

Das war der Grund für sein Hiersein. Er wollte den Sportarzt beschnuppern, erkennen, was für ein Typ Mensch er war, um ihn und seine Handlungen besser im Gesamtbild der Ermittlungen positionieren zu können.

Nachdem Heinz etwa zehn Minuten gewartet hatte, öffneten sich die Glasschiebetüren und ein schlanker Mann in eleganter Freizeitkleidung wehte herein. Er war wohl Ende vierzig, doch sein moderner Kleidungsstil und seine dynamischen Bewegungen ließen ihn um einiges jünger wirken, ohne dass er es sichtlich darauf anlegte. Er hatte ein schmales, scharfkantiges Gesicht, auf dessen spitzer Nase eine randlose Brille saß. Seine hellgrauen Haare trug er kurzgeschnitten und auf seinen Wangen glitzerten silberne Bartstoppeln. Die Art seines Auftretens verriet sofort, dass er hier der Chef war. Folgerichtig trat er an den Tresen, hinter dem Ilse Funder wie eine Sprungfeder hochgeschnellt war. Das Gespräch der beiden fand mit gedämpften Stimmen statt, Heinz hörte dennoch jedes Wort. Die Sprechstundenhilfe reagierte auf ihren Vorgesetzten rasch, exakt und angstfrei, es schien, als wären die beiden gut aufeinander eingespielt. Sie informierte ihn knapp über wichtige Neuigkeiten, nahm seine Anweisungen hierzu entgegen und erklärte dann mit einem Fingerzeig auf Heinz, dass ein Vertreter der Fiducia-Versicherung kurz mit ihm sprechen wolle. Doktor Zernattos distanziert-freundlichem Ärzteblick, den er nun zu ihm herüber warf, konnte Heinz keine Emotion entnehmen. Wortlos löste sich der Arzt von der Theke, kam auf Heinz zu und hielt ihm mit einem aufrichtig freundlichen Lächeln die Hand hin.

„Zernatto, angenehm."

Heinz erhob sich und ergriff die Hand.

„Conrad Ferdinand Meyer, freut mich."

Doktor Zernatto hielt kurz inne und sah Heinz forschend an, ehe er sagte: „Bitte kommen Sie gleich mit."

Heinz folgte ihm in einen großen, quadratischen Behandlungsraum, der ebenso hell und modern war wie der Empfangsbereich. Hinter dem Schreibtisch des Arztes waren kurze Regalbretter in anscheinend willkürlicher Anordnung an der Wand befestigt, auf denen Bücher mit fachsprachlichen Titeln standen. Rechts und links davon hing eine Vielzahl eingerahmter Diplome, welche die Befähigungen des Arztes mit schönen Buchstaben und ehrfurchtsgebietenden Siegeln beglaubigten.

„Conrad mit C und Meyer mit Y?", fragte der Doktor, während er um den Schreibtisch herum ging und sich in seinen Sessel setzte. Heinz spielte den Verblüfften.

„Woher wissen Sie das?"

„Sie haben einen berühmten Namensvetter. Aber ich bin mir sicher, das wissen Sie."

Heinz verdrehte die Augen.

„Allerdings. Mein Vater war ein eingefleischter Fan der Literatur des Schweizer Realismus. Dass unser Familienname Meyer war und sein Vater Ferdinand hieß, machte meine Namensgebung quasi unausweichlich."

Der Arzt lachte dezent.

„Kein leichtes Schicksal, nehme ich an."

„Halb so wild. Es gibt nur wenige Menschen, denen das auffällt."

Doktor Zernatto wies auf einen der beiden Besuchersessel, die vor seinem Tisch standen, und Heinz folgte der Einladung.

„Was kann ich für Sie tun?"

„Zunächst danke ich Ihnen für den raschen Termin", begann Heinz. „Wie ich schon Ihrer Sprechstundenhilfe gesagt habe, bin ich der neue Sachbearbeiter für die Versicherungsangelegenheiten von Herrn Hannes Tengg bei der Fiducia AG. Ich arbeite mich noch ein und bin deshalb erst jetzt auf die tragischen Ereignisse in Herrn Tenggs Familie aufmerksam geworden, weshalb mir jetzt, unmittelbar vor dem Ironman, doch ein wenig mulmig zumute ist."

„Wieso?" Doktor Zernatto hatte aufmerksam zugehört und seine Zwischenfrage klang interessiert. Dennoch erschien seine Lippenstellung wie ein gefrorenes Lächeln.

„Nun ja", Heinz zögerte, als fiele es ihm schwer, das Offensichtliche erklären zu müssen, „zwei seiner Verwandten sterben nacheinander beim Ironman – und er tritt trotzdem an. Ich weiß, laut den ärztlichen Untersuchungen und Polizeiermittlungen waren beide Todesfälle nichts weiter als Unfälle, doch dieser Zufall ... Diese Serie ist doch einigermaßen besorgniserregend."

Der Arzt schüttelte langsam den Kopf und schloss dabei die Augen; eine Geste der absoluten Überzeugung.

„Von einer Serie kann keine Rede sein. Die beiden Todesfälle waren sicherlich nicht vorhersehbar und sind für mich nach wie vor nicht vollständig erklärbar, aber so außergewöhnlich, dass man dahinter ein Verbrechen vermuten muss, waren sie nun auch wieder nicht."

„Ich spreche ja gar nicht von einem Verbrechen, ich meine nur ..."

„Ich weiß schon, was Sie meinen. Sie können mir glauben, dass ich mir nach beiden Unfällen eine Menge Fragen gefallen lassen musste und mir auch selbst viele gestellt habe. Vor allem nach dem zweiten Todesfall im vergangenen Jahr. Aber ich kann Ihnen versichern, der physische und psychische Zustand von Herrn Tengg junior gibt nicht den geringsten Anlass zur Sorge. Er ist in Bestform – und das schon seit Jahren."

„Bitte entschuldigen Sie, wenn ich das sage", Heinz zwang sich zu einem unterwürfigen Lächeln, „aber soweit ich das unseren Akten entnommen habe, haben Sie den beiden Verunfallten Ähnliches attestiert."

Doktor Zernatto seufzte tief, lehnte sich nach hinten und verschränkte die Hände hinter dem Nacken, während er sich in seinem Sessel leicht hin und her drehte und an den cremefarbenen Plafond seiner Ordination blickte. Nach einigen Sekunden richtete er sich abrupt wieder auf, verschränkte die Finger über der Tischplatte, schenkte Heinz ein bescheidenes Lächeln und gestand: „Wo Sie Recht haben, haben Sie Recht. Aber im Fall von Herrn Tengg junior ist die Sache doch etwas anders gelagert. Er ist Profisportler, und als Profisportler weiß er die Risiken ganz anders einzuschätzen."

„Risiken? Sie meinen Verletzungsrisiken?"

„Mitunter. Schauen Sie, eine körperliche Megaleistung wie der Ironman verlangt nicht nur Kondition, sie verlangt auch – und vor allen Dingen – eine optimale Körper-Geist-Kommunikation." Der Mediziner glaubte an Heinz' gespielt dämlichem Blick dessen Unverständnis zu erkennen und erklärte: „Der Körper kann nur dann seine Optimalleistung erbringen, wenn der Geist auf seine Signale hört. Sagt der Körper beispielsweise: ‚Ich brauche mehr Sauerstoff', muss der Athlet vorübergehend die Leistung reduzieren, bis der Körper wieder sagt: ‚Okay, danke, weiter geht's'. Diese Kommunikation bedingt, dass die beiden Systeme – Körper und Geist – optimal aufeinander eingespielt sind, und das wieder bedingt jahrelanges Training."

„Sie meinen, Herr Neunteufel und Herr Tengg senior hatten das nicht?"

„Doch, doch, jeder hat diese Kommunikation in sich, aber optimal aufeinander eingespielt ist sie eben nur bei Profis."

„Das müssen Sie mir erklären."

„Sie haben in Ihrer Kindheit sicherlich Sport betrieben, nicht wahr?"

„Ja", antwortete Heinz gehorsam.

„Wenn Sie zum Beispiel Fußball gespielt haben, haben Sie sich so lange verausgabt, bis Sie nicht mehr konnten, und dann eine Verschnaufpause eingelegt, richtig?"

„O ja, immer bis ans Ende der Kräfte!"

„Oder wenn Sie im See waren oder im Schwimmbad – da musste man Sie doch sicher quasi mit sanfter Gewalt aus dem Wasser treiben, weil runzlige Finger, blaue Lippen und Kältezittern keine Argumente waren, die Sie gelten ließen, habe ich Recht?"

„Ja", lachte Heinz, „ja."

„Sehen Sie? Und ganz ähnlich gehen die Amateure an den Ironman heran. Sie trainieren so lange, bis ihre Kondition ausreicht, um sie über die Gesamtdistanz zu bringen, und dann gehen sie es an. Ich selbst mache das übrigens auch so, obwohl ich schon seit vielen Jahren trainiere, regelmäßig an Marathonläufen teilnehme und heuer zum zweiten Mal am Ironman. Nach zwei Jahren Pause zwar, aber immerhin."

Die Verwirrung, die Heinz nun ergriff, war nicht gespielt.

„Ich fürchte, ich verstehe nicht ganz. Wo ist das Problem?"

Der Gesichtsausdruck des Sportarztes hatte etwas von einem Fuchs. Heinz fühlte sich, als sei er gerade in eine Falle getappt.

„Die Körper-Geist-Kommunikation findet immer statt, aber im Gegensatz zu einem Profi hören Amateure nicht auf sie. Als Kind haben Sie so lange Fußball gespielt und im Wasser getobt, bis Ihr Körper einfach nicht mehr konnte. Hätten Sie auf ihn gehört, hätten Sie schon lange vorher eine Pause eingelegt oder zwischendurch Ihre Leistung zurückgefahren. Dadurch hätten Sie länger spielen oder baden können und wären danach nicht so erschöpft gewesen. Aber Kinder wissen das noch nicht. Die Körper-Geist-Kommunikation muss erlernt werden, etwa so, wie man lernen muss, wie man seine Beine bewegt, ohne hinzufallen."

„Ach, so ist das gemeint. Das heißt, Amateure beim Ironman verausgaben sich voll, ohne Rücksicht auf Verluste?"

Doktor Zernatto lachte.

„So würde ich das nicht beschreiben. Aber sagen wir so: Ein Profi hat körperliche Reserven, die er richtig dosiert einzusetzen gelernt hat, wohingegen ein Amateur immer am Limit agiert. Wenn dann noch eine Art von Euphorie hinzukommt, wie das Wettkampffieber oder der Ehrgeiz, dann übersieht oder ignoriert er gerne seine Belastungsgrenze, ganz ähnlich wie ein

Kind, das mit Feuereifer Fußball spielt oder mit seinen Freunden im Wasser herumtobt."

„Und das ist Herrn Neunteufel und Herrn Tengg senior passiert?"

Der Mediziner vollführte eine hilflose Geste, als er antwortete: „Davon gehe ich zumindest aus."

„Ja, wissen Sie es denn nicht?"

Der Doktor seufzte.

„Das ist eine von den Fragen, die mir wohl hundertmal gestellt wurden. Die Antwort lautet: Nein, ich weiß es nicht, denn normalerweise hätte den beiden nichts passieren dürfen."

„Können Sie mir das bitte näher erläutern? Ich glaube nämlich, genau hier liegt mein Verständnisproblem."

Doktor Zernatto räusperte sich, ehe er begann: „Herr Neunteufel litt unter einer angeborenen Aortenstenose. Das ist ein Herzfehler, der zu allerlei Komplikationen führen kann."

„Was für Komplikationen?"

„In erster Linie Leistungsschwächen. Bei der genannten Stenose ist die Aorta dort verengt, wo sie die linke Herzkammer verlässt. Das führt zu einem Strömungshindernis im Blutkreislauf. Die hauptsächlichen Folgen sind Kurzatmigkeit und schnelle Ermüdung bei körperlichen Belastungen."

„Wie – und da lassen Sie ihn am Ironman teilnehmen?"

„Er war operiert." Doktor Zernatto schmunzelte über den verständnislosen Gesichtsausdruck seines Besuchers. „Aortenstenosen lassen sich zumeist durch den Austausch der Aortenklappe korrigieren. Herr Neunteufel hat das im Alter von dreiundzwanzig Jahren machen lassen."

„Das heißt, er war eigentlich wieder gesund?"

„Gesund ... der Fehler war damit nicht restlos behoben, wenn Sie das meinen. Aber die künstliche Herzklappe, die ihm implantiert wurde, verschaffte ihm zumindest ein einigermaßen normales Leben. Solange er sich an die Regeln hielt, natürlich."

„Was heißt das?"

„Periodische medizinische Kontrollen, regelmäßige Einnahme von blutgerinnungshemmenden Medikamenten – solche Dinge."

„Aber ansonsten war sein Leben ..."

„Ich weiß, worauf Sie hinauswollen. Sagen wir einmal so: Unter normalen Umständen würde ich einem Patienten mit künstlichen Herzklappen selbstverständlich davon abraten, Leistungssport zu betreiben. Bei Herrn Neunteufel sah ich jedoch keine unkalkulierbaren Risiken, solange er seine Leistung langsam steigern und nach dem Rennen wieder langsam zurückfahren würde, das Ganze selbstverständlich unter meiner ständigen Aufsicht."

„Wie sah diese Aufsicht aus?"

„Ich führte vor allem periodische Belastungs-EKGs und Blutwertmessungen durch. An den jeweils aktuellen Werten richtete ich seinen Trainings- und Pausenplan aus, um einer Überbelastung seines Herzens vorzubeugen."

„Das hört sich alles plausibel und vernünftig an. Was ist schiefgelaufen?"

„Tja, wie gesagt: Sie sind ungefähr der Einhundertste, der mich das fragt, und Sie sind auch der Einhundertste, dem ich das antworte: Ich weiß es nicht. Ein gesunder Mensch mit durchschnittlicher Kondition braucht etwa ein Jahr intensives Training, um die nötige Ausdauer für den Ironman aufzubauen. Herr

Neunteufel baute seine Leistung über mehr als zwei Jahre auf. Es gab zu keinem Zeitpunkt der Vorbereitung eine Entwicklung, die besorgniserregend gewesen wäre oder bei der ich auch nur Bedenken gehabt hätte. Und auch während des Rennens achtete er immer darauf, im sicheren Pulsbereich zu bleiben, wie wir es vereinbart hatten. Ich kann es drehen und wenden, wie ich will, es kommt immer auf dasselbe heraus: Es hätte einfach nicht passieren dürfen!"

„Woher wissen Sie, in welchem Pulsbereich er sich während des Rennens bewegte?"

Doktor Zernatto lächelte Heinz nachsichtig, beinahe mitleidig an.

„Selbstverständlich war er immer mit einem Biosensor ausgestattet, der seine Vitaldaten aufzeichnete. Während des Rennens übermittelte das Gerät in Echtzeit, und ich überwachte seine Werte auf meinem Laptop. Hätte ich eine eklatante Verschlechterung festgestellt, hätte ich ihn sofort aus dem Rennen nehmen lassen; bei so etwas geht man doch kein Risiko ein."

„Das heißt, Herr Neunteufel lief – und fiel ohne ersichtlichen Grund plötzlich tot um?"

„Er stürzte mit dem Fahrrad", korrigierte der Arzt. „Unmittelbar vor dem Sturz stieg seine Herzfrequenz rapide an, aber das war eine Frage von wenigen Sekunden, und noch bevor ich darauf reagieren konnte, blieb sein Herz einfach stehen."

Zernatto und Heinz sahen einander eine gefühlte Ewigkeit lang an, dann fragte Heinz: „Haben Sie irgendeine Vermutung?"

„Meine einzige Erklärung wäre der Stress, sprich die Aufregung. Das kann zu einem solchen Frequenzanstieg führen, allerdings finde ich es seltsam, dass so etwas mitten im Rennen passiert und nicht gleich am

Anfang. Wenn es Aufregung war, dann sieht es so aus, als wäre ihm der Auslöser dafür unmittelbar vor dem Frequenzanstieg begegnet."

„Sie meinen, auf der Strecke?"

„Vergessen Sie es, da war nichts, das hat die Polizei alles schon untersucht."

„Zu welchem Schluss ist denn die Polizei gekommen?"

„Für die war sein Herzproblem schuld und Punkt. So sehen das alle Laien."

„Sie nicht?"

„Ich weiß es besser. Und bevor Sie fragen: Das hat nichts mit meiner gekränkten Berufsehre zu tun." Diese Frage hätte Heinz tatsächlich gestellt – und eigentlich stellte er sie sich immer noch. Doktor Zernatto seufzte indessen und endigte: „Doch schlussendlich kommen solche Dinge nun einmal auf der Welt vor, nicht wahr? Auch ein Arzt, egal, wie gut er ist, ist nur ein Mensch, der sein Bestes gibt und das Beste hofft. Und jede Vorsicht, egal, wie groß sie ist, kann im Einzelfall vergebens sein."

„Wie war das bei Herrn Tengg senior?"

„Ähnlich, aber bei ihm bin ich – wie soll ich sagen? – eher geneigt, die biologischen Grenzen anzuerkennen."

„Das Alter meinen Sie?"

„Herr Josef Tengg war einundachtzig, in dem Alter kann theoretisch jeder Augenblick der letzte sein."

„Ist das nicht ein wenig drastisch?"

„Zugegeben, aber wir sprechen ja auch nicht von einem Sonntagsspaziergang im milden Herbst. Herr Tengg hatte ebenfalls mehr als zwei Jahre Training hinter sich, dann die enorme Hitze an dem Tag, die Aufregung ... bei dem Ironman sind auch viele andere Athleten kollabiert, die nicht halb so alt waren wie er."

„Aber keiner von denen ist gestorben."

„Sie verstehen schon, was ich meine." Heinz nickte, beschämt über seinen sinnlos-rechthaberischen Einwand. „Und Sie verstehen jetzt hoffentlich auch, was ich vorhin gemeint habe, als ich gesagt habe, dass Herrn Tenggs – Herrn Hannes Tenggs – Zustand nicht den geringsten Anlass zur Sorge gibt. Er ist optimal trainiert, kennt alle Risiken und seine Körper-Geist-Kommunikation ist gut eingespielt. Wenn ihn nicht gerade ein Streckenbegleiter überfährt oder ein Flugzeug auf ihn abstürzt, wird er das Rennen überleben." Der Mediziner lächelte zuversichtlich und fügte noch als Nachsatz an: „Er muss sogar, sonst kann ich nämlich meine Praxis zusperren."

„Was? Wieso?"

Doktor Zernatto lachte bitter.

„Ja glauben Sie denn, die Unglücksfälle wären spurlos an mir vorübergegangen? In der öffentlichen Wahrnehmung ist der Todesfall eines Patienten durchaus verzeihlich, aber der eines zweiten nicht mehr, namentlich, wenn er dem ersten so frappierend ähnelt. Seit Herr Tengg senior ums Leben kam, habe ich mehrere Patienten, die vorher regelmäßig zu mir gekommen sind, nicht mehr gesehen, und in der Zeit danach hat der Zustrom neuer Patienten spürbar, um nicht zu sagen empfindlich nachgelassen. Erst seit ein paar Monaten normalisiert sich die Frequenz wieder."

„Verstehe. Wenn es ein drittes Mal passieren ..."

Doktor Zernatto schnitt Heinz mit einer heftigen Handbewegung das Wort ab.

„Alles Unsinn!" Mit einem Mal zierte wieder ein unverbindliches Lächeln sein Gesicht. „Herrn Tengg junior wird nichts zustoßen. Er wird sein Rennen ohne Probleme meistern und noch dazu eine neue persönliche Bestzeit schaffen, dessen bin ich mir sicher. So gut in Form wie jetzt war er noch nie."

Aus der Gegensprechanlage auf dem Schreibtisch des Arztes piepste zunächst der Signalton und dann die Stimme von Ilse Funder: „Herr Doktor, Ihr erster Termin wäre dann hier."

Doktor Zernatto sah Heinz fragend an, und als dieser mit einem Ausdruck der Dankbarkeit nickte, antwortete er: „Ist in Ordnung, Frau Funder, er soll hereinkommen."

Heinz und der Arzt erhoben sich synchron und schüttelten einander die Hände. Heinz bemühte sich um einen aufrichtigen Tonfall, als er sagte: „Herr Doktor, ich danke Ihnen für Ihre Zeit. Es ist Ihnen tatsächlich gelungen, meine Zweifel zu zerstreuen. Ich wünsche Ihnen viel Erfolg beim Ironman und ebenso Herrn Tengg junior, denn das wäre schließlich die beste Werbung für Ihre Praxis."

Doktor Zernatto bedankte sich für die guten Wünsche und da ging auch schon die Tür auf und ein junger, muskelbepackter Kerl mit Glatze betrat den Raum. Heinz nickte diesem zu, nahm ihm die Tür aus der Hand und schloss sie nach Verlassen des Behandlungszimmers hinter sich. Nachdem er noch einmal kurz und oberflächlich mit Ilse Funder geflirtet hatte, ging er. Es war kurz nach acht und damit an der Zeit, sich auf die wohl wichtigste Aufgabe des heutigen Tages vorzubereiten, nämlich, sich in Christine Tenggs Catering-Mannschaft hineinzurekrutieren.

Als Heinz auf die Straße trat, begleiteten ihn gemischte Gefühle. Sein Verdacht gegenüber Doktor Zernatto schien sich nicht bestätigt zu haben, wenngleich er das so freilich nicht sagen konnte. Was hätte der Mediziner ihm schließlich anderes erzählen sollen, wenn er sich nicht verdächtig machen wollte? Ein Punkt erschien Heinz jedoch schlüssig: Der Ruf des Arztes hatte schwer unter den beiden Todesfällen gelitten. Sollte sich Direktor Oberhofers Befürchtung bewahrheiten, sollte also tatsächlich ein Seriengiftmörder am Werk sein und beim morgigen Ironman auch Hannes Tengg töten, so wäre das gleichzeitig auch der Todesstoß für die Praxis des Sportmediziners. War Doktor Zernatto dieser Mörder, so musste sein Motiv so stark sein, dass er dafür die völlige Demontage seines Renommees und damit den Ruin seiner Lebensgrundlage in Kauf nahm. Heinz musste zugeben, dass dieser Umstand dem Arzt ein überzeugendes Alibi lieferte – seine Phantasie reichte nämlich nicht aus, sich ein derart starkes Motiv für Doktor Zernatto vorstellen zu können.

Kapitel 6
Samstag, 9 Uhr

Obwohl der Ironman-Triathlon erst morgen stattfand, hatte Heinz Mühe, am Minimundus-Parkplatz eine Lücke für sein Auto zu finden. Das Minimundus, ein Freigelände mit berühmten Bauwerken aus aller Welt in Miniaturgröße, teilte sich einen Parkplatz mit dem Zoo der Reptilien-, Spinnen- und Insektenexpertin Helga Happ und dem Planetarium der Stadt Klagenfurt. Wann immer die Abstellplätze des Strandbades durch eine Großveranstaltung am Metnitzstrand überlastet waren, oder, wie im Fall des Ironmans, für andere Zwecke benötigt wurden, wich man auf den Minimundus-Parkplatz aus. Der Ironman verkleinerte aber auch diese Fläche, da ein Teil von ihr zu einem Fahrradabstellplatz umfunktioniert wurde. Der Triathlon begann in den frühen Morgenstunden mit dem Schwimmen. Kamen die Athleten nach drei Komma acht Kilometern aus dem Wasser, liefen sie hierher, zogen sich um, bestiegen ihr Rad und legten dieses im Idealfall erst nach mehr als einhundertachtzig Komma zwei Kilometern zur Seite, um danach noch einen Marathon zu laufen – also exakt zweiundvierzig Komma einhundertfünfundneunzig Kilometer. Das bedeutete, dass bei den Wechselstationen alles bereitstehen musste: Wechselkleidung, das passende Schuhwerk, Getränkeflasche und bei der ersten Station natürlich auch das Fahrrad. Aus diesem Grund wurden die Rennräder bereits am Vortag hier nach den Startnummern ihrer Fahrer geordnet abgestellt, nachdem von den Ironman-Kampfrichtern überprüft worden war, dass sie den Rennnormen entsprachen. Die Bewachung dieses Bereichs war enorm, immerhin hatten Profi-Räder einen Wert von mehreren tausend Euro. Trotzdem wurden jedes Jahr wieder Räder gestohlen.

Vom Minimundus-Parkplatz aus war es noch ein knapper Kilometer Fußweg bis zur Uferpromenade des Wörthersees. Heinz nutzte diese Distanz, um seinen Auftritt glaubwürdiger zu gestalten: Gleich, nachdem er die Wörthersee-Südufer-Straße überquert hatte, begann er zu laufen, nach nicht einmal einer Minute beschleunigte sich sein Atem. Er hatte sich ausgerechnet, dass ein Teilnehmer am morgigen Rennen insgesamt mehr als zweihundertsechsundzwanzig Kilometer zurücklegte, vorausgesetzt, er schaffte die gesamte Distanz. Einigermaßen gut trainierte Amateure brauchten dafür etwa zwölf Stunden, was ein Durchschnittstempo von knapp neunzehn Stundenkilometern ergab – über zwölf Stunden hinweg und ohne Pause! Da war es fast lachhaft, dass er jetzt schon schnaufte. Die Schuhe, die er immer anzog, wenn er sich als Kellner ausgab, hatten Gummisohlen, weshalb er zuerst an den Fußsohlen zu schwitzen begann. Auch in seinen Oberkörper stieg die Hitze, was Heinz gut passte, immerhin würden Schweißflecken auf seinem weißen Hemd die Geschichte glaubwürdiger machen, die er dem Securitypersonal auftischen würde.

Er musste improvisieren. Auf den Fotos und Filmen der Ironman-Veranstaltungen der vergangenen Jahre im Internet hatte er festgestellt, dass alle Mitarbeiter und Helfer des Veranstalters in einheitliche Ironman-T-Shirts gekleidet waren, deren Farbe je nach der Funktion ihres Trägers variierte. Das betraf aber nicht das Personal von externen Dienstleistern, wie es das Cateringunternehmen war. Auf den Fotos aus dem VIP-Zelt hatte Heinz über die Jahre hinweg keine einheitliche Bekleidung der Service-Belegschaft erkennen können, darum hatte er beschlossen, klassisch in weißem Hemd, schwarzer Hose und schwarzen Schuhen aufzutreten. Eine Schürze, die auch zu der Verkleidung gehörte, hatte er ebenfalls mitgenommen, diese trug er vorerst jedoch in der Hand.

Der Durchgang im Zaun, der das VIP-Zelt umgrenzte, wurde von zwei Securitymännern bewacht. Jetzt wurde es spannend. Während er seinen Lauf noch etwas beschleunigte, schätzte Heinz die beiden ab. Der eine stand aufrecht und wirkte wie jemand, der sich gerne den Anschein gab, wachsam zu sein, allerdings eher, um junge Frauen zu beeindrucken als um der Wachsamkeit willen. Der andere trat von einem Bein auf das andere und blickte ziellos umher. Die Hände hatte er in den Taschen seiner Uniformhose und seine Schirmkappe steckte in einer Schlaufe der Gürtelhalterung. Da wusste Heinz, wie er vorgehen würde.

Als er die beiden erreichte, hob er freundlich lachend eine Hand zum Gruß und schlug, indem er kurz die Geschwindigkeit reduzierte, um zwischen ihnen hindurchzugehen, dem Gelangweilten freundschaftlich auf die Schulter.

„Servus", keuchte er dem Verdutzten zu, „ich hab verschlafen, so ein Dreck. Die Tengg bringt mich um!" Damit lief er weiter und winkte noch einmal zurück, wobei er an den Gesichtern der beiden erkannte, dass sein Plan aufgegangen war: Der Aufmerksame musste glauben, der Ankömmling sei seinem Kollegen bekannt, und der Gelangweilte würde auf dessen Frage antworten, dass er sich nicht an Heinz erinnern könne. Das würde die zwei aber nicht misstrauisch machen, immerhin konnten sie sich unmöglich alle Menschen merken, die im Laufe der vergangenen Tage hier aus- und eingegangen waren.

Heinz trat in das VIP-Zelt und sah sich um. Die Tische und Stühle waren mit weißen Leintüchern überzogen, was, in Verbindung mit den grauen Teppichelementen auf dem Boden, ein elegantes Ambiente schuf. Die Kellnerinnen und Kellner waren mit schwarzen Hosen samt weißer Schürze und weißen Blusen oder Hemden bekleidet, über die sie das Gilet des Kärntneranzugs trugen: schwarzer Samt, bestickt mit kleinen Blumen in den Farben Rot, Weiß und Grün.

Heinz machte sich klar, dass er nun vor der eigentlichen Hürde seines Vorhabens stand. Er musste es irgendwie schaffen, hier für den morgigen Tag Zugang zu bekommen, sei es als Angestellter oder als VIP-Gast. Für beides sah er aber wenig Möglichkeit, denn sowohl Christine Tengg als auch ihre rechte Hand, dieser Valentin Prugger, kannten ihre Angestellten, und einem bereits anwesenden VIP-Gast den Ausweis zu stehlen und mit seinem Foto zu fälschen, scheiterte daran, dass heute noch keine VIP-Gäste hier waren. Heinz dachte nach. Am ehesten ging er noch als freiwilliger Helfer durch, was allerdings ein entsprechendes T-Shirt voraussetzte und wohl auch einen Ausweis, damit er nicht vom Gelände verwiesen wurde, sollte er kontrolliert werden. Und das würde unweigerlich passieren, wenn er sich den ganzen Tag über um das VIP-Zelt herumtrieb, anstatt einer Arbeit nachzugehen.

Geschrei riss ihn aus seinen Gedanken. Ein Kellner stürmte auf ihn zu, der einen so hochroten Kopf hatte, dass die Farbe durch seinen blonden Kurzhaarschnitt hindurchzuschimmern schien. „Brauchst mich gar nicht aufzuhalten, ich hab jetzt ein für alle Mal die Nase voll", schrie er einem anderen Kellner zu, der direkt hinter ihm hergelaufen kam.

„Jetzt komm runter vom Gas", erwiderte der Verfolger, bemüht, seine Besorgnis als gereizte Ungeduld zu tarnen.

„Was heißt, runter vom Gas?", erwiderte der Blonde heftig, während er und sein Verfolger an Heinz vorbei aus dem Zelt hinausstürmten. „Runter vom Gas! Sag das dem Drachen da drinnen, nicht mir! Die Tengg glaubt echt, wir sind ihre Leibeigenen, aber nicht mit mir!"

Heinz ging hinter den beiden her, um zu beobachten, was weiter geschah. Die beiden passierten die Sicherheitsschleuse und entfernten sich weiter. Der verärgerte Kellner zerrte sich das Gilet vom Oberkörper und warf es kraftvoll zu Boden. Dabei verheddrete er sich in dem langen Band, an dem er den Ausweis um seinen Hals hängen hatte, woraufhin er dieses über seinen Kopf zerrte und in einem weiten Bogen ebenfalls von sich schleuderte.

Heinz hob die Augenbrauen und lächelte. Stieß ihm da gerade die Glücksgöttin in die Seite?

„Jetzt bleib ... bleib doch stehen", rief der zweite Kellner, doch der Angesprochene eilte in einer Art davon, die den Charakter einer Dampflok hatte.

Heinz konnte sein Glück kaum fassen; wieselflink lief er hinter den beiden her, schnappte sich Gilet und Ausweis, wickelte beides in seine Schürze und schlenderte dann in eine andere Richtung davon, als sei das alles soeben nicht passiert.

Samstag, 10 Uhr

Heinz saß am Schreibtisch seines Büros, blickte durch eine Lupe und brummte unmutig. Der erbeutete Ausweis, der auf den Namen Gerd Zechmann ausgestellt war, lag vor ihm auf der Tischplatte. Sein Plan war gewesen, anstelle des vorhandenen Fotos sein eigenes einzusetzen, womit er einen echten Ausweis mit gefälschtem Bild gehabt hätte. Dieser hätte ihm so lange einen legalen Zutritt zum VIP-Zelt verschafft, solange Tengg-Catering nicht die Akkreditierung für Gerd Zechmann zurückzog – was Heinz aber eher unwahrscheinlich erschien, zumal Christine Tengg und Valentin Prugger jetzt andere Dinge zu tun hatten.

Doch das konnte er sich nun in die Haare schmieren. Das Foto war derart mit dem Ausweis verschweißt, dass jede Fälschung sofort aufgefallen wäre. Selbst wenn er die Plastikfolie so herunter- und wieder hinaufbekommen hätte, dass dies nicht aufgefallen wäre, hätte er ein Loch in den Ausweiskarton schneiden müssen, denn das Foto war nicht aufgeklebt, sondern aufgedruckt. Heinz lehnte sich in seinen Sessel zurück und sah aus dem Fenster. Dann nahm er den Ausweis und ging ins Badezimmer, wo er sich und das Foto auf dem Ausweis nebeneinander im Spiegel betrachtete. Gerd Zechmann war ihm bei weitem nicht ähnlich genug, dass er sich für ihn hätte ausgeben können, doch wenn Heinz seine Haare und Augenbrauen blond färbte und sich glatt rasierte, würde das in den Augen der meisten Menschen wohl ausreichen, um ihn als Verwandten durchgehen zu lassen.

Mit entschlossenem Griff öffnete Heinz die verspiegelten Türen des Badezimmerkästchens und kramte darin herum. Tatsächlich fand er noch eine angebrauchte Dose mit blondem Haarfärbemittel, das er für einen seiner letzten Aufträge gebraucht hatte. Als er die Gebrauchsanweisung überflog, erinnerte er sich, wie er beim letzten Mal vorgegangen war – und wie lange er danach geputzt hatte, um die Farbe von Waschbecken, Boden und allen möglichen Utensilien wieder abzubekommen. Er seufzte und sah sich nach Einweghandschuhen und alten Handtüchern um.

Samstag, 13 Uhr

Christine Tengg wirkte geistesabwesend. Mehr noch, sie schien desorientiert zu sein, wie jemand, der zu viele verschiedene Aufgaben gleichzeitig erledigen musste. Heinz ging geradewegs auf sie zu und streckte ihr die Hand hin.

„Grüß Gott, ich bin Tim Zechmann, ich springe für meinen Bruder ein."

„Was?", bellte die Cateringchefin ihn an und musterte ihn kurz, wobei sie durch ihn hindurchzusehen schien. Ihr Mienenspiel zeigte abwechselnd Wiedererkennen, Wut und Verwirrung.

Abgesehen von der Anstrengung, die momentan ihre Gesichtszüge anspannte, empfand Heinz Christine Tengg als attraktive Frau. Zwar war ihre Figur etwas ungeschlacht, doch das mochte durch ihr autoritäres, mit beiden Beinen im Boden verwurzeltes Auftreten nur so wirken. Beides, die Anspannung und ihr Auftreten, war es wohl auch, das sie älter aussehen ließ als Anfang dreißig. In ihren Augen erkannte Heinz eine junge, erschöpfte Seele, die mehr durchgemacht hatte und durchmachte, als sie verkraften konnte.

„Wo waren Sie ... wer sind Sie eigentlich?"

Die Cateringchefin schien erst jetzt zu verstehen.

„Ich bin Tim Zechmann", wiederholte Heinz, „ich springe für meinen Bruder Gerd ein."

„Wo ist denn der Hascher? Schmeißt mein Geschirr zusammen und haut dann ab!"

Heinz fand, dass das Laute und Grobe nicht zu ihr passte. Er bemühte sich um einen sachlichen Tonfall, als er erklärte: „Er hat sich geweigert, noch einmal herzukommen. Deshalb springe ich für ihn ein."

„Er hat sich geweigert?", höhnte Christine Tengg. Sie schnappte sich den Ausweis, der um Heinz' Hals hing und musterte ihn. „Und Sie heißen auch Gerd, oder wie sehe ich das?"

„Ich heiße Tim. Ich springe für Gerd ein. Auf die Weise verlieren Sie keine Arbeitskraft."

Christine Tengg wedelte unschlüssig mit dem Ausweis vor Heinz' Nase herum. Ihr Gesicht schien zu einer höhnischen Maske gefroren, während sie ihn eingehend musterte.

„Ist okay", sagte sie schließlich. „Melden Sie sich bei Herrn Prugger und erklären Sie ihm die Angelegenheit. Mir wurscht, wer die Gläser abräumt, Hauptsache, sie bleiben heil." Damit flippte sie Heinz den Ausweis ins Gesicht und wandte sich mit einem schrillen Lachen ab.

Heinz verbarg ein selbstzufriedenes Grinsen.

Hürde genommen!

Er sah sich um, konnte Valentin Prugger aber nirgendwo ausmachen. Da er selbst an der Theke stand, hatte er einen guten Überblick über den gesamten Erdgeschoss-Bereich des VIP-Zeltes. Folglich war Prugger im oberen Stockwerk oder mit irgendwelchen An- oder Abtransporten beschäftigt. Heinz nahm die Stiege und hielt, im ersten Stock angekommen, kurz inne. Der Blick zwischen die geöffneten, sich leicht im Wind bewegenden Zeltplanen hindurch auf den See war atemberaubend! Heinz war in Pörtschach aufgewachsen, er kannte den Wörthersee seit seiner Geburt, doch wann immer ihn Urlauber gefragt hatten, ob er als Einheimischer die Schönheit seines Heimatlandes überhaupt noch zu schätzen wüsste, hatte er stets und ohne zu zögern mit Ja geantwortet – wegen Momenten wie diesem.

Zwei Kellnerinnen waren hier am Werk und ein hochgewachsener Mann, der mit einer seidig schimmernden schwarzen Hose und einem ebenso schimmernden schwarzen Hemd bekleidet war. Das musste Prugger sein. Heinz ging zu ihm hin und sah mit einem Blick auf den Ausweis des Mannes seine Annahme bestätigt. Er stellte sich vor und erklärte die Situation, wie er sie auch Christine Tengg erklärt hatte. Prugger wirkte um einiges lockerer als seine Chefin. Er strich Tischtücher glatt, korrigierte die Standorte von Blumengestecken auf den Tischen und rückte Sessel zurecht, dennoch hatte Heinz nicht das Gefühl, er würde ihm nicht zuhören.

„Eine verrückte Geschichte", sagte er mit einem gelassenen Lachen, als Heinz fertig war. „Genau genommen müssten wir die Akkreditierung Ihres Bruders zurückziehen und für Sie eine Tagesakkreditierung anfordern, aber nehmen wir es locker: Gehen wir davon aus, dass niemand den Tausch bemerkt. Sollte das doch geschehen, schiebe ich alles auf Sie, ist das okay?" Heinz nickte lachend und Prugger fragte weiter: „Sie kennen sich hier aus?"

„Ich kenne mich im Gastgewerbe aus. Die genauen Abläufe hier kenne ich nicht."

Valentin Prugger sah sich um und stieß einen schrillen Pfiff aus, als er jenen Kellner erblickte, nach dem er gesucht hatte. Dieser sah auf und folgte dem Wink seines Vorgesetzten. Als er näher kam, erkannte Heinz in ihm jenen jungen Mann, der Gerd Zimmermann hinterher gelaufen war. Jetzt hieß es, geschickt zu improvisieren!

„Das ist Herr Benedikt. Herr Benedikt, Sie weisen Herrn Zechmann kurz ein, wo er was findet und welche Arbeiten anstehen, alles klar?"

„Ja, Chef", bestätigte dieser kurz. An seiner Reaktion konnte Heinz nicht erkennen, wie er auf die Scharade reagierte.

„Moment noch", Prugger musterte die Aufschläge von Heinz' Hemdkragen. „Sie haben das falsche Hemd an. Herr Benedikt gibt Ihnen ein richtiges."

Ein Kontrollblick auf die Krägen von Prugger und Benedikt zeigte Heinz, was sein neuer Chef meinte: Auf den Kragenaufschlägen der beiden waren die Buchstaben „TC", das Monogramm der Firma, mit rotem Nähgarn aufgestickt. Benedikt bedeutete Heinz mit einer Kopfbewegung, ihm zu folgen und ging wortlos voraus die Treppe hinunter. Heinz ging ihm nach und widerstand dem inneren Drang, sich zu erklären. Er wollte zuerst wissen, wie Benedikt die Lage einschätzte. Dieser führte ihn hinter die Theke, wo eine Türausnehmung in der Zeltplane zu einem der beiden Vorzelte führte, die Heinz bei seinem ersten Lokalaugenschein gesehen hatte. Hier standen einige Biertische in der Mitte, die wohl als Anrichte dienten. An einer der Wände war eine mobile Küche aufgebaut, in der die vorgekocht angelieferten Gerichte erwärmt sowie einfache Speisen zubereitet werden konnten; Heinz hatte sich bezüglich der Arbeitsweise von Cateringunternehmen im Internet schlau gemacht. An den restlichen Wänden waren Getränkekisten und alle möglichen Schachteln gestapelt.

„Hier bereiten wir die Speisen vor, bevor wir sie zum Buffet tragen. Außerdem findest du hier den dringendsten Nachschub, alles Weitere wird da draußen gelagert", erklärte Benedikt, indem er den Raum durchmaß und ins Freie trat. Heinz sah, dass die Dachplane des VIP-Zeltes zwei Meter weit über die Außenwand hinausragte, wodurch sich entlang des gesamten Zelts ein zusätzlicher überdachter Bereich ergab. Eine junge Kellnerin, die erschrocken aufgeblickt hatte, als Heinz und Benedikt aus dem Zelt gekommen waren, widmete sich nun sichtlich erleichtert wieder ihrer Zigarette. Unter dem Vordach waren metallene Transportkisten bis zu einer einheitlichen Höhe gestapelt und bildeten so ein Außenlager, das sauber und ordentlich aussah. Wie Heinz erkannte, war das notwendig, zumal dieser Bereich für Besucher einsehbar war, die außerhalb des Zaunes vorbeigingen. Benedikt hob eine der Kisten von der obersten Reihe herunter, um zu einer darunterliegenden zu gelangen, welche er öffnete.

„Large, oder?", fragte er dabei.

Heinz bejahte. Kurz darauf zog Benedikt ein Hemd in einer Klarsichtfolie hervor, packte es aus und reichte es Heinz, der währenddessen bereits das Gilet und das „falsche" Hemd abgelegt hatte. Die rauchende Kellnerin tat so, als würde sie Heinz während des Kleiderwechselns nicht beobachten. Das neue Hemd passte.

„Gerd hat sich nicht mehr beruhigt, oder?", fragte Benedikt, während Heinz sich wieder ankleidete. Ganz offensichtlich war er dabei nicht so gleichmütig, wie er klang. Heinz bemühte sich um ein möglichst lockeres Lachen und erwiderte: „Nein, der ist fertig mit der Tengg."

„Die Chefin war fuchsteufelswild. Sie hat gesagt, sie wird ihn anzeigen. Aber ich glaube, das war nur in der ersten Wut. Gut, dass du für Gerd einspringst!"

Heinz nickte Benedikt mit einem Gesichtsausdruck zu, als wären er, sein angeblicher Bruder und die ganze Catering-Mannschaft dadurch einer Katastrophe entgangen. Insgeheim war er jedoch froh, dass Benedikt offenbar keinen Verdacht schöpfte. Vor allem wegen seines Ausweises und seines Gilets hatte Heinz Sorge gehabt, immerhin hatte Benedikt vor einigen Stunden mit angesehen, wie Gerd Zechmann diese Gegenstände von sich geworfen hatte. Heinz war davon ausgegangen, der Kellner hätte die Sachen auf seinem Weg zurück ins VIP-Zelt vergeblich gesucht und sich nun gewundert, wie Heinz alias Tim Zechmann an sie gekommen war; aber anscheinend war das nicht der Fall. So, wie die Dinge lagen, hatte es Heinz geschafft: Er würde während der morgigen Ironman-Veranstaltung Christine Tengg überwachen können.

Kapitel 7

Samstag, 16 Uhr

Valentin Prugger hatte den Großteil der Kellner nachhause geschickt. Die Vorbereitungen für den morgigen Tag waren im Wesentlichen abgeschlossen und außerdem war der Dienstantritt morgen Früh für 5.30 Uhr festgelegt; die Belegschaft sollte sich noch etwas ausruhen. Heinz verließ die Sperrzone und schlenderte durch den Europapark zum Minimundus-Parkplatz. Er zog das Gilet aus, schulterte es und genoss die heiße Nachmittagssonne. Am Parkplatz angekommen blickte er durch den Zaun am Fahrrad-Abstellplatz und beobachtete das geschäftige Treiben. Die Kampfrichter überprüften schon seit dem frühen Nachmittag die Rennräder der angemeldeten Athleten. Morgen um diese Zeit würde der Sieger des Ironmans bereits feststehen, auch wenn der Großteil des Teilnehmerfeldes noch unterwegs wäre. Wenn alles glattging, würde er seinen Auftrag bereits erledigt haben, denn Hannes Tengg würde wohlbehalten im Ziel angekommen sein – und er nachhause gehen, seine Honorarnote schreiben und gleich an Direktor Oberhofer mailen.

Aber noch war es nicht so weit. Heinz löste sich vom Zaun und ging zu seinem Wagen. Er würde heute früh schlafen gehen, damit er morgen ausgeruht war, zuvor sehnte er sich allerdings noch nach etwas Gesellschaft.

In der Wiener Gasse pulsierte das Leben. Die Menschen saßen vor den Lokalen im künstlichen Schatten oder stöberten an den Ausstellern, die die Einzelhandelsgeschäfte auf die Gasse gestellt hatten. Auch das Damenmodegeschäft „BoutChic" hatte zwei rollbare Kleiderständer so vor der Eingangstür platziert, dass ein lockeres Durchkommen zwischen ihnen und dem Geschäft gegeben war. Verena Bacher, die zweiunddreißigjährige Inhaberin, und Andrea, ihre einzige Angestellte, beobachteten das Treiben aus dem Inneren des Geschäfts, wenn sie nicht gerade eine Kundin betreuten. Doch so groß der Trubel in der Wiener Gasse auch war, so schleppend ging der Verkauf an diesem Samstagnachmittag. Den Menschen schien der Sinn eher nach Schlendern und Schauen zu stehen; nach Shoppen, und nicht nach Einkaufen. Verena legte ihre schlanken Finger vor ihre dezent rot geschminkten Lippen, um ein Gähnen zu verbergen. Eine gute halbe Stunde noch, dann würde sie ihren Laden schließen und Andrea ins wohlverdiente Wochenende entlassen. Als die Silhouette eines Mannes die Eingangstür verdunkelte, sah sie auf und wunderte sich, warum der blonde Kerl in der Kellnermontur sie so vertraulich anlächelte, während er das Geschäftslokal betrat.

Heinz genoss die Irritation in Verenas Miene und er genoss ihr spontanes Auflachen und dass sie ihre Hände an die Nase legte, als sie ihn erkannte. Er genoss auch den Anblick der Bewegungen ihres schlanken Körpers, als sie um das Verkaufspult herum auf ihn zukam, das Wogen ihrer langen blonden Mähne und das strahlende Lachen ihrer Augen und ihres Mundes. Ganz besonders genoss er aber ihre Berührung, als Verena ihn zur Begrüßung auf die rechte und die linke Wange küsste.

„Was für einen Auftrag hast du diesmal? Aushilfe in einer Schickimicki-Bar?" Ihr Sopran überschlug sich leicht. Heinz liebte das; ebenso, wie er die leicht unscharfe Aussprache ihrer S-Laute liebte. Er empfand das als erotisch – er empfand alles an Verena als erotisch.

Schief lächelnd hielt er zur Erklärung den Ausweis seines scheinbaren Bruders hoch. Verena schnappte nach Luft.

„Du bist beim Ironman?" Es klang ehrfürchtig, so wie sie es sagte. „Aber ... Heinz, das glaubt dir kein Mensch. Du siehst dem Typ ja nicht einmal ähnlich." Sie hielt Gerd Zechmanns Foto auf dem Ausweis vergleichend neben Heinz' Gesicht.

„Ich bin ja auch nicht Gerd, ich bin Tim", erklärte Heinz, „sein Bruder."

„Du spinnst ja!" Sie gab ihm einen Klaps.

„Nein, im Ernst. Ich arbeite morgen im VIP-Zelt."

Verena schnappte einmal mehr nach Luft, was Heinz einmal mehr genoss.

„Nimm mich mit", bettelte sie.

„Warum glaubst du, dass du das verdienst?"

In gespielter Entrüstung stemmte sie eine Hand in ihre Hüfte, blinzelte mehrmals affektiert und erwiderte: „Hallo?" Dann lachte sie über sich selbst und drehte Heinz an den Schultern in Richtung Eingangstür, um ihn im hereinfallenden Licht betrachten zu können. „Das steht dir gar nicht schlecht. Blond, meine ich."

„Danke", erwiderte er säuerlich, „mir brennt der Haaransatz noch immer vom Färben."

„Künstliche Intelligenz tut immer weh. Weil sie ungewohnt ist."

Heinz lachte auf.

„Künstliche Intelligenz? Du meinst, blonde Haare?"

„Ich meine künstliches Blond."

Andrea trat zu ihnen. Sie hatte im hinteren Teil des Geschäfts zu tun gehabt und war durch Verenas Reaktion auf den Neuankömmling neugierig geworden. Auch sie war überrascht, als sie Heinz erkannte.

„Kommst du uns heimlich überprüfen?", witzelte sie.

„Ja, mein neuer Auftraggeber will, dass ich euch observiere", witzelte er zurück, „unerkannt, versteht sich."

„Genialer Plan", meinte Verena dazu.

„Eigentlich bin ich gekommen, um dich zu fragen, ob wir nach Ladenschluss etwas trinken gehen", erklärte Heinz nun.

Verenas Gesicht verzog sich bedauernd.

„Tut mir leid, aber ich muss noch ein paar Sachen erledigen und danach habe ich schon was vor."

Heinz spürte einen Stich in seinem Herzen. Er wollte spontan fragen, was sie denn vorhätte, und vor allem mit wem, doch er verbiss es sich.

„Ach, schade", sagte er stattdessen.

„Ich hätte Zeit", meinte Andrea resolut und schenkte ihm einen hübschen Blick.

„Na fein, dann gehen wir zwei", lenkte Heinz spontan ein, um nicht den Eindruck zu vermitteln, an Verena zu kleben, und zur sichtlichen Verwunderung Andreas.

„Du kannst schon gehen", sagte Verena zu ihr und provozierte damit eine weitere Verwunderung ihrer Angestellten.

„Bist du sicher?"

„Ja. Heute werden sie uns nicht mehr den Laden stürmen. Macht euch einen schönen Abend."

Andrea sah sie forschend an und dankte ihr, als sie erkannte, dass Verena es Ernst meinte. Die beiden Frauen küssten sich zum Abschied auf die Wangen und wünschten sich gegenseitig ein schönes Wochenende.

„Und du, bleib brav", sagte Verena dann zu Heinz, während sie auch ihn zum Abschied küsste.

„Du nicht", erwiderte dieser und wartete vergebens auf eine Reaktion. Dann hielt er Andrea den Arm hin, und als diese sich bei ihm untergehakt hatte, verließen die beiden die „BoutChic".

Er kannte Verena nun schon seit Jahren, doch er wurde nicht schlau aus ihr. Einerseits glaubte er, an ihren Reaktionen auf ihn immer wieder eine Art der Zuneigung zu erkennen, die über bloße Alltagssympathie hinausging. Doch andererseits blockte sie immer ab, wenn er versuchte, ihr näherzukommen. So wie gerade vorhin: Sie hatte nicht eine Sekunde lang überlegt, ehe sie sein Angebot ausgeschlagen hatte, und auch als er sich mit Andrea verabredet hatte, hatte sie nicht gezögert, ihre Angestellte heute früher gehen zu lassen. War das Taktik, oder bildete Heinz sich nur ein, dass Verena ihn mehr mochte, als irgendeine andere Bekanntschaft? Es waren diese Dinge, die ihm jedes Mal wieder stundenlang wie eine Laus im Pelz saßen, nachdem er Verena besucht hatte. Und es waren auch diese Dinge, die ihn jedes Mal wieder dazu trieben, Verena zu besuchen.

Wenig später saß er mit Andrea vor dem Eissalon am Heuplatz und beide schlürften Eiskaffee. Er verstand sich in letzter Zeit gut mit ihr, weit besser als damals, als er noch mit ihr zusammen war. Sie hatten beide festgestellt, dass sie die gegenseitige Sympathie, die von Anfang an da gewesen war, falsch verstanden hatten. Ihre Zuneigung beruhte nicht auf sexueller Anziehung, sondern auf charakterlicher Ähnlichkeit. Deshalb hatte ihre Beziehung nicht funktioniert und auch nicht lange gehalten. Doch abgesehen von der Freundschaft, die daraus entstanden war, hatte Heinz noch aus einem weiteren Grund von diesem Liebesverhältnis profitiert: Er hatte durch sie Verena kennengelernt, für die Andrea damals schon gearbeitet hatte. Und da Andrea wusste, wie Heinz zu ihrer Chefin stand, konnte er mit ihr auch offen darüber reden – was er nun wieder einmal tat.

„Ich kann dir auch nicht sagen, was in ihr vorgeht", seufzte Andrea. „Eine Frau weiß oft selbst nicht, was in ihr vorgeht."

„Ach wirklich? Hör auf!", erwiderte Heinz in gespieltem Unglauben, wurde aber sofort wieder ernst: „Ich nehme nicht an, dass du weißt, ob sie ... ob Verena, ich meine ..."

„Ob sie einen Freund hat, meinst du? Nein."

Das liebte Heinz so an Andrea. Sie ahnte seine Fragen voraus und beantwortete sie unmittelbar und ohne Unklarheiten aufkommen zu lassen. Er schwieg nun eine Weile, ehe er wieder begann: „Ich weiß nicht, wie ich mich ihr nähern soll. Ich meine, mehr als ihr anzubieten, mit mir auszugehen, kann ich nicht tun, oder?"

„Aber ihr geht ja immer wieder miteinander aus, oder nicht?"

„Ja, schon, aber ... viel zu selten und außerdem ... außerdem habe ich nie das Gefühl, dass wir uns dabei näherkommen. Wir verstehen uns gut, wir lachen miteinander und so weiter, aber das war's dann schon."

„Na, das ist doch schon etwas."

„Ja, aber es ist wie ein Treten am Stand. Es geht nichts vorwärts."

„O Gott, Männer! ‚Es geht nichts vorwärts!'"

Heinz schenkte ihr einen zurechtweisenden Blick, als er antwortete: „Ich erinnere mich da an eine gewisse Andrea, die mir von einem gewissen Kerl erzählt hat – wie er geheißen hat, weiß ich nicht mehr –, der sich mit ihr einige Male verabredet hat und von dem sie etwas wollte. Ich darf dich zitieren: ‚Wenn du nach dem ersten Date kein Gute-Nacht-Bussi kriegst, denkst du dir: Okay, er ist ein Gentleman. Wenn du nach dem zweiten Date keines kriegst, denkst du dir: Okay, er ist schüchtern. Aber wenn er dich nach dem dritten Date nicht küsst, denkst du dir: Ist der schwul, oder was?'"

Andrea antwortete mit einem treuherzigen Blick und einem stillen Lächeln und meinte: „Ich kann mich einfach nicht daran gewöhnen, dass du blond bist!"

Verena schloss den Laden ab und schaltete das Licht in den Umkleidekabinen aus. Dann ließ sie einen Kontrollblick durch ihr Geschäft schweifen, und als sie sicher war, nichts vergessen zu haben, ließ sie die Arbeit der vergangenen Woche mit einem tiefen Seufzen von sich abfallen. Sie war müde. Sie würde ihre Sachen nehmen und nachhause gehen. Dort würde sie sich eine lange Dusche genehmigen, sich danach eine kleine italienische Jause richten und diese vor dem Fernseher zu sich nehmen. Dann würde sie bald schlafen gehen.

Sie wusste selbst nicht, warum sie Heinz' Einladung vorhin so schnell abgelehnt hatte. In Wahrheit hatte sie sich darüber gefreut und sie hatte auch nichts mehr zu erledigen gehabt, von einem Abendprogramm ganz zu schweigen. Und sie war verletzt gewesen, als er so schnell damit einverstanden war, an ihrer Stelle Andrea auszuführen.

Es war nicht das erste Mal, dass Verena sich eingestehen musste, Angst davor zu haben, Heinz könnte ihr zu nahe kommen, obwohl sie sich das gleichzeitig wünschte. Sie hatte Angst, sie könnte mit ihm glücklich werden, denn dann müsste sie Angst haben, es unter Umständen irgendwann nicht mehr zu sein. In Wahrheit, und auch das gestand sie sich nicht zum ersten Mal ein, in Wahrheit hatte sie Angst, Heinz könnte der Richtige sein.

Kapitel 8
Sonntag, 5.15 Uhr

Heinz gähnte so herzhaft, dass er im Gehen das Gleichgewicht verlor und sich nur taumelnd auf den Füßen halten konnte. Die frische Morgenluft tat ihm gut, doch es war schon einige Zeit her, dass er so früh aufgestanden war. Das wäre auch nicht das Problem gewesen, hätte er eine ruhige Nacht gehabt, was aber nicht der Fall gewesen war. In einem konfusen Alptraum waren Direktor Oberhofer als Drache und Christine Tengg als Schlange aufgetreten, die ihm beide nach dem Leben trachteten, wobei er selbst, in der Rolle Hannes Tenggs, während der Ironman-Schwimmetappe im Wörthersee untergegangen und immer tiefer hinabgesunken war, ohne etwas dagegen unternehmen zu können. Der Traum hatte lange angedauert und Heinz war immer wieder durch ihn aufgewacht, hatte streckenweise nur oberflächlich geschlafen und sich entsprechend gerädert gefühlt, als sein Wecker schließlich abgegangen war.

Auf dem Ironman-Gelände war schon die Hölle los. Um 5.15 Uhr öffnete die Wechselzone, was bedeutete, dass die Athleten hier ihre Säcke mit Wechselkleidung und Rennproviant deponieren konnten, die sie später brauchen würden, um sich nach dem Schwimmen für die Fahrradetappe bereit zu machen. Um 6 Uhr würden dann die ersten VIPs eintrudeln und sich die besten Plätze sichern. Mit dem ersten Startschuss um 6.45 Uhr würden die Profis und die erste Startgruppe ins Rennen gehen, mit dem zweiten um 7 Uhr das Hauptfeld.

Doch vorerst waren es nur die Athleten, ihre Begleiter, das Securitypersonal, die Kampfrichter, die freiwilligen Helfer und die Presseleute, die das Ironman-Gelände bevölkerten. Heinz fühlte sich wie inmitten einer dieser Vogelkolonien, von denen Fernsehdokumentationen immer wieder berichteten. Die verschiedenen Bewegungen, die von zahllosen Einzelnen in unterschiedlichen Geschwindigkeiten ausgeführten wurden, verschmolzen zu einem kollektiven Sich-Regen und die gedämpfte Lautstärke transportierte eine allgemeine, geschäftige Hektik. Heinz machte sich bewusst, dass es ihm in diesem Moment gänzlich unmöglich gewesen wäre, an Ort und Stelle stehenzubleiben und bewegungslos zu verharren.

Als er Direktor Armin Oberhofer sah, glaubte Heinz zunächst an eine Verwechslung, ausgelöst durch seinen Alptraum in Verbindung mit seiner Schlaftrunkenheit. Doch das Gesicht des Versicherungsmannes hatte sich auch nach dem zweiten Mal Hinsehen noch nicht geändert, so dass Heinz seine Anwesenheit als gegeben hinnehmen musste. Oberhofers grobschlächtige, breitschultrige Statur hätte eher zu einem Schwerathleten als zu einem Triathleten gepasst. In seinem Schwimmanzug sah er aus, als würde er zum Gewichtheben gehen.

„Herr Direktor – Sie machen mit?"

Dass Heinz ihn ansprach, war seiner Überraschung geschuldet, denn nur eine halbe Sekunde später hätte er sich abgewandt und an seinem Auftraggeber vorbeigedrückt. Doch nun war es zu spät. Er konnte seine Wörter nicht wieder zurücksaugen und damit ungesagt machen. Die Augen des Direktors suchten zunächst irritiert um Heinz herum. Das war typisch für ihn. Heinz hatte ja schon seine Kellneruniform an und eine Servierkraft war für Oberhofer kein Mensch im engeren Sinne, sie war eher so etwas wie ein Werkzeug. Auch als er verstand, dass es tatsächlich der Cateringangestellte war, der ihn angesprochen hatte, dauerte es noch einige Sekundenbruchteile, ehe er in dem Blonden Heinz erkannte und sein Blick sich aufhellte. Schnell griff Heinz zu dem Ausweis, der an dem Band von seinem Hals baumelte, und hielt ihn nach vorne. Oberhofer mochte alles Mögliche sein, aber er war nicht dumm, und tatsächlich begriff er sofort, dass Heinz ihn davon abhalten wollte, seine Tarnung auffliegen zu lassen. Der Versicherungsmann trat einen Schritt näher und sah auf das Namensschild, ehe er ausrief:

„Zechmann, Sie auch hier?"

Die beiden schüttelten einander die Hände in einer Herzlichkeit, als servierte Heinz regelmäßig Oberhofers Privatgästen die Drinks.

„Wie Sie sehen", erwiderte Heinz knapp. „Sie haben mir ja gar nicht erzählt, dass Sie auch am Ironman teilnehmen?"

„Ich habe keine Notwendigkeit gesehen, Ihnen das auf die Nase zu binden. Und, wie läuft Ihre ... Arbeit?"

Heinz verstand sehr genau, welche Arbeit Oberhofer meinte.

„Bestens, alles im grünen Bereich", erwiderte er in gespielter Hast und hielt dem Direktor auch schon wieder die Hand zum Abschied hin. „Ich muss weiter und nach dem Rechten sehen. Auf Wiederschaun."

Er erkannte in Oberhofers Augen, dass dieser auch das verstand.

Im Weitergehen blies Heinz die Luft aus. Nicht, dass er Angst um seine Tarnung gehabt hätte, denn auch wenn Oberhofer ihn beim richtigen Namen angesprochen hätte, hätte das kaum jemand mitbekommen, und falls doch, hätte er sich auf eine Verwechslung hinausgeredet, doch solche Situationen trugen immer eine gewisse Sprengkraft in sich.

Einmal mehr ermahnte Heinz sich selbst zur Vorsicht. Zwangsläufig nahmen am Ironman viele Klagenfurter teil und darunter waren sicherlich einige, die ihn kannten. Er musste ständig auf der Hut sein, dass er allfällige Bekannte sah, bevor diese ihn sahen, so dass er in Deckung gehen konnte. Das traf auch und vor allem auf jene Leute zu, die ihn im Zuge seines aktuellen Falls kennengelernt hatten. Zum Beispiel würde Doktor Zernatto, der ja selbst erzählt hatte, er würde am Ironman teilnehmen, sicherlich interessieren, warum der Versicherungs-Sachbearbeiter Conrad Ferdinand Meyer hier mit gefärbten Haaren Getränke servierte.

Im VIP-Zelt herrschte noch weitgehend Ruhe. Aus den Arbeitsräumen in den Vorzelten waren Geräusche und Stimmen zu hören und an der Theke vorne standen Christine Tengg und Valentin Prugger, die in den Inhalt einer Mappe vertieft waren und sich in gedämpftem Tonfall unterhielten. Während Prugger aufgeräumt und souverän wirkte, erschrak Heinz beinahe, als er die Chefin erblickte. Ihre Körperhaltung machte den Eindruck von Gebrechlichkeit und die tiefen Falten, die ihr Gesicht durchfurchten und von Make-up und Schminke noch verstärkt wurden, ließen sie um Jahre älter erscheinen. Der Ironman und all die Trauer, Verzweiflung und Angst, die er ihr in den vergangenen beiden Jahren gebracht hatte, schienen schwer auf ihr zu lasten.

Doch dieser Eindruck war nur von kurzer Dauer, denn bald darauf begannen sie und Prugger, die Aufgaben an das Personal zu verteilen, und indem die Autorität Christine Tenggs Gesicht anspannte, glättete sie es auch. Aus der gealterten Frau wurde so wieder das resolute Mannweib, das Heinz gestern kennengelernt hatte.

Gemeinsam mit den anderen Kellnerinnen und Kellnern bereitete Heinz nun das Frühstücksbuffet vor. Damit beschäftigt, verging die Zeit wie im Flug, und ehe er sich versah, hatte sich das Zelt mit Gästen gefüllt und der Betrieb war in vollem Gange. Christine Tengg bediente vorwiegend die Theke und managte das Personal, während Valentin Prugger eher im Arbeitsbereich des Zeltes war oder im ersten Stock nach dem Rechten sah.

Wann immer er an einem der Fernsehschirme vorbeikam, die überall im VIP-Zelt aufgehängt waren, warf Heinz einen Blick auf die Live-Übertragung. Momentan beschränkte sich diese auf die Vorbereitungen der Athleten. Die Perspektive wechselte zwischen Luft-, Total- und Detailaufnahmen und beleuchtete alle Bereiche des Areals. Im hinteren Startraum wurde ein Teilnehmer gezeigt, der den Sitz seiner blauen Schwimmhaube überprüfte, die neben dem Ironman-Schriftzug auch seine Startnummer auswies. Ein anderer passte den soeben angelegten schwarzen Neopren-Anzug an seine Körperkontur an, indem er abwechselnd seine Knie anzog und beide Arme nach vorne, zur Seite und nach oben streckte. Lautsprecheransagen in englischer Sprache, die über das Gelände hallten, hörte Heinz zweifach, einmal direkt von draußen und einmal durch die Live-Übertragung leicht zeitverzögert aus dem Fernseher. Als es so weit war, wurden die Athleten der ersten Startwelle gezeigt, die sich vorne am Wasser befanden. Hier war die Ausrüstungsfrage bereits geklärt, hier dehnten die Wartenden ihre Glieder, rollten langsam ihre Köpfe oder sprangen locker am Stand. Da die Wettkämpfer Schwimmbrillen trugen, konnte Heinz ihre Emotionen nicht in ihren Augen erkennen. Doch selbst hier im Zelt spürte er die allgemeine Anspannung in der Luft, die alle Anwesenden erfasst zu haben schien. Insofern wusste er, dass die Bewegungen der Athleten nicht bloße Gymnastikübungen waren, sondern der Versuch, die eigene Nervosität durch Bewegung abzubauen und die Zeit bis zum Start mit einer Aktivität zu überbrücken, die allgemein als vernünftig angesehen wurde. Er hatte es längst aufgegeben, Hannes Tengg in den Reihen der ersten Startwelle zu suchen, es waren einfach zu viele Teilnehmer, die einander zu ähnlich sahen. Eine Zeit lang hatte er nach Tenggs Startnummer, 214, Ausschau gehalten, doch die Nummern waren in dünnen Ziffern auf die Badekappen geschrieben und daher bei den Kameraschwenks und Bildwechseln kaum zu erkennen.

Der Startschuss fiel, als Heinz gerade frische Kaffeetassen aus dem Arbeitsraum zum Buffet trug. Sein Blick schnellte zum nächsten Fernseher und erhaschte dort eine Szene, die er schon oft im Fernsehen und im Internet gesehen hatte: Zeitgleich mit dem vielstimmigen Aufjohlen der Zuschauer rannten zahllose, uniform gekleidete Menschen in gleichartigen Bewegungen los und brachten das Wasser gleichsam zum Kochen, sobald sie es erreichten. Binnen weniger Sekunden schwammen dutzende, nach weiteren Sekunden hunderte Menschen dicht an dicht in den See hinaus. Die gekrümmte Form wie auch die Bewegungen der Arme erinnerten Heinz auch diesmal wieder an die Beine von Spinnen. Nach wie vor konnte er nicht verstehen, wie so eine Masse an Menschen so eng beieinander schwimmen konnte, ohne sich andauernd gegenseitig zu behindern – wenn das nicht ohnehin geschah.

Er wandte sich wieder seiner Arbeit zu. Valentin Prugger hatte die Kellner angewiesen, während der beiden Startwellen möglichst effizient und unauffällig zu arbeiten. Gerade in dieser Phase des Rennens wollten die Gäste einerseits mit Getränken versorgt, andererseits aber nicht gestört werden. Im allgemeinen Trubel, der im VIP-Zelt herrschte, sah Heinz nicht die geringste Chance, auch nur zeitweise in Christine Tenggs Nähe zu bleiben. Nicht nur, dass er selbst gezwungen war, das Umfeld der Theke periodisch zu verlassen, um seiner Arbeit nachzugehen, auch sie verschwand, wie er es schon gestern erlebt hatte, immer wieder einmal, ohne dass Heinz jeweils wusste, wohin. Wie sollte er sie da beobachten? Je länger dieser Zustand andauerte, desto banger wurde ihm zumute. Freilich glaubte er ebenso wenig, seine Chefin würde ihrem Bruder von hier aus etwas antun, wie er davon ausging, eine ihrer zeitweiligen Abwesenheiten würden dazu dienen, sich auf die Rennstrecke zu begeben und Hannes dort irgendwie zu ermorden. Doch sein Auftrag lautete, sie zu überwachen, und sollte Hannes Tengg tatsächlich etwas zustoßen, würde Direktor Oberhofer detailliert wissen wollen, wo die Cateringchefin vor, während und nach dem Geschehen gewesen war und was sie getan hätte.

Heinz balancierte sein Tablett mit leeren Gläsern zwischen den Gästen hindurch und schüttelte kurz und heftig den Kopf, um sich bewusst zu machen, wie unsinnig diese Gedanken waren. Glaubte er tatsächlich, Hannes Tengg würde heute zu Tode kommen? Nie im Leben! An der Theke angekommen, lud er die Gläser ab und wartete, bis seine Kollegin mit dem Vorbereiten der aktuellen Getränkebestellung fertig war. Währenddessen verfolgte er die Liveübertragung auf dem über der Theke hängenden Fernsehgerät. Derzeit waren die Schwimmer im Lendkanal, dessen Ufer lückenlos mit Zuschauern gefüllt war. Die einen feuerten die Athleten durch Klatschen und Schreien an, andere bliesen in kleine rote Plastiktröten und wieder andere standen einfach nur da und schauten zu. Nach einem Wechsel der Kameraeinstellung sah man eine schlanke Frau um die dreißig im linken Bildvordergrund. Ihr ruhiger Kennerblick zog sofort Heinz' Aufmerksamkeit auf sich. Sie schien die herannahenden Schwimmer einzeln zu mustern, prüfte dann anscheinend die Uferbeschaffenheit, um sich danach einen Überblick über das Feld der Davonschwimmenden zu verschaffen. Gerade als Heinz sich sicher war, hier eine Trainerin vor sich zu haben, hob die Frau eine Zigarette an den Mund und zog so intensiv daran, als würde diese ihr das Atmen überhaupt erst ermöglichen. Die nächste Einstellung zeigte die Ausstiegsstelle am Lendkanal. Hier kamen die Schwimmer an Land und liefen weiter zur Wechselstation, wo sie sich für die Fahrradetappe umzogen. Doch da war Heinz' Tablett voll und er setzte sich wieder in Bewegung.

Da die Arbeit nicht nachließ, verging die Zeit auch weiterhin wie im Flug. Heinz' Blicke auf die Bildschirme wurden zunehmend geistesabwesender, was kein Wunder war, immerhin sah er hier nichts, was er kontrollieren konnte. Auch Christine Tengg entzog sich weiterhin seiner Kontrolle, sie war da oder nicht da, je nachdem, wie ihre Aufgaben es von ihr erforderten. Wann immer er sie sah, war ihr Gesicht verschlossen, ein Lächeln huschte nur dann darüber, wenn sie mit einem Gast sprach, der an die Theke kam, doch das war reine Sympathiekundgebung und kam nicht von Herzen.

Als es passierte, war Heinz im ersten Moment desorientiert; aus seiner Tätigkeit gerissen. Er nahm ein kollektives Aufkeuchen wahr und fragte sich, warum plötzlich alle bewegungslos waren und mit weit aufgerissenen Augen und Mündern auf die Fernsehschirme starrten; das Servicepersonal inklusive. Seine Irritation wich jedoch schlagartig, als auch er einen Blick auf einen der Monitore erhaschte und dort den gestürzten Radfahrer sah, der regungslos auf dem Asphalt lag, am Rücken, alle Gliedmaßen von sich gestreckt. Der Pulk der nachkommenden Rennteilnehmer hatte Mühe, ihm auszuweichen, und erste Helfer rannten soeben zu dem Verunfallten, um ihn aus der Gefahrenzone zu ziehen. Sein Schurz trug die Startnummer 214. Hannes Tengg.

Heinz' Blick schnellte zur Theke, hinter der Christine Tengg stand, bleiches Gesicht, eine Hand an der Brust, ebenso gebannt wie alle anderen auf den Bildschirm starrend. Heinz spürte, wie sein Puls in die Höhe schoss.

Das kann nicht sein! Das darf einfach nicht sein!

Doch er wusste schon in diesem Moment ganz genau, dass es wieder geschehen war. Hannes Tengg war tot.

In den nun folgenden Minuten kam immer wieder der Verunglückte ins Bild. Zunächst scharten sich Zuseher um ihn, fotografierten und filmten; einige wenige sprachen ihn an und brachten ihn, als er nicht reagierte, in eine stabile Seitenlage. Dann waren Sanitäter vor Ort, drängten die Schaulustigen nach hinten und suchten mit besorgten Gesichtern nach Lebenszeichen. Sie begannen, Hannes Tengg mittels Defibrillator, Beatmungsmaske und Herzdruckmassage zu reanimieren. Als einer der Notärzte eintraf, verharrte die Kameraperspektive am Unfallort. Auch dieser sprach den Verunfallten zunächst an, fühlte seinen Puls und lauschte nach Atemgeräuschen, ehe er den Sanitätern Anweisungen erteilte, die in der Übertragung nicht hörbar waren. Diese drehten Tengg nun wieder auf den Rücken; der Mediziner nahm ihm die Sportbrille ab, öffnete abwechselnd seine Lider und leuchtete mit einer kleinen Taschenlampe in seine Augen. Schließlich verloren die Bewegungen des Arztes sichtlich an Zielstrebigkeit. Er gab den Sanitätern weitere Anweisungen, woraufhin sie das weiße Tuch, das sie zum Abtransport des Verletzten mitgebracht hatten, über diesen breiteten.

Die ganze Zeit über schien im VIP-Zelt jede Bewegung eingefroren zu sein. Erst jetzt, als es vorbei war, kippte Christine Tengg um und schien damit einen Bann zu lösen. Valentin Prugger drängte sich durch die Leute zu ihr hin und auch Heinz setzte sich in Richtung Theke in Bewegung.

„Wir brauchen eine Decke, oder etwas Ähnliches", wisperte Prugger angespannt, als Heinz bei ihm angekommen war, „sie hat einen Schock. Und holen Sie die das Rote Kreuz." Prugger kniete bei der Cateringchefin und fühlte ihre Haut, tastete nach ihrem Puls.

Heinz packte Benedikt, der danebenstand, grob am Arm und zog ihn hinter sich her in das Vorzelt. Er vergewisserte sich, dass sein Kollege handlungsfähig war, dann befahl er: „Ruf die Sanis an, ich suche inzwischen etwas, um die Chefin zuzudecken."

Benedikt nickte und zog sein Mobiltelefon hervor. Die Notrufnummer des Roten Kreuzes hatte jeder Cateringmitarbeiter in sein Handy einspeichern müssen.

„Nimm ein paar Tischdecken", sagte er wie nebenbei.

Heinz war von der Klarheit seines Kollegen überrascht und dankte ihm. Tatsächlich waren Tischtücher wohl die einzigen deckenähnlichen Gegenstände, die ihnen zur Verfügung standen.

Wenig später hastete Heinz mit einem Stapel Tischdecken in das VIP-Zelt zurück. Er legte sie neben Christine Tengg, faltete sie einzeln auseinander und deckte seine Chefin damit zu. Pruggers Blick war dankbar; er erhob sich aus der Hocke und gab sein Bestes, um die Gäste von der Theke wegzukomplimentieren, so dass die Sanitäter ungehinderten Zugang zu der bewusstlosen Cateringchefin bekommen würden. Dann kehrte er mit einem Glas Wasser zurück. Heinz hockte sich hinter Christine Tengg und hob ihren Oberkörper leicht an, um es Prugger leichter zu machen, ihr einen Schluck einzuflößen, doch es war vergebens, sie blieb bewusstlos.

Schließlich kamen zwei Rot-Kreuz-Sanitäter, stabilisierten und untersuchten sie. Dann wechselten sie einen Blick, der ein stummes Einverständnis in sich trug, woraufhin einer der beiden einen Rettungstransportwagen anforderte.

Die unheimliche Stille im Zelt hielt an. Bis auf vereinzeltes geschocktes Wispern war nur die Wettkampfmoderation zu vernehmen, die draußen am Seeufer aus den Lautsprechern plärrte. Die animierenden, mitreißenden Ansagen, mit denen die Zuschauer bei Laune gehalten werden sollten, waren in diesen Augenblicken im VIP-Zelt so unpassend, wie das überhaupt nur möglich war. Heinz erkannte, dass Valentin Prugger durch seine verzweifelte Sorge um Christine Tengg von seiner Pflicht abgelenkt war, den Gästen eine emotionale Stütze zu bieten.

„Herr Prugger", raunte er ihm deshalb ins Ohr, „ich fahre mit der Chefin ins Krankenhaus und rufe Sie an, sobald es erste Untersuchungsergebnisse gibt." Der Angesprochene sah Heinz überrascht, aber erleichtert an.

„Danke!" Prugger legte ihm kurz die Hand auf die Schulter und ging, somit entlastet, daran, seine Gäste auf andere Gedanken und den Cateringbetrieb wieder in Schwung zu bringen.

Wenige Minuten später signalisierte ein Martinshorn das Eintreffen des Rettungstransportwagens. Dieser hielt am Lieferanteneingang des VIP-Zeltes, zwei Sanitäter kamen mit einer Trage herbeigelaufen und luden die Cateringchefin auf. Heinz folgte ihnen und wollte im Wagen an der Seite von Christine Tengg bleiben, doch das erlaubten die Rettungssanitäter nicht. Es sei nicht genug Platz, sagten sie in einer Bestimmtheit, die klarmachte, dass sie immer wieder gezwungen waren, solche Diskussionen zu führen, und deshalb eine solche gar nicht erst aufkommen lassen wollten. Heinz kletterte also auf den Beifahrersitz und musste in den darauffolgenden Minuten alle verfügbare Kraft zusammennehmen, um nicht die Fassung zu verlieren, während der Fahrer in einer irren Mischung aus Vollgas, Vollbremsungen und unvorhersehbaren Richtungswechseln ins Unfallkrankenhaus der Stadt Klagenfurt raste.

Sonntag, 10 Uhr

Die Tür zum Krankenzimmer ging auf und die Ärztin trat heraus. Heinz erhob sich von einem Besuchersessel und sah sie erwartungsvoll an.

„Sind Sie ein Verwandter?", fragte sie.

„Nicht direkt." Heinz stotterte. „Sie ist meine Chefin. Cateringchefin beim Ironman. Ihr Bruder ist ums Leben gekommen und ich bin mitgefahren, um ..."

„Schon gut, ich verstehe. Ich habe Frau Tengg ein Sedativum verabreicht, sie schläft jetzt."

„Wie lautet Ihre Diagnose?"

„Akute Belastungsreaktion", die Ärztin zuckte mit den Schultern, als verstünde sich das von selbst, „im Volksmund besser als Nervenzusammenbruch bekannt. Keine Sorge, wir kriegen sie schon wieder hin."

„Darf ich zu ihr hinein?"

„Ja, aber sorgen Sie dafür, dass sie sich nicht aufregt, wenn sie aufwacht. Was Frau Tengg jetzt vor allem braucht, ist Ruhe."

Heinz rief Valentin Prugger an und informierte ihn über den Stand der Dinge.

Seit seiner Abfahrt vom Wörthersee war eine knappe Stunde vergangen, in der man Christine Tengg einer Reihe von Untersuchungen unterzogen hatte. Wann immer man sie dabei in einen anderen Raum gebracht hatte, war Heinz, vom Pflegepersonal ignoriert, hinterhergedackelt und hatte vor einer weiteren Tür Platz genommen und gewartet. Während dieser Zeit waren ihm tausendundein Dinge durch den Kopf gegangen. Zunächst hatte er Zeit gebraucht, um zu akzeptieren, dass die Ereignisse tatsächlich so stattgefunden hatten, wie sie sich nun einmal ereignet hatten. Dann hatte er versucht, einen klaren Kopf zu bekommen, um darüber nachzudenken, ob es für den Tod von Hannes Tengg noch eine andere Möglichkeit gab als Mord. Das war ihm jedoch nicht gelungen, weil sich andauernd andere Gedanken in sein Gehirn geschlichen hatten; vor allem das Gesicht von Direktor Oberhofer war immer wieder vor seinem geistigen Auge aufgetaucht. Und zu schlechter Letzt hatte auch Heinz selbst einen leichten Schock davongetragen, dessen Nachlassen er nun in Form einer bleiernen Müdigkeit spürte.

Nachdem er mit Prugger telefoniert hatte, ließ Heinz sich noch einmal in den Sessel zurücksinken und atmete tief durch. Seit er erfahren hatte, dass Christine Tengg wieder auf die Beine kommen würde, fühlte er sich besser, sogar so etwas wie Klarheit stellte sich wieder in seinem Kopf ein. Seine Armbanduhr zeigte zehn nach zehn, Christine Tengg würde wohl noch eine Zeit lang schlafen, weshalb Heinz sich einen Kaffee genehmigen wollte, ehe er sich an ihren Bettrand setzte und darauf wartete, dass sie aufwachte.

Im Erdgeschoss des Unfallkrankenhauses gab es eine Cafeteria. Hier holte sich Heinz einen doppelten Espresso und stellte sich damit an einen der Stehtische. Je länger er darüber nachdachte, desto klarer wurde ihm, dass er seinen Auftrag zwar nicht unbedingt ausgeführt, ihn aber zumindest nicht vermasselt hatte. Sein Auftrag hatte gelautet, während des Ironmans ein Auge auf Christine Tengg zu haben und dafür zu sorgen, dass sie nicht zum Zug kam, sollte es ihre Absicht sein, ihren Bruder zu ermorden. Wenn es ihre Absicht gewesen wäre, Hannes Tengg zu beseitigen, so war sie nicht zum Zug gekommen, und falls doch, dann nicht während der Zeit, in der Heinz in ihrer Nähe war. Er nippte an seinem Kaffee und gestand sich ein, dass Direktor Oberhofer diese Erklärung nicht gelten lassen würde. Für ihn würde nur gelten, dass Hannes Tengg tot war und die Fiducia bezahlen musste; wieder einmal.

Dieser letzte Punkt war für Heinz jedoch alles andere als sicher. Hannes Tengg war der dritte Tote in einer Reihe, diesmal würde die Polizei eine Obduktion geradezu vornehmen müssen. Und wenn sich herausstellte, dass tatsächlich Gift im Spiel war, würde man wohl auch Christoph Neunteufel und Josef Tengg exhumieren und sie ebenfalls auf Giftrückstände untersuchen. Fand man welche, konnte die Fiducia ihr Geld zurückfordern.

Heinz nahm noch einen Schluck und legte die Stirn in Falten. Die Geschehnisse würden Direktor Oberhofer trotzdem nicht glücklich machen.

Es verging eine weitere Stunde, ehe Christine Tengg die Augen öffnete. Heinz, der an ihrer Seite saß, beobachtete, wie sie sich umsah und zu begreifen versuchte, wo sie war. Schließlich spiegelte ihr Gesicht die schiere Verzweiflung wider, als ihr die jüngsten Ereignisse wieder bewusst zu werden schienen. Sie begann schnell und schwer zu atmen und schließlich füllten sich ihre Augen mit Tränen. Heinz nahm ihre Hand und sagte nichts. Was hätte er auch sagen sollen? Es gab keine Worte auf dieser Welt, die Christine Tengg in diesem Augenblick hätten trösten können. Nach geraumer Zeit beruhigte sie sich so weit, dass sie sprechen konnte.

„Wasser, bitte", wisperte sie mit einer dünnen, zerbrechlichen Stimme, die so gar nicht zu ihr passen wollte, wie Heinz schien. Er drückte auf den Rufknopf, der vom Bettgalgen über der Cateringchefin hing. Während eine Pflegerin kam und wieder ging, um Wasser zu holen, erzählte Heinz der Patientin, was seit ihrem Zusammenbruch geschehen war, und dass Prugger den Cateringbetrieb am See fest im Griff hatte. Sie reagierte nicht auf Heinz' Worte. Erst nachdem das

Wasser gekommen war und sie einen Schluck getrunken hatte, sagte sie: „Von mir aus kann der ganze Laden im Wörthersee versinken." Ihre Stimme war leise und klang unendlich verzweifelt. „Die vergangenen beiden Jahre ... es gibt keinen Feind, dem ich so eine Zeit wünschen würde. Wissen Sie, ich war viele Jahre allein. Ich war die Juniorchefin, die Nachfolgerin meines Vaters bei TC. Er übertrug mir schon früh viel Verantwortung, er wollte, dass ich mich bewähre. Und ich habe mich bewährt, das kann man sagen, und das hat ihn Stolz gemacht. Mein Gott", ihr Seufzen schien vom Grund ihrer Seele zu kommen, „er hat mich nie gefragt, ob ich das überhaupt will."

Sie machte eine Pause, in der ihre Augen in ihre eigene Vergangenheit zu starren schienen.

„Mein Bruder ist fünf Jahre jünger als ich. Bis er auf die Welt gekommen ist, bin ich der Ersatzsohn für meinen Vater gewesen, und das hat sich auch danach nicht mehr geändert. Hannes war so überhaupt nicht der Typ fürs Geschäft, er war eigentlich schon von klein auf Sportler. Es hat ... nie ... einen Zweifel darüber gegeben, dass eines Tages ich Papas Nachfolge antreten würde. Ich war stolz darauf, habe mich geehrt gefühlt. Und was hat es mir eingebracht? Jahre der Einsamkeit, Arbeit, Ärger, Stress, kaum Zeit für mich selbst. Wenn ich Urlaub hatte, bin ich mir nutzlos vorgekommen. Sinnlos, genau genommen. War ja klar, ich habe nie etwas anderes gehabt als das Geschäft, was sollte mich da sonst schon mit Sinn erfüllen?" Als ihr Blick den von Heinz kreuzte, war ihm, als sähe er durch ihre Augen in die Untiefen eines Sees aus Einsamkeit, Trauer und Erschöpfung. „Ich war allein, Herr Zechmann, mitten unter all den Menschen, verstehen Sie? Bis dann ... vor sieben Jahren ... Christoph in mein Leben getreten ist.

In Doktor Zernattos Wartezimmer, unglaublich! Christoph, der einzige Mann, bei dem ich je das Gefühl gehabt habe, dass er für mich bestimmt ist – und ich für ihn. Mit ihm wäre ich bis ans Ende der Welt gegangen und wieder zurück, das wäre etwas für die Ewigkeit gewesen, oder zumindest ... zumindest für ein ganzes Leben."

Der nächste Weinkrampf schüttelte sie und es dauerte ein paar Minuten, ehe sie weitersprechen konnte.

„Wir waren so glücklich, Herr Zechmann, ich weiß nicht, ob Sie sich das vorstellen können. Ich werde den Tag nie vergessen, an dem wir uns kennengelernt haben. Ich bin mit meinem Vater zu Doktor Zernatto gegangen, habe das Wartezimmer betreten, und dort ist nur ein einziger Mann gesessen. Ich habe ihn angesehen und er mich, und wir haben beide gewusst, dass wir nur deshalb auf der Welt waren, um füreinander da zu sein. Das war so selbstverständlich wie ... ich weiß nicht, was! Bis zu diesem Augenblick hätte ich nicht geglaubt, dass so etwas überhaupt möglich ist. Christoph war damals in einer festen Beziehung, aber die war – das hat er mir später erzählt – in dem Moment zu Ende, in dem sich unsere Blicke zum ersten Mal trafen. Er hat sie schon wenige Tage danach verlassen und ... Martina, so hieß seine damalige Lebensgefährtin, Martina Engel ... die hat das freilich nur schwer weggesteckt. Aber als wir dann geheiratet haben, drei Jahre später, hat sogar sie verstanden, dass Christoph und ich füreinander bestimmt waren. Auch das werde ich nie vergessen. Irgendwann ... ich glaube, es war ein Jahr nach unserer Hochzeit oder so ... ist Martina zu uns gekommen und ... hat uns ihren Segen für unsere gemeinsame Zukunft gegeben. Haben Sie so etwas schon einmal gehört? Ich nicht, bis damals."

Abermals legte Christine Tengg eine Pause ein. Sie starrte vor sich hin, ließ den gedanklichen Film von den schönen Zeiten noch einmal vor ihrem geistigen Auge ablaufen, spielte noch einmal die Hauptrolle darin. Schließlich drang erneut ein tiefes Seufzen aus ihrer Kehle und ihr Blick wurde wieder lebendig, traurig und müde.

„Auch mit meiner Familie hat Christoph sich so wunderbar verstanden. Meine Mutter ist früh gestorben, da waren Hannes und ich noch Kinder. Danach hat es nur noch uns drei gegeben, Papa, Hannes und mich, und da war Christoph wie ein Familienzuwachs. Es hat alles so harmonisch zusammengepasst, bis dann ... dieser verdammte Ironman; Hannes hat von nichts anderem mehr geredet! Dass ich den Zuschlag für das Catering dort bekommen habe, war ein reiner Zufall, und deshalb habe auch ich immer nur vom Ironman geredet. Da hat es ja so kommen müssen, dass Christoph irgendwann auf den Zug aufspringt und sich Gedanken über eine Teilnahme machen würde. Er wollte sich und allen beweisen, dass seine Herzschwäche kein Handicap war. ‚Ein Sieg des Lebens‘, so hat er sein Vorhaben genannt. Ich war dagegen, ich habe Angst um ihn gehabt. Aber Hannes war Feuer und Flamme, und auch Papa war begeistert von der Idee. Da waren die Männer wie drei Kinder, die sich gegenseitig immer mehr anstacheln. Und als Papa irgendwann gesagt hat, dass er Christoph seelisch unterstützen und ebenfalls einen Ironman durchstehen will, hat es ohnehin kein Halten mehr gegeben." Christine Tengg schluchzte, während sie sprach. Heinz erkannte, wie schwer es ihr fiel, über all die Dinge zu reden, doch er erkannte auch, wie wichtig es für sie war.

Sie erzählte nun, was Heinz schon von ihrem Bruder und von Doktor Zernatto erfahren hatte, dass Josef Tengg wegen seines hohen Alters ein zusätzliches Trainingsjahr einplante, dass Christoph vor zwei Jahren antrat, wie verzweifelt sie war, als er dabei ums Leben kam, und wie sie sich von ihrem Bruder und ihrem Vater dennoch überreden ließ, weiterzumachen, sozusagen als Beweis dafür, dass das Leben weiterging, und in Gedenken an Christoph.

Sie erzählte, wie grausam es für sie war, als sich der Horror im vergangenen Jahr wiederholte und ihr Vater starb, wie sie alles hinschmeißen wollte und wie sie ihr Bruder einmal mehr dazu gebracht hatte, weiterzumachen, da er selbst auf jeden Fall wieder am Ironman teilnehmen würde.

„Hannes hat immer gesagt: nie aufgeben", schloss sie, „nie aufgeben! Dabei habe ich in den letzten Wochen und Monaten immer so ein scheußliches Gefühl gehabt, dass wieder etwas passieren würde. Aber Hannes hat es mir jedes Mal ausgeredet, und es hat immer so vernünftig geklungen." Sie seufzte. „Aber das ist jetzt vorbei. Alles ist vorbei. Ich bin allein. Mehr, als je zuvor."

Christine Tengg schloss die Augen und schluckte schwer. Heinz sah, wie ihr Körper vor Erschöpfung erschlaffte. Einmal noch drehte sie ihren Kopf zu ihm und flüsterte, ohne die Augen zu öffnen: „Danke fürs Zuhören, Herr Zechmann." Einen Augenblick später war sie eingeschlafen.

Heinz blieb noch einige Minuten lang sitzen, um die erschütternde Erzählung seiner Chefin zu verdauen. Dann verließ er leise das Zimmer, sagte der Stationsschwester Bescheid, dass Christine Tengg nun wieder eingeschlafen war, und ging.

Kapitel 9

Sonntag, 12 Uhr

Heinz trat aus dem Unfallkrankenhaus ins Freie und zog sein Mobiltelefon hervor, um den Rufton wieder einzuschalten. Er hatte ihn nach seinem Telefonat mit Valentin Prugger deaktiviert, um Christine Tengg nicht aufzuwecken. Dabei stellte er fest, dass Direktor Oberhofer in der vergangenen Stunde sieben Mal bei ihm angerufen hatte. Heinz beschlich ein ungutes Gefühl. Oberhofer nahm doch selbst am Ironman teil, und dieser war erst seit rund fünf Stunden im Gange; die Schnellsten wurden kurz vor 15 Uhr im Zieleinlauf erwartet. Da Heinz nicht davon ausging, der Versicherungsmann würde vom Fahrrad aus bei ihm anrufen, gab es nur einen einzigen logischen Schluss: Oberhofer hatte das Rennen abgebrochen und Heinz konnte sich lebhaft vorstellen, warum.

Mit dem Gefühl größten Unbehagens rief er nun zurück, und wie sich herausstellen sollte, war seine Vorahnung richtig.

„Sablatnig, was ist mit Ihnen?" Der Versicherungsdirektor schrie regelrecht. „Seit Stunden rufe ich bei Ihnen an, niemand hebt ab, sind Sie auf Urlaub, oder was? Wegen Ihnen habe ich mein Rennen abgebrochen, ist Ihnen klar, was das bedeutet?" Heinz kannte Oberhofer gut genug, um zu wissen, dass die Pausen, die dieser zwischen den Sätzen machte, rein rhetorisch waren. Heinz würde es erfahren, wenn sein Auftraggeber eine Antwort von ihm erwartete, derzeit war das jedoch nicht der Fall. „Ein ganzes Jahr Training umsonst, das bedeutet es! Und nur weil Sie zu blöd sind, Ihre Aufgabe zu erledigen. Was haben Sie eigentlich den ganzen Vormittag lang gemacht? In der Sonne gelegen und Bier getrunken? Wie ist es denn, kriege ich eine Antwort?"

Heinz atmete tief durch, ehe er der Aufforderung nachkam.

„Herr Direktor, ich kann verstehen, dass Sie aufgebracht sind, aber ich verstehe nicht, was das mit mir zu tun hat." Er bemühte sich um einen neutralen Tonfall, doch hörte er selbst das Timbre in seiner Stimme, als schwängen seine überspannten Nerven mit. „Ich habe Herrn Tengg weder umgebracht noch hätte ich seinen Tod verhindern können. Frau Tengg war vor und während des Unfalls im VIP-Zelt und ich war in ihrer Nähe, so, wie Sie es von mir wollten. Ich bin sogar mit ihr ins Krankenhaus gefahren, weil sie einen Nervenzusammenbruch erlitten hat."

„Händchenhalten war er", höhnte Oberhofer.

„Herr Direktor …"

„Halten Sie einfach Ihre Papp'n, Sablatnig, okay? Sie haben schon genug Schaden angerichtet!"

Als Heinz' Geduldsfaden riss, fühlte sich das so an, als würde ein Äderchen in seinem Kopf platzen.

„Jetzt reicht's aber! Ich habe mich genau an Ihre Anweisungen gehalten, ist das klar? Wer hat Sie geheißen, Ihr Rennen abzubrechen? Niemand! Und jetzt reißen Sie sich gefälligst ein bisserle zusammen, ich bin ja nicht Ihr Hausdepp!"

„Was sind Sie nicht?" Die Stimme des Versicherungsmannes überschlug sich. „Wissen Sie überhaupt, mit wem Sie reden? Hat Ihre neue Haarfarbe auf Ihre Intelligenz abgefärbt, oder was denn?"

„Sie sind der unfreundlichste, unangenehmste und niveauloseste Mensch, den ich kenne!" Heinz brüllte nun, so laut es ihm möglich war; er konnte nicht anders. „Und der einzige Grund, warum die Leute sich das von

Ihnen gefallen lassen, ist Ihr Geld! Vielleicht sollte Ihnen das zu denken geben."

„Ach, halt den Mund, was weißt du schon? Und wegen dem Geld brauchst du dir keine Sorgen zu machen, Sablatnig, von mir kriegst du nichts mehr, das steht schon einmal fest!"

„Was soll das heißen?", blaffte Heinz. „Ich habe Ihren Auftrag erledigt, lieber Herr, und nur, weil Sie gerade nicht lustig sind, ändert sich gar nichts!"

„Was heißt, Auftrag erledigt? Der Tengg ist tot, oder nicht?"

„War es meine Aufgabe, ihn am Leben zu erhalten? Das ist mir neu!"

„Wegen Ihrer Inkompetenz ist ein Mensch gestorben! Und dafür wollen Sie auch noch Geld? Keinen Cent sehen Sie von mir!"

„Aber im Gegenteil! Sie werden mich bis auf den letzten Cent auszahlen, sonst sehen wir uns vor Gericht wieder!"

„Vor Gericht?" Oberhofer lachte gehässig. „Womit denn? Soweit ich mich erinnere, haben Sie keinen schriftlichen Auftrag von mir bekommen, oder?"

Heinz blieb die Luft weg. Er war so in Rage, wie schon lange nicht mehr, doch als er erkannte, dass der Versicherungsmann im Recht war, unterbrach er die Verbindung, um nicht ausfällig zu werden. Dann brüllte er seinen Zorn mit einer Gewalt hinaus, die seinen Schrei fast schon nicht mehr menschlich klingen ließ. Dabei schüttelte er sich und trampelte wie ein Verrückter. Mit hochrotem Kopf und schwer schnaufend sah er sich um und erkannte, dass jene Handvoll Pfleger und Patienten, die das Krankenhaus zum Rauchen verlassen hatten, ihn in angstvoller Erstarrung musterten. In einem spontanen Reflex wollte er sie anschreien, was es da zu glotzen gäbe, doch er nahm sich rechtzeitig zusammen und stampfte in Richtung der Busstation in der Ankershofenstraße davon.

Er war noch keine zehn Schritte weit gegangen, als sein Telefon schon wieder läutete. Indem seine Hand das neue, heftige Aufwallen seiner Wut in Bewegung umsetzte, riss er das Telefon vor seine Augen. Er erwartete einen weiteren Anruf von Direktor Oberhofer, der es sich nicht bieten lassen wollte, dass Heinz die Verbindung unterbrochen hatte, doch stattdessen rief Sabine an, seine Schwester.

„Du erwischst mich zu einem denkbar schlechten Zeitpunkt", sagte er unwirsch anstelle einer Begrüßung. Von dem Geschrei vorhin klang seine Stimme kehlig. Auch Sabine ersparte sich jegliche Höflichkeitsfloskel: „Kannst du mir verraten, was das soll?"

Heinz hielt kurz inne, da er sich aber keiner Schuld bewusst war, fragte er zurück: „Was ist denn jetzt los?"

„Hannes Tengg ist tot, das ist los!"

„Und?"

„Und du hast mir vorgestern ein Loch in den Bauch gefragt, über ihn, seinen Vater, seinen Schwager und seine Schwester."

„Und?"

„Frag nicht so blöd!"

„Was soll das heißen? Glaubst du, dass ich ihn umgebracht habe, oder was?"

Nun war es Sabine, die innehielt, was aber nur daran lag, dass sie die Vorgeschichte von Heinz' Wut nicht kannte, die sich soeben wieder entfaltete. Doch es dauerte nur einen Sekundenbruchteil, ehe sie sich gefasst hatte und ihren Bruder ihrerseits anfuhr: „Zumindest hast du irgendetwas damit zu tun, weil ein Zufall ist das nicht."

„Wer hat denn von Zufällen geredet, du oder ich?"

„Das war vorgestern. Heute sieht die Sache ganz anders aus."

„Praktisch, wenn man sich's richten kann. Und was willst du von mir?"

„Ich will von dir wissen, wie du in der Sache drinsteckst."

„Okay. Ich habe Christine Tengg überwacht, damit sie ihrem Bruder nichts antut. Sie war die ganze Zeit über im VIP-Zelt und als ihr Bruder starb, erlitt sie einen Nervenzusammenbruch. Dann bin ich mit ihr ins Krankenhaus gefahren und jetzt gehe ich gerade zum Bus. Bist du zufrieden?"

„Nein, ich will wissen, was dahintersteckt."

„Hinter was?"

„Hinter den Todesfällen."

„Ach, Todesfälle?" Heinz lachte ironisch. „Ich habe gedacht, das sind alles nur Zufälle?"

„Du kannst mich einmal!"

„Du hast mich angerufen, nicht ich dich."

„Wenn ich dahinterkomme, dass du in der Sache mit drinsteckst, dann gnade dir Gott!"

„Geh, leckt mich doch alle ..."

Einmal mehr unterbrach Heinz die Verbindung und steckte sein Handy wütend in seine Hosentasche. Er fragte sich, ob er im falschen Film gelandet war, oder ob Direktor Oberhofer und seine Schwester sich abgesprochen hatten. Glaubten die beiden tatsächlich, dass er etwas mit dem Tod von Hannes Tengg zu tun hatte, oder wollten sie nur ihre Wut an ihm auslassen? Wenn Zweiteres der Fall war, fragte er sich, womit er ihre Wut verdient hatte – oder wie er dazu kam, als Prügelknabe für sie herzuhalten.

Während er auf den Bus wartete, fasste er einen Entschluss, nach dem es ihm gleich wieder besser ging.

Er holte noch einmal sein Handy hervor und wählte Valentin Pruggers Nummer.

Sonntag, 14 Uhr

Eine frische Windbö fuhr in sein Gesicht, brachte die Äste der Fichten zum Schwingen und ließ ihre Nadeln hektisch rascheln. Heinz sog tief die Luft ein und blickte vom Boden auf. Bald würde er die Baumgrenze erreicht haben, dann ging es über den mit Erika und Preiselbeerstauden bewachsenen Almboden hinauf bis zu den Felsen des Gertrusks. Mit seinen zweitausendvierundvierzig Metern war der Gertrusk eine der höchsten Erhebungen der Saualpe, eines im Osten Kärntens gelegenen Gebirgszugs. Der Aufstieg dauerte rund eine Stunde, der Abstieg danach etwa eine Dreiviertelstunde, genug Zeit, in der Heinz sein inneres Ungleichgewicht körperlich ausgleichen konnte.

Schon in seiner Jugend hatte Heinz festgestellt, dass eine Almwanderung das beste Mittel war, um mit sich selbst ins Reine zu kommen. Die Anstrengung des stetigen Bergaufmarschierens, die dünne Luft, die intensive Sonneneinstrahlung, all das machte eine Bergtour für ihn zu einem meditativen Akt. Einen Schluck Wasser aus einer murmelnden Gebirgsquelle nahm er als reine Energie wahr, als eine Art Universalmedizin für Körper und Seele. Hier heroben schien ihm irgendwie alles rein, alles natürlich zu sein. Abgesehen von den Gipfelkreuzen, von vereinzelten Weidezäunen und Wegmarkierungen, waren Trampelpfade wohl die einzigen Spuren, die der Mensch hier in den vergangenen Jahrmillionen hinterlassen hatte.

Heinz durchmaß eine Kolonie von hüfthohen Wacholderbüschen. Jeder Schritt musste mit Bedacht gesetzt werden, zumal der Boden durch Wurzeln und Steine uneben war. Sowohl die trockene, sandartige Erde des Bodens als auch die Steine hier glitzerten silbern von den winzigen Glimmerplättchen, die überall vorkamen.

Etwa eine halbe Stunde später hatte Heinz den Felsstock des Gertrusks erreicht, auf dem das Gipfelkreuz stand. Das Erklimmen der Felsen war noch ein letzter Kraftakt, der aber nur wenige Minuten dauerte. Dann stand Heinz schwer atmend am Gipfel und genoss die Aussicht, seine Belohnung für die Anstrengung. Im Osten überblickte er einen Teil des Lavanttals und dahinter die parallel zur Saualpe verlaufende Koralpe. Im Westen gab es keine Blickbegrenzung außer der diesigen Luft. Heinz sah den Gebirgszug der Karawanken im Süden und die Nockberge im Norden. Unter ihm breiteten sich das Krappfeld und weiter hinten das Zollfeld aus, das sich bis nach Klagenfurt erstreckte. Der Wörthersee war bis auf einen kleinen, in der Sonne glitzernden Ausschnitt von Hügelketten verdeckt. Dort unten mühten sich noch immer Hunderte Athleten damit ab, sich gegenseitig zu übertreffen, oder überhaupt ins Ziel zu gelangen. Dort unten waren viele Menschen geschockt vom plötzlichen Tod Hannes Tenggs und einige wenige suchten bereits nach den Ursachen.

All das erschien Heinz so unendlich weit weg! Er war hier heroben wie in einer anderen Welt, als gingen ihn die Vorgänge da unten nichts an, als gäbe es keine Sorgen.

Er verließ den Gipfelgrat und setzte sich in den Windschatten eines Felsen. Aus seinem Rucksack holte er eine Windjacke, die er anzog, um sich nicht an seinem erkaltenden Schweiß zu verkühlen. Während sein Blick auf seiner Heimatstadt ruhte, die dunkel zwischen den sie umgebenden Hügeln lag, fragte er sich, was heute wohl geschehen war. Dass Hannes Tenggs Tod fremdverschuldet war, bezweifelte nicht einmal mehr die Polizei, wie Sabines Anruf bewiesen hatte, doch wer hatte ihn auf dem Gewissen? Wer hatte überhaupt die Möglichkeit gehabt, ihn zu vergiften, und vor allem wann? Hannes Tengg war bereits an die zwei Stunden im Rennen gewesen, als er starb, zwei Stunden, in denen er nirgendwo angehalten hatte. Aber waren die Todesfälle in den vergangenen Jahren nicht auf die gleiche Weise geschehen? Auch Christoph Neunteufel und Josef Tengg waren während der Radetappe ums Leben gekommen, es war immer dasselbe Muster gewesen. Für Heinz bestand nicht mehr der geringste Zweifel, dass alle drei Todesfälle Morde waren und dass es sich bei dem Mörder in allen Fällen um ein und dieselbe Person handelte. Konnte es Christine Tengg sein? Heinz glaubte nicht daran, nicht, nachdem er heute gehört hatte, wie sie über ihre Vergangenheit und über ihre verlorenen Lieben gesprochen hatte. Andererseits konnte er es aber nicht mit Sicherheit ausschließen, immerhin bestand ja auch noch die Möglichkeit, dass die Cateringchefin an einer Geisteskrankheit litt.

Er beschloss, ihre Täterschaft erst wieder in Erwägung zu ziehen, wenn bei der Obduktion festgestellt würde, dass das verabreichte Gift langsam wirkte. Denn nur dann konnte Christine Tengg es ihrem Bruder, und ihren anderen Verwandten, verabreicht haben. Und eine Obduktion würde es diesmal geben, denn die Suppe war nun wohl dick genug, wie Sabine sich ausgedrückt hätte.

Aber wenn Christine Tengg nicht die Mörderin war, wer war es dann?

Heinz fröstelte. Er holte ein trockenes T-Shirt aus dem Rucksack und zog sich um, dann begann er den Abstieg. Er war nun innerlich völlig ruhig und ausgeglichen; es war wie ein Wunder.

Als er den Felsstock hinter sich gelassen hatte und über die weitläufigen Hügel des Bergrückens nach unten wanderte, plante er seine nächsten Schritte. Dass er den Mörder finden musste, war eher eine Frage des Überlebens als eine der Ehre. Immerhin würde ihn die Fiducia-Versicherung nach seinem heutigen Wortgefecht mit Direktor Oberhofer mit keinem Auftrag mehr betrauen, wenn er nicht beweisen konnte, was er auf dem Kasten hatte. Typen wie Oberhofer respektierten nun einmal nur harte Fakten, und die würde Heinz liefern müssen. Wenn er den heutigen Mord aufklären konnte, dann waren damit vermutlich auch die beiden anderen Morde aufgeklärt; ein Erfolg auf ganzer Linie, die Fiducia würde die schon ausbezahlten Versicherungsgelder zurückverlangen können, und er, Heinz, wäre rehabilitiert.

Kapitel 10
Montag, 10 Uhr

Das VIP-Zelt war bereits eine Stunde vor Beginn des Pressebrunchs bis zum letzten Stehplatz voller Menschen. Nicht nur akkreditierte Journalisten, auch Ironman-Mitarbeiter und -Helfer waren hier, sowie Fans, die sich Zutritt verschafft hatten. Die Securityleute ließen das aus einem einfachen Grund geschehen: Sie hatten keine Chance gegen den Ansturm. Heinz, der als Kellner mit dabei war, hatte erfahren, dass die Security in Absprache mit den Organisatoren passive Präsenz zeigen sollte, dass also uniformiertes Sicherheitspersonal anwesend sein, jedoch nur dann einschreiten sollte, wenn es zu körperlichen Auseinandersetzungen käme.

Bereits am Vorabend hatte Heinz den Medienrummel um Hannes Tenggs Tod mitverfolgt. Dabei war nicht der Todesfall an sich das große Thema gewesen, sondern die Tatsache, dass es der dritte in Folge war, unter denselben Umständen und aus derselben Familie. Schon auf der Rückfahrt von der Saualpe hatte er im Radio die ersten Berichte gehört. Der Unfall, denn als solcher wurde er in der Öffentlichkeit natürlich behandelt, hatte gleich nach seinem Bekanntwerden die Themenführerschaft übernommen. In Interviews zeigten sich die Zuschauer vor Ort geschockt, zumindest im Großen und Ganzen, denn einige bezeichneten das Vorkommnis quasi schulterzuckend als Risiko, dessen sich jeder Ironman-Teilnehmer bewusst sein müsse. Wieder andere empfanden es als unerhört, dass das Rennen nicht auf der Stelle abgebrochen worden war. Nur wenige der Befragten äußerten sich dazu, dass dies schon der dritte Todesfall in Serie war, und dass sie dies bedenklich fänden.

In den abendlichen Landesnachrichten im Fernsehen begann die Reportage über das Thema des Tages mit einem Bericht von der improvisierten Pressekonferenz, die die Ironman-Organisatoren am Nachmittag einberufen hatten, und an der auch ein Polizeivertreter teilgenommen hatte. Hier gab es jedoch kaum etwas Neues, im Grunde wurden nur die Vorkommnisse geschildert und ihre Bedeutung heruntergespielt. Der Polizeivertreter versicherte zwar, man werde die Todesursache akribisch ermitteln, ließ jedoch ebenso wie der Vertreter des Veranstalters keinen Zweifel darüber offen, dass es sich um einen Unfall handeln würde – und um die zweite Fortsetzung einer tragischen Serie. Diese Serie sowie die familiären Zusammenhänge wurden im weiteren Verlauf der Fernsehreportage beleuchtet. Mehr als eine bloße Erwähnung der Zusammenhänge gab es jedoch auch hier nicht, der Hinweis auf den schlechten Gesundheitszustand von Christine Tengg, die noch „für keine Stellungnahme bereit" gewesen sei, schien das Fehlen aller weiteren Informationen zu rechtfertigen. Am Schluss verwies die Reportage noch auf den morgigen Pressebrunch, zu dem der Ironman-Veranstalter geladen hatte, und von dem sich das Fernsehen weitere Aufschlüsse zu dem Vorfall erwartete.

Diese Bekanntgabe mochte der Grund dafür sein, warum Heinz sich mit seinem Tablett jetzt mehr schlecht als recht durch die Menschenmasse im VIP-Zelt hindurchzwängen musste. Er hatte gestern zu Mittag das Okay von Valentin Prugger eingeholt, den Nachmittag frei zu bekommen. Solange Heinz nicht gewusst hatte, wie seine Ermittlungen weitergehen würden, hatte er es sich mit Tengg-Catering nicht verscherzen wollen, und Prugger hatte seine Bitte um etwas Freizeit in Anbetracht der Umstände verstanden. Heute war Heinz froh darüber, nicht einfach abgetaucht zu sein, denn dadurch war er jetzt ganz selbstverständlich mitten im Geschehen.

Der Pressebrunch war von Anfang an ein fixer Tagesordnungspunkt der Ironman-Veranstaltung gewesen, allerdings zu dem Zweck, die Sieger der Öffentlichkeit zu präsentieren. Doch die Sieger würden heute schmählich untergehen, denn ein anderer Teilnehmer hatte ihnen allen den Rang abgelaufen – und das auch noch posthum. Die ursprünglich geplante großflächige Bühne im ersten Stock, vor dem Panorama des Wörthersees, war kurzfristig auf eine Tafel zusammengeschrumpft worden, an der nun eine Handvoll betroffen dreinblickender Frauen und Männer saßen, die darauf warteten, dass es 11 Uhr wurde. Auch die Tische, an denen die Medienvertreter beim Brunch sitzen sollten, waren letztendlich weggeräumt worden, als klar wurde, wie groß der Ansturm tatsächlich war. Jetzt gab es nur noch ein paar Sitzreihen, die längst schon besetzt waren, die zu spät gekommenen Gäste mussten die Pressekonferenz im Stehen mitverfolgen.

Valentin Prugger hatte schnell reagiert und die am Rand stehenden Buffet-Tische mit Personal besetzt, welches das Essen in unterschiedlichen Kombinationen auf kleinen Tellern anrichtete, die die Medienleute im Vorbeigehen mitnehmen und von denen sie im Stehen essen konnten. Dadurch konnte ein Stau am Buffet weitgehend vermieden werden. Heinz war für den Getränketisch zuständig, was bedeutete, dass er ohne Unterlass Sekt, Orangensaft, Mineralwasser und Ähnliches in Gläser einschenkte und zur freien Entnahme hinstellte.

Auch Wilfried Egger war gekommen, doch er nahm Heinz nicht wahr. Ein blonder Kellner, der Getränke ausschenkte, war keine Kombination, in der Egger Heinz erwartete. Außerdem war die Aufmerksamkeit des Journalisten in diesem Teil des Zelts nur auf das eine fokussiert, wegen dem er gekommen war: auf den kulinarischen Teil des Pressebrunchs und auf sonst nichts.

Pünktlich um 11 Uhr erhob eine hübsche Moderatorin mit schulterlangen, goldblonden Haaren, die in der Mitte des Podiumstisches Platz genommen hatte, ihre Stimme, welche über die im gesamten VIP-Zelt installierten Lautsprecher zu hören war. Die Verstärker waren für Heinz' Geschmack etwas zu laut eingestellt, doch das war wohl Absicht, um das Geschwätz zu übertönen, das bei einer solchen Massenansammlung unvermeidbar war. Die ersten zehn Minuten vergingen mit der Begrüßung, der Schilderung des Geschehens, wobei auch die Änderung des Programmablaufs des Pressebrunchs erklärt wurde, und mit den Betroffenheitsbekundungen aller Diskutanten sowie ihren Mitgefühlsversicherungen an die Hinterbliebenen. Dann gab die Ironman-Pressesprecherin ihr Möglichstes, um den Vorfall als Unfall darzustellen und glaubhaft zu machen, dass von Seiten der Organisation alles unternommen würde, damit sich die Todesserie im kommenden Jahr nicht fortsetzen würde.

In ein anderes Horn stieß dann der Pressesprecher der Landespolizeidirektion Kärnten. Er stellte klar, dass die Polizei so lange von einem Fremdverschulden ausgehen würde, bis alle Zweifel daran ausgeräumt seien. Die Gemeinsamkeiten, die alle drei Todesfälle bei den Ironman-Veranstaltungen miteinander verbänden, seien einfach zu frappierend, als dass man sie als Zufälle abtun könne. Dabei zählte der Pressesprecher die Gemeinsamkeiten nicht auf, sondern sprach allgemein von „Parallelen im sozialen, beruflichen und medizinischen Bereich". Er endigte mit den Worten: „Wenn diese Gemeinsamkeiten in zwei Fällen auftreten, kann man von einem tragischen Zufall ausgehen. Aber wenn sie auf drei Personen mit unterschiedlichen körperlichen Voraussetzungen drei Jahre hintereinander zutreffen, dann müssen wir von einer Serie ausgehen und unsere Ermittlungsarbeit daraufhin ausrichten."

Die erste Journalistin, die zu Wort kam, wollte wissen, worum es sich bei diesen Gemeinsamkeiten konkret handle. Offenbar waren die Veranstalter des Pressebrunchs auf diese Frage vorbereitet, denn der Polizei-Pressesprecher zögerte nicht eine Sekunde, Doktor Peter Zernatto als medizinischen Betreuer aller drei Todesopfer zu nennen und ihn sogar aufs Podium zu bitten. Zernatto trat aus dem Publikum, nahm von der Moderatorin ein Mikrofon entgegen und gab im Stehen seine Stellungnahme ab. Er sagte im Grunde dasselbe, was er Heinz vorgestern schon mitgeteilt hatte, nur, dass er nun den dritten Todesfall mit einschloss. Er wisse nicht, wie das hätte geschehen können, hätte für die ersten beiden Sterbefälle keine Erklärung und für den letzten erst recht nicht, da Hannes Tengg in bestmöglicher körperlicher Verfassung gewesen sei.

Heinz war fasziniert von Doktor Zernattos natürlicher Glaubwürdigkeit. Er wirkte tatsächlich wie ein völlig schuld- und ratloser Arzt, dabei hatte er wie kein anderer alle Möglichkeiten für die drei Morde gehabt.

Nach weiteren Fragen zu den Ermittlungen, die der Polizei-Pressesprecher nicht beantworten konnte, weil diese ja erst im Anfangsstadium wären, fragte ein Medienvertreter, ob die „sattsam bekannte" Konkurrenz des gestern Verstorbenen mit Josh Strongbow nicht ein denkbares Mordmotiv wäre, woraufhin die Moderatorin den somit Verdächtigten höchstselbst ans Podium holte.

Heinz schüttelte den Kopf und verbiss sich ein Grinsen.

Wahnsinn, die sind echt auf alles vorbereitet!

Strongbow trat aus dem Publikum hervor, ein hochgewachsener, dunkelblonder, unglaublich gutaussehender Mann Ende zwanzig. Er wirkte relaxt, wenngleich er einen sichtlich missbilligenden Ausdruck auf dem Gesicht trug. Er wurde von einer ältlichen Frau begleitet, deren offensichtlicher Versuch, sich modern und sportlich zu kleiden, ungeschickt wirkte. Die Moderatorin beeilte sich, die Frau als Misses Mary Howard vorzustellen, eine Vertreterin von Strongbows Hauptsponsor, einem US-amerikanischen Energieriegel-Hersteller.

Josh Strongbow begann sein Statement in seiner Muttersprache und mit einem ausgeprägten Südstaaten-Akzent. Unmittelbar darauf begann einer der Männer am Podium, Strongbow ins Deutsche zu übersetzen.

„Zuerst möchte ich die Angehörigen von Hannes meines tiefempfundenen Beileids versichern. Dass ein dermaßen talentierter Mann in einem so frühen Alter gehen muss, ist nicht in Ordnung, aber darüber entscheidet der große Trainer da oben, über uns. Zu Ihrer Frage möchte ich sagen, dass ich tief erschüttert bin, welche Meinung Sie von mir haben, sowie vom Triathlonsport allgemein. Wir Athleten sind alle Kollegen, vereint durch die gemeinsame Liebe zum Sport.

Wir sind Konkurrenten, wenn wir in einem Wettbewerb gegeneinander antreten, aber wer vor uns durchs Ziel geht, dem gratulieren wir aus ehrlichem Herzen und sagen ihm, dass er es genießen soll, weil er das nächste Mal unsere Fersen anstarren wird, weil dann wir vor ihm durchs Ziel laufen. Ganz sicher sind wir aber keine Feinde. Im Gegenteil, Hannes und mich verbindet seit Jahren eine herzliche Freundschaft. Wir waren immer gleichauf, so dass einer den anderen nur durch die bessere Tagesverfassung schlagen konnte. Da ist keine bessere Motivation für einen Triathleten, ihr lieben Freunde! Hannes hat mich mehr motiviert als irgendwer sonst, und umgekehrt ebenso. Ich hoffe aus ehrlichem Herzen, dass er dort, wo er jetzt ist, schwimmen, Rad fahren und laufen kann, weil es das ist, was er immer tun wollte. Und wenn er mich jetzt hört, dann möchte ich ihm sagen: Mach es gut, Hannes, wenn wir uns wiedersehen, eines Tages, dann treten wir wieder gegeneinander an."

Die letzten Wörter des Übersetzers waren in Strongbows Schluchzen beinahe untergegangen. Er gab das Mikrofon an Mary Howard weiter, blieb aber im nun aufflackernden Blitzlichtgewitter stehen, schämte sich seiner Tränen nicht. Ein zunächst zaghafter Applaus breitete sich wie ein Lauffeuer über alle Anwesenden aus, bis das Zelt zu dröhnen schien. Auch Heinz klatschte, während ihm ein Schauer der Hochachtung die Nackenhaare sträubte. Als die Beifallskundgebung abgeebbt war, meldete sich die Sponsorvertreterin zu Wort. Sie sprach brüchig deutsch, schien aber lieber ihre eigenen Worte finden zu wollen, als auf die Hilfe des Simultandolmetschers zurückzugreifen. Auch sie kondolierte zunächst Hannes' Angehörigen und wiederholte im Wesentlichen das, was Josh gesagt hatte, nur, dass es bei ihr eher professionell klang, und dadurch weniger ehrlich. Folglich machte sie es den Journalisten leicht, ihre Fragen im Anschluss wieder schärfer zu formulieren.

„Wie sieht es mit den Sportwetten aus?", fragte ein junger Journalist, der Heinz vorhin schon aufgefallen war, weil er genauso aussah wie der Typ Provinzreporter, den er bei Ermittlungen gerne spielte. „Die Quoten standen sowohl für Hannes Tengg als auch für Mister Strongbow gleich hoch, weil sie ja immer gleichauf lagen."

„Tut mir leid, ich verstehe nicht", radebrechte Mary Howard. Es war ihr anzusehen, wie schwer es ihr fiel, das Lächeln im Gesicht zu halten.

„Ich meine, dass man diesmal viel Geld gemacht hat, wenn man auf Josh gesetzt hat."

„O, wenn Sie unterstellen, Mister Strongbow hätte gemordet den Mister Tengg, um zu bekommen viel Geld, ich muss Sie leider enttäuschen. Mister Strongbow ist gut versorgt mit Geld und ist auch gut ausgestattet mit sportlichem Know-how, so dass er es nicht hat nötig, zu solchen Mitteln."

„Aber grundsätzlich wäre es doch ein Motiv, oder nicht? Nicht nur für Mister Strongbow."

„Wenn Sie meinen. Aber das ist Sache der Polizei."

Heinz wusste, worauf der junge Journalist hinauswollte, und Mary Howard wusste es ebenso, sie stieg nur nicht darauf ein. Er unterstellte, dass auch Sponsoren nicht vor Gier gefeit waren, und dass sie auch die Mittel dazu hätten, Strohmänner zu engagieren, die einerseits bei unterschiedlichen Wettanbietern hohe Summen auf Josh Strongbow setzten, und andererseits Hannes Tengg aus dem Weg räumten, um aus der unsicheren eine sichere Sache zu machen.

Daran hatte Heinz noch gar nicht gedacht! Sportwetten waren ein riesiges Geschäft, das manipuliert wurde, wo es nur ging. Gerade in der jüngeren Vergangenheit gelangten derartige Vorgänge vermehrt ans Licht der Öffentlichkeit. Wo viel Geld im Spiel war, da waren die Hyänen nicht weit, und wo so viel Geld im Spiel war wie bei den Sportwetten, da schreckten diese auch vor kriminellen Taten nicht zurück. Zwar war es nicht verboten, auf den eigenen Athleten zu wetten, doch wäre es gerade im aktuellen Fall höchst verdächtig, wenn etwa die gesetzte Summe enorm höher wäre als gewöhnlich.

Heinz glaubte nach wie vor, dass die Tat mit den vorangegangenen Morden zusammenhing, doch möglicherweise widersprach sich das ja nicht. Wenn der Täter in dieser Ecke zu finden war, dann würde vor allem Hannes Tenggs Umfeld wieder in den Mittelpunkt von Heinz' Betrachtung rücken müssen. Konnte Geld aus Sportwetten ein Motiv für Doktor Zernatto gewesen sein, Hannes unauffällig über die Klinge springen zu lassen? War bei den ersten beiden Malen etwas schief gegangen, so dass es die Falschen erwischt hatte, oder waren diese nur Versuche oder gar Ablenkungen gewesen, damit der eigentliche, beabsichtigte Mord wie ein Teil einer Serie wirkte?

Als er in diese Richtung nachdachte, fiel Heinz etwas ein. Über seinen Vater, der seit vielen Jahren Bürgermeister von Pörtschach und auch davor schon ein sehr umtriebiger Mensch gewesen war, war Heinz von klein auf mit der Wörthersee-Prominenz in Kontakt gekommen. Irgendwann in ihrer Jugend hatten er und seine Schwester die „Promis" in Kategorien eingeteilt, und diese danach immer wieder den neuesten Entwicklungen angepasst.

A-Promis waren für sie die wirklich Reichen, die man nur sehr selten zu Gesicht bekam. Sie lebten meist schon seit Jahren in palastartigen, nach außen hin abgeschotteten Anwesen samt Seegrund, Ländereien und Hubschrauber-Landeplatz, privat und möglichst verborgen vor den Augen der Allgemeinheit. Aber auch Prominente aus den Bereichen Kunst, Sport, Medien und Wirtschaft, die es aus eigener Kraft geschafft hatten, an die Spitze zu kommen und dort zu bleiben, zählten für Heinz und Sabine zu den A-Promis, selbst wenn sie gerne im Blitzlichtgewitter der Paparazzi ihre Haut bräunten und ihre Zähne bleichten.

Als B-Promis bezeichneten die Geschwister solche, die durch Reality-Shows verschiedener Fernsehsender künstlich ans Licht der Öffentlichkeit gehoben wurden, sowie andere, die aufgrund von einmaligen Großleistungen kurz bekannt wurden, wie etwa Sportler oder Gewinner einer Goldenen Schallplatte. Ihre Gesichter wechselten oft von Sommer zu Sommer.

In ihrem öffentlichen Auftreten waren die B-Promis in der Regel nicht von den restlichen zu unterscheiden, die Heinz und Sabine je nach dem momentanen Grad ihrer Gehässigkeit in die Kategorien C bis Z einordneten. Sie alle tummelten sich in den Sommermonaten auf Events, die rund um Österreichs größte Badewanne abgehalten wurden, wie der Wörthersee in diesem Zusammenhang gerne genannt wurde. Dabei achteten sie stets darauf, immer dorthin zu grinsen, wo das Objektiv einer Fernsehkamera oder eines Paparazzo-Fotoapparats vage in ihre Richtung zeigte. C- bis Z-Promis waren entweder nur einem lokalen oder einem sonst wie abgegrenzten Publikum bekannt oder drängten sich unverdient in den Vordergrund.

Zu den A-Promis zählten unter anderem zwei Männer, die Heinz nun eingefallen waren. Zum einen Georg Jesenko, der über viele Jahre hinweg als treibende Kraft einen Tiefbau-Konzern sozusagen hochgezogen hatte. Er lebte mit seiner Familie in Pörtschach und war bei öffentlichen Veranstaltungen ebenso gerne gesehen, wie er sich dort zeigte. Zum anderen der Regisseur Othmar Wiener, der nicht nur den Wörthersee filmisch mehrmals ins Rampenlicht gestellt hatte, sondern auch für mehrere international erfolgreiche Krimiserien verantwortlich zeichnete, die immer in einer österreichischen Stadt angesiedelt waren. Auch er lebte am Wörthersee, in einer Villa in Velden, und auch er sah seine Physiognomie gerne in den Kameraobjektiven gespiegelt, was er zu fördern wusste, indem er stets gemeinsam mit einer Frau auftrat, die er saisonal auswechselte. Einmal war es eine Schauspielerin, dann eine Drehbuchautorin, dann wieder eine Sängerin oder irgendeine andere Künstlerin. Es waren unterschiedliche Frauentypen, die jedoch immer drei Dinge gemeinsam hatten: Sie waren jung und ausnehmend hübsch, bei Wieners aktuellem Filmprojekt unter Vertrag und hatten bei ihren Society-Auftritten an seiner Seite außer einfältigem Kichern keinen Text. Georg Jesenko und Othmar Wiener waren dicke Freunde, die auch abseits der High- und Low Society zusammen gesehen wurden; privat, was daran zu erkennen war, dass der Regisseur keine Beistellfrau mithatte.

Warum sie in Heinz' aktuelle Überlegungen passten, war ihre Lust am Wetten. Sein Vater hatte ihm einmal erzählt, die beiden würden bei Sportevents gerne private Wetten abschließen. Dabei wählte jeder einen Favoriten, und wessen Favorit als Erster durchs Ziel ging, der gewann den vorab vereinbarten Geldbetrag.

Heinz' Vater hatte betont, dass es den beiden nie um das Geld an sich ginge, zumal sie davon mehr als genug hätten, sondern um den Reiz des Spiels.

Heinz fragte sich, wie viele andere Menschen das ebenso hielten, und bei wie vielen von diesen es nur um den Reiz des Spiels ging. Möglicherweise war manchen das Geld ja so wichtig, dass es einen oder gar mehrere Morde rechtfertigte. Er nahm sich vor, Jesenko und Wiener dazu zu befragen.

Kapitel 11

Montag, 14 Uhr

Um 14 Uhr war der Besucherandrang im VIP-Zelt so weit abgeklungen, dass Valentin Prugger seinen Arbeitskräften abwechselnd Pausen einräumte. Dabei hatte die Pressekonferenz gar nicht so lange gedauert, wie Heinz befürchtet hatte, doch viele der Gäste waren danach noch lange zusammengestanden und hatten das Erfahrene eifrig miteinander diskutiert, ehe sie sich nach und nach verabschiedeten.

In seiner Pause vertrat Heinz sich auf der Uferpromenade die Füße und dachte nach. Gestern Abend war er Christine Tenggs Erzählung im Geiste noch einmal durchgegangen, wobei sich sein Gefühl bestätigt hatte, dass sie nicht die Mörderin war. Doch solange er keinen Beweis für ihre Unschuld oder für die Schuld eines anderen hatte, blieb sie für ihn im Kreis der Verdächtigen.

Heinz' Aufmerksamkeit hatte aber etwas anderes erregt, nämlich diese seltsame Geschichte mit der vormaligen Lebensgefährtin ihres Mannes, dieser Martina Engel. Heinz hatte sich deren Namen gemerkt, weil er einen originellen Gegensatz zu dem von Christoph Neunteufel bildete. Was hatte Neunteufel gesagt? Er hätte seine Beziehung in dem Augenblick beendet, in dem er Christine Tengg gesehen hätte? Heinz wusste, dass viele Dinge existierten, die er sich nicht vorstellen konnte, doch ein solches Übermaß an Romantik hielt er für zu dick aufgetragen. Vor allem, dass Martina Engel den beiden Jahre später ihren Segen gab, war für Heinz nicht glaubhaft. Wäre ihm das passiert, wäre er von seiner Partnerin aus heiterem Himmel abgeschoben worden, er hätte sie nie wieder sehen, geschweige denn, ihr und dem Kerl seinen Segen geben wollen, der sie ihm ausgespannt hatte! Die ganze Geschichte irritierte ihn, ja mehr noch, sie machte ihn misstrauisch. Zwar glaubte er nicht, dass sie mit den Morden in direktem Zusammenhang stand, doch suchte er ja nach dem Ungewöhnlichen, nach der Abweichung von der Norm, und allein deshalb wollte er mehr darüber erfahren.

Über sein Mobiltelefon griff er auf ein Internet-Telefonbuch zu, in dem er Martina Engels Adresse und Telefonnummer schnell gefunden hatte. Er speicherte die Daten ab und nahm sich vor, gleich nach der Arbeit bei ihr vorbeizufahren und sie an der Haustür zu überraschen, so dass sie ihn nicht so leicht abwimmeln konnte. Immerhin konnte er sich gut vorstellen, dass Frau Engel keine große Lust verspürte, über ihren verblichenen Verflossenen zu plaudern, Segenswünsche für seine Ehe hin oder her.

Dann rief Heinz seine Mutter an. Heinz' Mutter war eine lebenslustige Frau Mitte sechzig, die die beruflich bedingte Abwesenheit ihres Mannes damit kompensierte, den Hund spazieren zu führen und mit den Leuten zu plaudern, die sie auf der Straße traf. Da alle ihre Vorfahren, so weit der Stammbaum reichte, in Pörtschach gelebt hatten, kannte sie quasi jeden Einwohner des Ortes persönlich, weshalb bei dieser Tätigkeit sehr viel Zeit verging.

Nach dem Begrüßungsgeplänkel kam Heinz schnell zur Sache: „Weißt du zufällig, wo ich den Jesenko oder den Wiener finde, oder hast du vielleicht die Telefonnummer von einem der beiden?"

„Aber natürlich weiß ich das", kam die Antwort, „die beiden sitzen gemeinsam im Café Leonstein, Georg trinkt Kaffee und Othmar Orangensaft, und sie spielen Karten. Warum fragst du?"

Heinz blieb stehen und sah sein Handy an. Immer wenn er glaubte, seine Mutter könne ihn nicht mehr überraschen, tat sie es wieder.

„Woher ... woher weißt du das?"

„Weil ich zufällig auch gerade hier sitze, am Nebentisch." Sie lachte und Heinz stimmte mit ein.

„Das passt ja wunderbar! Kannst du mir bitte einen von den beiden geben?"

„Gerne, welchen willst du denn?"

„Egal, gib mir Herrn Jesenko."

Heinz hörte Störgeräusche, wie sie beim Hantieren mit einem Mobiltelefon auftreten, sowie etwas entfernt die Stimme seiner Mutter und die von Jesenko: „Georg, mein Sohn, möchte mit dir sprechen."

„Dein Sohn? Echt? Woher weiß er, dass ich hinter dir sitze?"

„Sechster Sinn."

„Grüß Gott, junger Herr Bürgermeister, Jesenko spricht."

So nannte Jesenko Heinz, seit dessen Vater das erste Mal zum Bürgermeister gewählt worden war.

„Schönen guten Tag, Herr Jesenko. Gut, dass ich Sie erreiche, ich habe eine Frage an Sie."

Heinz versuchte, in wenigen Worten zu schildern, worum es bei seinem aktuellen Fall ging. Das war nicht einfach, zumal Hannes Tenggs Tod das Gespräch des Tages am Wörthersee war, und Jesenko hierzu Hintergrundinformationen von Heinz erfahren wollte. Nachdem dieser ihm glaubhaft machen konnte, selbst noch nicht mehr zu wissen, als die Medien kolportierten, kam er schließlich zu seinem Anliegen: „Mein Vater hat mir einmal erzählt, Sie und Herr Wiener würden bei Sportveranstaltungen private Wetten abschließen."

„Nicht nur bei Sportveranstaltungen", unterbrach Jesenko, „genau genommen wetten wir bei jeder Gelegenheit."

Wieder hörte Heinz Manipulationsgeräusche. Othmar Wiener war auf das Telefonat aufmerksam geworden und mischte sich nun im Hintergrund ein, was zu einem kurzen Hin und Her zwischen den beiden führte. Dann war es Wiener, der sich mit seiner nasalen Stimme und in seiner geschäftigen Art an Heinz wandte.

„Guten Tag, Herr Sablatnig, guten Tag. Was mein Kollege Ihnen da gesagt hat, stimmt absolut. Wir wetten, ob morgen der Mond und die Sonne gleichzeitig am Himmel zu sehen sein werden oder nicht. Wenn wir eine Katze am Gehsteig sehen, wetten wir, ob sie über die Straße laufen wird oder nicht. Wir wetten, ob der restliche Sprit im Tank meines Bootes bis Velden ausreichen wird oder nicht. Wenn eine neue Landesregierung angelobt wird, wetten wir, ob der erste Landesrat innerhalb des ersten Jahres ausgetauscht wird oder danach, wir wetten, ob der nächste Regenguss länger oder kürzer als zehn Minuten dauern wird, und, und, und. Die Wette, ob beim diesjährigen Ironman Hannes Tengg schneller im Ziel sein wird oder Josh Strongbow, haben wir aus Pietätsgründen storniert. Ich hätte gewonnen."

Während das Telefon hörbar wieder an Jesenko zurückgegeben wurde, schmunzelte Heinz.

„Fünftausend Euro", sagte Jesenko, „ich nehme an, Ihre nächste Frage wäre gewesen, um wie viel Geld wir jeweils wetten, und das ist die Antwort: fünftausend Euro. Sind Sie noch dran?"

Heinz hatte es tatsächlich die Sprache verschlagen.

„Äh ja, ja", krächzte er.

„Es geht uns zwar primär um den Spaß und nicht ums Geld, aber damit die Sache spannend bleibt, muss sie schon ein bisschen was kosten. Das wirklich Ausschlaggebende ist aber das Gesamtklassement, also wer mit der Anzahl seiner Wettgewinne vorne liegt. Und momentan bin ich das."

„Mit läppischen zwei Wetten", rief Wiener aus dem Hintergrund. Jesenko antwortete ihm: „Zwei Wetten sind zwei Wetten! Hol die erst einmal auf, dann reden wir weiter", dann wandte er sich wieder an Heinz: „Aber warum fragen Sie?"

„Ich suche den Mörder."

„Aha ..."

„Und Sportwetten bieten sich als Mordmotiv denkbar gut an, weil es um eine Menge Geld geht. Wenn dann auch noch das Wettfieber dazu kommt ... Ich habe mir gedacht, Sie kennen vielleicht noch andere ..."

„Was wollen Sie damit sagen?" Der plötzlich eisige Tonfall Jesenkos ließ Heinz überrascht innehalten. „Sind wir jetzt die Mörder, oder was?"

„Nein, nein, ich habe nur gedacht, Sie kennen vielleicht noch andere, die ..."

Doch Jesenko hörte nicht zu, sondern informierte Wiener: „Wir sind Mordverdächtige, weil wir auf Sportler wetten."

„Gib her", erwiderte dieser heftig und nahm hörbar das Handy an sich, um Heinz anzufahren: „Ist Ihnen nicht gut, oder was? Sie rufen uns an, fratscheln uns aus und dann verdächtigen Sie uns? Geht's noch?"

„Hören Sie, das ist ein dummes Missverständnis, ich ..."

„Na, was heißt ... was heißt Missverständnis? Halten Sie sich mit Ihren Anschuldigungen zurück, das rate ich Ihnen!"

Das Telefon wechselte einmal mehr den Sprecher, dann wurde die Verbindung unterbrochen.

Heinz spürte sein Herz von innen gegen den Brustkorb hämmern. Mit zittrigen Fingern wählte er noch einmal die Nummer seiner Mutter, doch auch sie klang empört, als sie abhob: „War das jetzt wirklich notwendig? Du kennst den Georg und den Othmar jetzt lange genug, da möchte man davon ausgehen, du weißt, mit wem du es zu tun hast."

Heinz hörte die beiden aufgebrachten Männer im Hintergrund. Er spürte die Hitze in seinem Gesicht.

„Mama, das war ein blödes Missverständnis, ich habe die beiden nicht verdächtigt."

„Wenn der Papa das erfährt, dann kannst du dich auf was gefasst machen, mein Lieber."

Es war typisch für seine Mutter, dass sie mehr auf andere Menschen hörte als auf die eigenen Kinder. Heinz wusste, dass er jetzt nicht zu ihr durchdringen würde, und er wusste auch, dass er jetzt noch einen Solo-Zehnsekünder über sich ergehen lassen musste, in dem sie sein unbotmäßiges Verhalten tadelte, ehe sie die Verbindung trennen würde. Danach wäre Funkstille, bis sie sich wieder beruhigt hatte, was aber nicht vor morgen Früh der Fall sein würde. Dann würde sie ihn anrufen und ihr schlechtes Gewissen, weil sie das Telefonat abgewürgt hatte, damit beruhigen, ihm irgendwie die Schuld dafür zu geben. Er würde so tun, als sei er gekränkt, und dann war wieder alles in Butter. Ein erprobtes Muster – und deshalb kein Problem. Ein Problem war allerdings, dass Jesenko und Wiener nun glaubten, Heinz würde sie des Mordes verdächtigen. Als Menschen der Öffentlichkeit verstanden die beiden überhaupt keinen Spaß, wenn es um ihren Ruf ging. Gut möglich, dass einer der beiden wegen dieser dummen Sache seinen Rechtsanwalt einschaltete – wenn nicht gar beide.

Montag, 17 Uhr

Zu Beginn der Gedenkfeier für Hannes Tengg brannte die Sonne erbarmungslos vom Kärntner Himmel. Als Ort für die Trauerstunde war die Seebühne gewählt worden, zumal das Ironman-Dorf gerade abgebaut wurde und man einander nicht in die Quere kommen wollte. Die Organisatoren hatten die Feier so kurzfristig anberaumt, um auch den auswärtigen Athleten die Teilnahme zu ermöglichen, bevor diese die Heimreise antraten. Entsprechend groß war das Publikum.

Heinz drängte sich am rechten der beiden Zugänge, die die Sitztribüne flankierten, möglichst weit nach vorne, wurde dort aber an einer Absperrung von zwei Securityleuten angehalten. Diese ließen nur ausgewähltes Publikum in die vorderste Sitzreihe, nämlich Verwandte und Freunde des Verstorbenen sowie VIPs. Doch Heinz war nicht an dem Geschehen auf der Bühne interessiert, sondern an den Besuchern der Feier. Für dieses Ansinnen war sein Platz nicht ideal, da er von hier aus nur in einem sehr spitzen Winkel auf die Tribüne sah. Doch eine bessere Position war für normale Besucher wie ihn nicht zu bekommen, also machte er das Beste daraus. Er drängelte sich möglichst nahe an die Absperrung hin, direkt neben eine völlig in schwarz gehüllte und verschleierte Frau mit Hut und Sonnenbrille, bei der Heinz sich fragte, wie sie es in diesem Aufzug bei dieser Hitze hier aushielt.

In der ersten Reihe sah er Christine Tengg, die wirkte, als sei sie eben erst aus dem Krankenhaus entlassen worden, und vermutlich traf das auch zu. Sie saß in sich zusammengesunken direkt neben Valentin Prugger, der sie in einer Weise hielt, als wollte er verhindern, dass sie umkippte – was vermutlich ebenfalls zutraf.

Ihre einzige Bewegung war die ihrer Hand, wenn sie dann und wann ein Taschentuch an die Nase hob.

Nach einigen Rednern und nachdem der Bürgermeister von Klagenfurt in seiner gewohnt unbeholfenen Art versucht hatte, die Schwester des Verblichenen seines Beileids zu versichern, betrat der Dompfarrer die Bühne und begann, eine Messe zu lesen.

Heinz' Blick schweifte über die Besucher. Jene auf der Tribüne zeigten ernste und betroffene Gesichter, wohingegen jene, die im hinteren Bereich des Zugangs standen, in dem auch er sich befand, eher wie Zaungäste wirkten. Sie unterhielten sich miteinander, und gelegentlich kam auch schwarzer Humor auf, was Heinz an deren Gesten, Mimik und dem sporadischen leisen Gelächter erkannte. Überall im Publikum hoben die Besucher kleine Kameras oder ihre Handys nach oben, um die Szenerie zu filmen oder zu fotografieren. Auf der Tribüne saßen vorwiegend Sportler, Ironman-Mitarbeiter und Journalisten, darunter auch Wilfried Egger. Dieser gestikulierte gerade auffällig in Richtung Bühne, als wollte er dem Prediger etwas Wichtiges mitteilen. Überrascht blickte Heinz zur Bühne und erkannte schnell, dass Eggers Gesten nicht dem Redner galten, sondern einem Fotografen im hinteren Bühnenbereich, denn dieser antwortete mit anderen Handzeichen. Während er ihn beobachtete, stellte Heinz fest, dass der Fotograf seiner Arbeit mit gewissenhaftem Eifer nachging. Er wechselte immer wieder seinen Standort, um sowohl den Redner als auch dessen Publikum aus verschiedenen Blickwinkeln abzulichten.

Nach dem Ende des offiziellen Festakts verließen die meisten Besucher die Seebühne, während sich ein kleiner Teil von ihnen am nun geöffneten linken Zugang anstellte, um Christine Tengg zu kondolieren. Heinz drängte sich zu Wilfried Egger durch, mit dem er vorhin schon Blickkontakt aufgenommen hatte. Er erreichte ihn gleichzeitig mit dem Fotografen, den Egger ihm als Frank Grimm vorstellte. Grimm war ein hagerer Kerl Mitte zwanzig, mit hervorstechendem Adamsapfel, lichtem dunkelblonden Dreiwochenbart, einem Gesicht, das immer zu lächeln und einer Art sich zu kleiden, die unsaubere Wäsche vorauszusetzen schien.

„Frank arbeitet auf selbständiger Basis, wir engagieren ihn im Anlassfall", erklärte Wilfried Egger.

„Für das Event heute bin ich der Beste", prahlte Grimm, während er umständlich eine abgeknickte Visitenkarte hervorkramte, die er mehr symbolisch als tatsächlich glättete, ehe er sie Heinz reichte. Noch bevor dieser nach dem Warum fragen konnte, erzählte Grimm bereitwillig: „Ich war nämlich auch schon bei den Beisetzungen von Christoph Neunteufel und dem anderen armen Teufel mit dabei, dem Vater vom heutigen Trauerfall." Er lachte gackernd über sein Wortspiel.

Heinz' Augen schnellten von der Visitenkarte zu Frank Grimms Gesicht hoch.

„Was, da warst du mit dabei?" Er wandte sich an Egger: „Du auch?"

„Nein, da war immer ein anderer Reporter mit", antwortete Frank für ihn, „aber ja, ich, ich war dabei." Er grinste vergnügt.

Heinz schlug die Visitenkarte mit der rechten Hand auf die Finger seiner linken und dachte nach.

„Sag einmal", fragte er schließlich, „kann ich mir die Fotos von den Beerdigungen einmal ansehen?"

Frank Grimm zuckte mit den Schultern.

„Klar, warum nicht? Ist ja kein Geheimnis. Was brauchst du denn?"

„Nein, ich brauche keine Fotos", sagte Heinz schnell, um jegliche Geschäftsbeziehung abzuwürgen, noch ehe sie sich anbahnen konnte. „Mich interessiert, welche Gäste dort waren, genauer gesagt, welche Gäste bei allen drei Feiern dabei waren, bei den Beerdigungen und bei der heutigen Gedenkveranstaltung."

Der Fotograf nickte, blinzelte aber verständnislos. Da erkannte Heinz, dass er sich noch nicht vorgestellt hatte und holte dies nach, indem er seinerseits eine Visitenkarte aus der Brieftasche zog und sie Grimm reichte. Dessen Gesicht hellte sich auf, als er die Berufsbezeichnung „Privatermittler" las.

„He, du bist ein Detektiv? Super, so einen wollte ich eh schon immer kennenlernen. Wie ist dein Leben so? Cool?"

Heinz' Lippen kräuselten sich nicht wegen der Schmeichelei, sondern wegen der naiven Begeisterung über seinen Beruf.

„O ja, cool", antwortete er geheimnisvoll, um für den Fotografen spannend zu bleiben. Er brauchte dessen Kooperation.

„Musst du mir erzählen. Jetzt muss ich weiter. Wann kommst du bei mir vorbei? Heute Abend? Ich lass uns eine Pizza kommen vom ..."

„Heute Abend geht bei mir nicht", unterbrach Heinz ihn und fügte nach einem Links- und einem Rechtsblick leise hinzu: „Observation!"

„O, verstehe", erwiderte Frank Grimm rasch, ebenso leise und konspirativ.

„Morgen, zehn Uhr?", fragte Heinz und erhielt als Antwort ein Augenblinzeln samt einer Handgeste, als würde Grimm eine Pistole auf ihn abfeuern. Dann nickte der Fotograf noch Wilfried Egger zu und ging davon. Heinz sah Wilfried ratlos an und meinte: „Ich verstehe das als ein Ja."

Die beiden plauderten noch ein wenig, während sie langsamen Schrittes die Seebühne verließen. Auf der Uferpromenade angekommen, verabschiedete sich der Journalist, und Heinz blickte sich noch einmal um, bevor er selbst das Areal verlassen würde. Da sah er Josh Strongbow und Mary Howard, die gerade die Seebühne verließen und in Richtung Parkplatz gingen. Die zwei hatten Christine Tengg wohl ebenfalls ihr Beileid bezeugt, wie sich das unter Sportlerkollegen gehörte. Strongbow wischte sich Tränen aus dem Gesicht und sein Oberkörper bebte; Mary Howard hakte sich bei ihm unter und tätschelte seinen Oberarm, als wäre sie seine Mutter.

Heinz schluckte den Knödel in seinem Hals hart hinunter. Er wusste nicht, ob die ganze Angelegenheit Josh Strongbow tatsächlich so naheging, oder ob er nur simulierte, doch gerade um das herauszufinden, musste er ihn provozieren. Er lief zu den beiden hin und stellte sich als Ernst Hoffmann vor, Journalist des Kärntner Beobachters. Als er es mit seinem gespielt schlechten Englisch übertrieb, unterbrach Mary Howard ihn und forderte ihn auf, doch deutsch zu sprechen. In ebenso gespielter Erleichterung legte Heinz los: „Was sagen Sie zu der Anschuldigung, Sie und Ihre Leute hätten Hannes Tengg vergiftet, um die Sportwetten zu manipulieren?"

Mary Howard entfuhr ein Laut der Überraschung, ein Laut, auf den Josh Strongbow augenblicklich aufmerksam wurde. Noch bevor sie Heinz antworten konnte, wollte er wissen, was dieser gesagt hätte, und als Howard ihn informierte, verdunkelte sich sein Gesicht bedrohlich. Heinz erkannte, dass er sein

Spiel zu weit getrieben hatte – oder er hatte genau Joshs Nerv getroffen. Dieser verlor im selben Moment seine zur Schau getragene Coolness völlig. In seinem Südstaatenakzent bedachte er Heinz mit einer Litanei von Schimpfwörtern, die dieser aus verschiedenen, in seiner Vergangenheit liegenden Gründen kannte, aber auch mit solchen, die Heinz noch nie in seinem Leben gehört hatte und wohl auch nie wieder zu hören kriegen würde. Mary Howard versuchte Strongbow zu beschwichtigen, doch sie erreichte gar nichts. Im Gegenteil, der Sportler redete sich in eine Rage, in der er zunehmend seine Hemmungen verlor. Zunächst machte er nur einen zaghaften Schritt auf Heinz zu, dann fuhr seine Hand wie zufällig in dessen Richtung. Danach packte ihn endgültig die Raserei und er sprang auf den falschen Regionaljournalisten los und schlug auf ihn ein, wie ein wildgewordener Affe. Heinz kassierte einen Schwinger gegen den linken Wangenknochen und eine Gerade auf sein rechtes Auge, ehe er wusste, wie ihm geschah. Es fühlte sich an, als schlüge sein Gesicht einmal rechts und einmal links gegen eine Mauer. Nachdem er die Arme schützend über seinen Kopf gehoben hatte, trommelten weitere Hiebe auf diese ein, dann bekam er ein Knie äußerst schmerzhaft in seinen untersten linken Rippenbogen gerammt. Er drehte sich zur Seite weg, lief ein paar Schritte davon, und als das Bombardement aufhörte, lugte er unter seiner Deckung hervor. Josh Strongbow folgte ihm nicht, doch sein Blick haftete starr und bedrohlich auf ihm und die Körpersprache des Sportlers sagte so etwas wie: „Beweg dich, und ich bring dich um." Mary Howard hing förmlich an Josh, um ihn zur Räson zu bringen, doch es machte nicht den Eindruck, als nähme er sie überhaupt wahr.

„Herr ... Herr ...", stammelte Howard an Heinz gerichtet, „gehen Sie, bitte. Die Dinge sind angespannt genug, schon."

Da stimmte Heinz mit ihr überein. Während er davonhinkte, spürte er seinen Herzschlag in Wange und Auge klopfen und den Schmerz in seiner Rippe, der ihm das Atmen erschwerte und nicht abklingen wollte. Was er aus diesem Vorkommnis für seinen Fall schließen konnte, wollte er sich zu einem späteren Zeitpunkt überlegen.

Montag, 18.30 Uhr

Der Wohnblock in der Neckheimgasse, in dem Martina Engel lebte, sah heruntergekommen aus. Zwar hatte man in der Wohngegend um die Universität herum erst vor einigen Jahren Sanierungen vorgenommen, doch wie es schien, war dieser Block übersehen worden. Auf dem Klingelschild fand Heinz den Namen Engel in unbeholfener Handschrift auf einen kleinen weißen Streifen in der zweiten Reihe von unten gekritzelt. Martina Engel wohnte demnach im ersten Stock. Heinz hatte Glück, die Haustür stand offen. Er musste Neunteufels Ex-Verlobte also nicht erst um Einlass bitten.

Er hatte bis 18.30 Uhr gewartet, weil er aus Erfahrung wusste, dass berufstätige Menschen an Arbeitstagen am ehesten um diese Uhrzeit zuhause anzutreffen waren: Die Einkäufe waren bereits erledigt und ein etwaiges Abendprogramm hatte noch nicht begonnen.

Vor Martina Engels Wohnungstür angekommen, schnaufte er einmal tief durch und drückte dann die Klingel. Das Schellen, das durch die verschlossene Tür drang, klang irgendwie billig und wirkte damit gleich alt und schäbig wie das gesamte Haus. Aber vielleicht bildete Heinz sich das ja auch nur ein. Als die Tür aufging, erschrak er beinahe. Vor ihm stand in gebückter Haltung eine spindeldürre Frau, der aschblonde, fettige Haarsträhnen auf die Schultern herabhingen, und deren faltiges Antlitz ausgezehrt wirkte, müde und ohne Hoffnung. Zwar tasteten ihre trübblauen Augen die Verwundungen in Heinz' Gesicht ab, doch schienen diese keine Neugier, Irritation oder sonst wie geartete Emotionen in ihr auszulösen.

„Ja, bitte?" Auch ihre Stimme wirkte müde und abgeschlagen.

Heinz setzte sein treuherzigstes Lächeln auf.

„Bitte entschuldigen Sie die Störung, Frau Engel, aber ich würde gerne mit Ihnen reden. Mein Name ist Ludwig Uhland, ich bin Schriftsteller und arbeite an einem Buch über Christine Tengg."

„Wen?" Frau Engel bellte das Wort regelrecht.

„Christine Tengg, die Geschäftsführerin von Tengg Catering. Sie wissen schon, die Frau, die ... die mit Christoph Neunteufel verheiratet war."

Als Heinz den Namen ihres Ex-Freundes aussprach, verhärteten sich die Züge um Martina Engels Mundwinkel.

„Ach, die!"

„Ja. Sie hat ja schon in den vergangenen Jahren einige Schicksalsschläge einstecken müssen und jetzt ist auch noch ihr Bruder verunglückt ... ich würde gerne ihren persönlichen Hintergrund etwas beleuchten, und dazu gehört natürlich auch der persönliche Hintergrund jener Menschen, die sie verloren hat."

„Schicksalsschläge?" Martina Engel lachte ein ironisches, ein raues, ein hässliches Lachen. „Willkommen im Club."

Heinz' verständnislose Miene war nicht gespielt. War das ein Seitenhieb auf seine Gesichtsverletzungen?

Martina Engel trat einen Schritt in die Wohnung zurück und forderte ihn auf, hereinzukommen. Die Wohnung war klein, fünfzig, höchstens sechzig Quadratmeter, schätzte Heinz. Im abgedunkelten Wohnzimmer stand eine zerschlissene Sofagarnitur samt Tisch, hier bot die Hausherrin ihrem Gast mit einer abfälligen Handbewegung einen Sitzplatz an. Es roch nach abgestandener Luft, nach ungewaschener Kleidung, nach Armut.

Als Frau Engel sich ihm gegenüber auf einen der Sofasessel fallen ließ, fragte Heinz sich unwillkürlich, wie alt sie wohl war. Christine Tengg war Anfang dreißig, weshalb er davon ausgegangen war, dass ihr verstorbener Mann und wohl auch dessen ehemalige Lebensgefährtin etwa demselben Jahrgang angehörten. Doch Martina Engel wirkte um einiges älter, wenngleich Heinz manche ihrer Bewegungen erstaunlich jung erschienen. Möglicherweise kaschierte ihr verbrauchtes Äußeres ihr tatsächliches Alter.

„Was wollen Sie wissen?"

„Mich interessiert vor allem, was für ein Mensch Christoph Neunteufel war. Aus Ihrer Sicht, natürlich."

„Er war ein Schwein." Ihre Stimme klang wie die einer Kettenraucherin, doch sah Heinz weder einschlägige Utensilien herumstehen, noch roch er abgestandenen Rauch. „Ich habe ihm meine besten Jahre geschenkt und dann ist er abgehauen, mit diesem Flitscherl."

„Sie meinen Christine Tengg?"

„Ja, Christine Tengg." Sie äffte ihn nach.

„Wie ist das gekommen?"

„Was weiß ich? Es war alles wie immer, da ist er eines Tages dahergekommen und hat gesagt, er hat eine andere kennengelernt und er verlässt mich."

„Einfach so, aus heiterem Himmel?"

„Von einem Tag auf den anderen."

„Was ... entschuldigen Sie ... was haben Sie dann gemacht?"

Martina Engel sah Heinz unwirsch in die Augen.

„Muss das sein? Ich meine, ich habe mit der ganzen Scheiße abgeschlossen, war eh schwer genug, da brauche ich keinen, der alles wieder aufrührt."

„Sie leiden noch immer unter der Trennung?"

Sie sah zur Seite, als suchte sie nach passenden Worten.

„Leiden ist zu viel gesagt. Ich habe es überwunden, aber Spaß macht es keinen, wenn ich daran denke."

„Korrigieren Sie mich, wenn ich etwas Falsches sage, aber das ist doch jetzt schon – wie lange her?"

„Sieben Jahre", sagte sie, ohne nachzudenken, „aber so eine Psychotherapie braucht halt ein paar Jahre."

„Psychotherapie?"

„Ja, ich war in Behandlung. War eine Scheiß-Zeit für mich, das kann ich Ihnen sagen. Aber sie hat mich auf den richtigen Weg gebracht."

„Wie sieht der aus?"

„Ich bin jetzt die Assistentin von Frau Doktor Stix."

„Also Arzthelferin?"

„Nein, die Stix ist meine Therapeutin. Oder besser gesagt, sie war meine Therapeutin, jetzt ist sie meine Chefin."

„Das verstehe ich nicht."

„Bei meiner Therapie bin ich draufgekommen, dass ich anderen Menschen helfen will. Ein Studium habe ich mir aber nicht leisten können und die Stix hat gerade eine Assistentin gesucht. Da hat das eine das andere ergeben. Ich mache ihren ganzen Papierkram und nebenher bilde ich mich weiter."

„In welche Richtung?"

„Krankenpflege. Ich bin gelernte Krankenpflegerin. Das WIFI bietet immer wieder einmal Fortbildungskurse an. Bei denen mache ich mit."

„Verstehe. Und zu Christoph Neunteufel hatten Sie nach Ihrer Trennung keinen Kontakt mehr?"

„Nur einmal habe ich ihn noch getroffen. Da habe ich ihm und seinem Flitscherl alles Gute gewünscht."

„Tatsächlich?"

Martina Engel lachte wieder, und diesmal klang es sogar nett.

„Ja, das hat alle überrascht."

„Wie kamen Sie ... wie kam es dazu?"

„Der Wendepunkt in meiner Therapie war, wie ich begriffen habe, dass ich ihn nicht zurückbekommen werde. Da habe ich die Zeit davor für mich abschließen müssen. Deshalb habe ich ihm alles Glück der Welt gewünscht. Für mich selbst, verstehen Sie?" Sie blies die Luft aus und ihr Gesicht wirkte mit einem Mal entspannter. Heinz glaubte zu erkennen, dass sie früher einmal eine hübsche Frau gewesen war – zumindest im Vergleich zu jetzt. „Und deshalb ... deshalb rede ich nicht gerne über die Zeit. Für mich ist sie vorbei, erledigt, begraben."

Heinz nickte verstehend. Christine Tenggs Geschichte von der Liebe auf den ersten Blick stimmte also, und der Grund, warum Martina Engel der jungen Ehe Glück gewünscht hatte, war denkbar banal. Damit hatte Heinz erfahren, weswegen er gekommen war.

„Das verstehe ich. Das verstehe ich sogar sehr gut", sagte er deshalb und stand auf. „Bitte verzeihen Sie die Belästigung und falls ich alte Wunden aufgerissen habe."

Martina Engel begleitete ihn zur Tür, er dankte ihr und drückte zum Abschied ihre Hand, die sich wie ein kaltes Stück Weichplastik anfühlte. Indem er sich bei jedem Schritt die schmerzende Rippe hielt, hinkte er die Treppe hinunter, und erst als die Haustür hinter ihm ins Schloss fiel, blies er erleichtert die Luft aus.
Bist du gelähmt, ist die fertig!

Kapitel 12

Dienstag, 6 Uhr

Als sein Radiowecker anging, öffnete Heinz die Augen. Zumindest gab sein Gehirn den Befehl dazu weiter, doch dieser konnte nur vom linken Auge ausgeführt werden. Schlaftrunken griff er an das rechte, wodurch ihn ein Schmerz brutal in die Welt der Wachen riss. Schon in der Nacht war er immer aufgewacht, wenn er sich auf die linke Seite gedreht hatte, bis er mit Hilfe seines Polsters den Oberkörper so abstützte, dass nur wenig Gewicht auf der verwundeten Rippe lastete.

Heinz wankte ins Badezimmer und besah sich im Spiegel, was ihm einen linden Schock versetzte: Sein rechtes Auge war bis auf einen schmalen Spalt zugeschwollen, sein linker Wangenknochen glänzte blau und rot. Er hielt inne und musterte seinen körperlichen Gesamtzustand, die Wunden und die blonden Haare.

Vielleicht sollte ich einen Berufswechsel in Betracht ziehen?

Gestern Abend war er in seinem Wohnzimmer auf und ab gegangen, hatte sich all seine bisherigen Ermittlungsergebnisse ins Gedächtnis gerufen und versucht, sie miteinander in Verbindung zu setzen. Er hatte überrascht festgestellt, wie wenig Zeit eigentlich vergangen war, in Anbetracht dessen, was alles passiert war. Hannes Tenggs Tod schien Wochen her zu sein, dabei waren inzwischen nicht einmal zwei Tage vergangen. Heinz hatte sich gefragt, wie Josh Strongbow in der Sache mit drin hing, doch egal, wie sehr er seine Informationen auch drehte und wendete, sein Gefühl sagte ihm, dass der amerikanische Athlet kein verlogener

Kerl war. Seine Empörung, als Heinz ihn des Mordes verdächtigt hatte, war ebenso ehrlich gewesen wie seine Abschiedsworte und seine Tränen für Hannes Tengg beim Pressebrunch. Möglicherweise waren Mary Howard oder Mitglieder seines Teams in die Sache verwickelt, Strongbow selbst aber wohl kaum.

Heinz' Hauptverdächtiger war nach wie vor Doktor Zernatto, einfach, weil er alle Voraussetzungen erfüllte, die ein Mörder in allen drei Fällen erfüllen musste. Ebenso nach wie vor fehlte aber jegliches Motiv – und das war wohl der Punkt, an dem Heinz ansetzen musste. Er beschloss, dem Sportmediziner einen weiteren Besuch abzustatten und ihm dieses Motiv zu entlocken. Das schaffte er aber nur, wenn er kräftig auf den Busch klopfte, den Arzt provozierte, ihn irgendwie aus der Reserve lockte. Als Heinz sich in Erinnerung rief, wie souverän Zernatto vor der versammelten Presse mit den an ihn gerichteten Vorwürfen umgegangen war, wusste er, dies würde keine leichte Aufgabe werden.

Das sah er auch jetzt noch so, als unter der Dusche seine Lebensgeister erwachten. Eine Tasse Kaffee und ein kräftiges Frühstück, dann wäre er für seine Mission gewappnet.

Dienstag, 7.50 Uhr

Als die gläsernen Schiebetüren von Doktor Zernattos Ordination nicht vor ihm auseinanderglitten, suchte Heinz an den Wänden rechts und links davon einen Türöffner. Drinnen brannte Licht, folglich war schon jemand hier. Da es keinen Türöffner gab, den er ohne

Schlüssel betätigen konnte, rang Heinz mit sich; einerseits wollte er auf sich aufmerksam machen, andererseits scheute er sich davor, mit der Faust an eine Glastür zu trommeln. Schlussendlich pochte er mit den Fingerknöcheln vorsichtig an die Scheibe, wobei er feststellte, dass seine Rücksichtnahme fehl am Platz war. Die Glastüren waren so massiv, sie wären wohl auch nicht zu Bruch gegangen, wenn Heinz mit Anlauf gegen sie gesprungen wäre. Einen Wimpernschlag später hatte sich sein Problem aber ohnehin von selbst gelöst, denn Ilse Funder kam in sein Blickfeld und wurde auf ihn aufmerksam. Ihr Mienenspiel wechselte zwischen professioneller Höflichkeit, Erschrecken über sein zerbeultes Gesicht, freudigem Erkennen sowie der Verlegenheit über das freudige Erkennen, wonach sich wieder der Ausdruck professioneller Höflichkeit einstellte.

„Guten Morgen, Herr Meyer", sagte sie, nachdem sie die Türen entriegelt hatte und Heinz eintrat.

„Dass Sie sich an meinen Namen erinnern, erfreut mein Herz", sagte dieser übertrieben getragen, was bei Ilse Funder ein unschlüssiges Kichern auslöste.

„Was ist denn mit Ihnen passiert?", fragte sie. Heinz winkte ab.

„Nur ein Zusammenstoß mit ... mit dem Schicksal."

Die Sprechstundenhilfe nickte, als würde sie verstehen, schaute aber drein, als verstünde sie gar nichts.

„Sie haben aber keinen Termin heute", wechselte sie das Thema.

„Ich habe gehofft, Sie schmuggeln mich wieder vor dem ersten Termin um acht Uhr hinein?"

„Für zehn Sekunden, wie beim letzten Mal?"

Der Vorwurf in ihrer Stimme war ebenso gewollt wie gespielt. Die Sprechstundenhilfe trat hinter den schiffsrumpfartigen Empfangstresen.

„Vielleicht sind es diesmal zwölf." Heinz grinste schelmisch.

Ilse Funder hatte auf ihrem Sessel Platz genommen und sah ihn von dort aus gedankenverloren an. Er bemerkte zum ersten Mal, wie schön ihre Augen waren.

„Ich werde den Herrn Doktor fragen", meinte sie schließlich.

Irgendetwas schwang in ihrer Stimme mit, das Heinz den Eindruck vermittelte, sie würde nicht glauben, dass Doktor Zernatto den überraschenden Besucher empfangen würde. Ein unangenehmes Gefühl beschlich ihn, lenkte ihn ab, so dass er davon absah, weiter mit der Sprechstundenhilfe zu flirten, sich stattdessen bedankte und im Wartebereich Platz nahm.

Nicht lange danach betrat Doktor Zernatto die Ordination. Diesmal war er glatt rasiert, trug Straßenkleidung und keine Brille, doch seine Bewegungen waren exakt die gleichen wie am vergangenen Samstag, als Heinz ihn zum ersten Mal seine Ordination betreten gesehen hatte. Er steuerte schnurstracks den Empfangstresen an und ließ sich von Ilse Funder im raunenden Ton über alle Neuigkeiten informieren. Dass sein Anliegen zur Sprache kam, erkannte Heinz daran, dass der Arzt in seine Richtung sah und ihn musterte. Durch die Ausdruckslosigkeit seines Gesichts schimmerte so etwas wie Missfallen durch, aber das bildete Heinz sich vielleicht nur ein. Doktor Zernatto kam zu ihm, begrüßte ihn mit Handschlag und unterzog dann dessen Gesicht einer professionellen Begutachtung.

„Die Folgen einer Schlägerei", kommentierte er, „aber nichts, was nicht von selbst wieder abklingen würde. Haben Sie Schmerzen?"

„Nur, wenn ich draufdrücke."

„Drücken Sie nicht drauf, und das Thema ist erledigt. Die blauen Flecken werden Sie aber noch eine Zeit lang begleiten; vor allem der um das Auge."

„Ich weiß."

Heinz hatte schneller gesprochen als nachgedacht. Doktor Zernatto musste nicht unbedingt wissen, dass dies nicht seine ersten Gesichtsverletzungen aufgrund körperlicher Auseinandersetzungen waren.

Der Arzt forderte ihn auf, ihm in das Behandlungszimmer zu folgen, wo er Heinz, wie schon beim letzten Mal, den Besuchersessel anbot, während er selbst einen weißen Ordinationsmantel überstreifte und sich hinter seinen Tisch setzte.

„Was kann ich heute für Sie tun?"

In der Art, wie er die Frage stellte, glaubte Heinz Unfreundlichkeit zu spüren, doch auch hier war er sich nicht sicher. Doktor Zernattos Blick war unverändert, eine Mischung aus Aufmerksamkeit und professioneller Distanz. Heinz beschloss, ohne Umschweife zur Sache zu kommen und zu sehen, was dann passierte.

„Herr Doktor, Sie werden verstehen, dass meine Versicherung nach den Vorkommnissen am vergangenen Sonntag misstrauisch geworden ist."

„Ihre Versicherung." Die Erwiderung des Mediziners war tonlos, irritierend.

„Ja ... ich meine, wir haben ja schon das letzte Mal darüber gesprochen, über die Gemeinsamkeiten der ersten beiden Todesfälle, und dass wir uns Sorgen um Hannes Tengg machen. Wie es scheint, sind unsere Befürchtungen wahr geworden, auch wenn Sie das für unmöglich hielten. Da drängen sich zwangsweise Gedanken auf, was dahinterstecken könnte."

Heinz hielt inne, um eine Reaktion des Arztes abzuwarten, doch es gab keine. Doktor Zernatto hatte sich in seinem Sessel nach hinten gelehnt und beide Hände an seine Nase gelegt, so dass seine Augen links und rechts an seinen Fingerspitzen vorbei Heinz ansahen. So verharrte er ohne jede Regung.

Heinz bemerkte, dass er auf seinem Sessel herumzurücken begann. Er war gekommen, um den Doktor in Verlegenheit zu bringen – und jetzt kam es genau umgekehrt. Er räusperte sich und versuchte, die Situation unter Kontrolle zu kriegen, indem er weitersprach.

„Kurz gesagt, meine Versicherung wird den Tod von Hannes Tengg von externen Experten überprüfen lassen. Immerhin gibt es eine gültige Lebensversicherung, deren Begünstigte einmal mehr Frau Tengg ist, und die ausgezahlt werden muss, wenn der Tod ein Unfall war. Was aber in Anbetracht der Gesamtumstände wenig glaubhaft scheint."

„Was werfen Sie mir vor?"

Für seine Frage hatte Doktor Zernatto den Kopf gehoben, seine Hände aber in derselben Position belassen, so dass nun sein Kinn auf den Fingerspitzen ruhte. Sein Blick blieb auch weiterhin ruhig auf Heinz geheftet und seine Miene quasi ausdruckslos. Heinz spürte, wie seine Nervosität wuchs. Das ging gerade in eine komplett falsche Richtung. Er beschloss, in die Offensive zu wechseln, um diesem Zustand ein Ende zu setzen: „Herr Doktor, für Vorwürfe ist es noch zu früh. Aber wenn wir davon ausgehen, dass Sie unmittelbar mit dem Tod von Hannes Tengg und den anderen beiden zu tun haben, erscheint es plausibel, dass Sie entweder mit Christine Tengg gemeinsame Sache machen oder mit Josh Strongbow und seinen Leuten."

Unveränderte Ausdruckslosigkeit stand auf dem Gesicht des Arztes.

Verdammt, was läuft hier ab?

„Bei einer Kooperation mit Frau Tengg könnte diese Ihnen jeweils einen Anteil an den Lebensversicherungen gegeben haben, die die Fiducia schon an sie ausgezahlt hat. Dieses Arrangement könnte auch für die nun wieder auszuzahlende Versicherung gelten. Eine Kooperation mit dem Strongbow-Team, andererseits, könnte darauf hinauslaufen, dass Sie Einkünfte aus Wetten beziehen, die Sie auf Strongbow platziert haben."

Was für ein Blödsinn! Wenn Zernatto auf Strongbow wettet, braucht er nicht mit ihm zu kooperieren, um an das Geld zu kommen.

Heinz ärgerte sich, solche Dinge passierten immer, wenn er improvisieren musste.

Doktor Zernatto warf einen kurzen Blick auf seine Armbanduhr, dann kam er in Bewegung. Mit einem Seufzen warf er seinen Oberkörper nach vorne und sagte: „Ich mache der Sache jetzt ein Ende, mein erster Termin kommt gleich. Herr Sablatnig, – Ihre – Versicherung hat bereits gestern Kontakt mit mir aufgenommen. Wir haben das Thema sowie unser gemeinsames Vorgehen in dieser Sache besprochen. Dabei hat man mir versichert, dass niemand mit dem Namen eines Schweizer Realisten aus dem neunzehnten Jahrhundert für die Fiducia arbeitet. Nachdem ich Herrn Magister Oberhofer Ihr Aussehen geschildert habe, das letzte Mal waren Sie ja noch nicht blond, hat er mir Ihre wahre Identität enthüllt."

Der Mediziner hielt inne und sah Heinz an, ausdruckslos, bis auf einen leichten Vorwurf. Dieser fühlte sich wie die Maus vor der Schlange.

Ach du Schande!

Als von seinem Gegenüber keine Reaktion kam, sprach der Doktor weiter: „Ich darf Sie deshalb ersuchen, mich künftig nicht mehr zu belästigen. Nie mehr."

Dass er andernfalls die Polizei einschalten würde, schwang in seinen Worten mit, ohne dass er es extra erwähnen musste. Ebenso wenig die Aufforderung, dass Heinz gehen solle, und zwar sofort.

Dieser erhob sich mit dem Gefühl, sein Hintern hätte sich in den vergangenen Minuten zu Blei verwandelt. Weder er noch Doktor Zernatto sagten etwas, selbst die gängigen Höflichkeitsfloskeln der Verabschiedung schienen sich erübrigt zu haben. Fast geräuschlos drückte Heinz sich aus dem Zimmer.

Im Wartebereich saß ein Mann um die dreißig, der erwartungsvoll aufblickte; Heinz ging geradewegs auf den Ausgang zu, wo ihm zwischen den Glastüren eine Frau begegnete. Sie war um die vierzig, hatte eine pechschwarz gefärbte Mähne mit feuerroten Strähnen und auffällig viel Schminke im Gesicht. Da sie bis auf die Straßenschuhe und eine Handtasche dieselbe weiße Arbeitskleidung wie Frau Funder trug, nahm Heinz an, dass sie eine zweite Sprechstundenhilfe war.

Am Gang hinter den Glastüren kam Ilse Funder hinter ihm hergelaufen, schnappte ihn, zu seiner Überraschung, mit festem Griff am Arm und zog ihn mit sich ins Stiegenhaus. Dort wartete sie, bis die selbstschließende Tür, die das Stiegenhaus vom Gangbereich trennte, hinter ihnen ins Schloss gefallen war, ehe sie sich hastig flüsternd an Heinz wandte: „Herr Meyer, oder wie Sie heißen, wir müssen uns treffen. Nach der Arbeit." In ihren Augen sah Heinz seine eigene Verblüffung gespiegelt. „Nicht das, was Sie denken!" Ilse Funder gab ihm einen Klaps. „Ich muss Ihnen was erzählen."

„Erzählen? Was ..."

„Nicht hier!" Sie sah sich hastig um. Selbst der leichte Widerhall ihrer Flüsterstimme im Stiegenhaus schien sie zu verunsichern. „Im Café Tarvis, um viertel sechs."

„Café Tarvis? Äh ..."

„Sie finden das schon."

Ohne ein weiteres Wort verschwand Ilse Funder wieder und ließ einen völlig verdatterten Heinz zurück.

Dienstag, 10 Uhr

Frank Grimms Fotostudio befand sich im Siedlungsgebiet der Sterneckstraße in einer Art Bungalow. Heinz war hier wohl schon hundertmal vorbeigekommen, doch der niedere Bau war ihm noch nie aufgefallen. Das Innere des Studios erinnerte ihn an das Äußere seines Inhabers, beides wirkte irgendwie unaufgeräumt. Ein großer, niederer Arbeitsraum bot Fotoshootings und Nachbearbeitung Platz, aber sowohl im einen als auch im anderen Bereich schienen die Gegenstände nach ihrem letzten Gebrauch einfach fallen gelassen worden zu sein. Offenbar eine seit jeher gängige Praxis, denn manche dieser Dinge waren mit einem Staubfilm bedeckt.

Unter unablässigem Geplapper hatte Frank Grimm seinen Besucher begrüßt, zu einem der Arbeitsterminals geleitet, dort die gröbsten Überbleibsel eines Imbisses beseitigt und am Computer die entsprechenden Fotodateien gesucht. Nun saßen sie nebeneinander und starrten auf den Monitor.

„Die Beerdigung damals war eine große Feier", kommentierte Grimm, „der Neunteufel war ja noch ein so junger Teufel." Er lachte wieder über sein Teufel-Wortspiel.

Heinz nahm ihm wortlos die Maus aus der Hand. Frank machte ihn irre, weil er so schnell von einem Foto zum nächsten und wieder zurücksprang, je nachdem, welches Detail ihm bei seiner jeweiligen Erzählsequenz einfiel. Dazu wirbelte er hektisch mit dem Mauszeiger herum, um Heinz zu zeigen, was er meinte. Seine Entmachtung nahm Frank ohne Reaktion zur Kenntnis.

„Am Friedhof Sankt Martin", sagte Heinz gedankenverloren.

„Ja, beide Beerdigungen waren dort. Die Familie Tengg hat da ein Familiengrab. Offenbar war Neunteufel seine neue Familie lieber als seine alte, dass er sich in dem Grab bestatten ließ."

Grimm sah Heinz belustigt von der Seite an. Dieser spürte förmlich, dass der Fotograf nach einer weiteren Teufel-Analogie suchte, und dankte im Stillen seinem Schöpfer, dass ihm offenbar keine einfiel. Heinz sah sich die Trauergemeinde an. Christine Tengg wirkte auf dem Foto viel jünger als in natura, es hatte den Anschein, als sei sie in den letzten beiden Jahren um ein volles Jahrzehnt gealtert. Valentin Prugger und Hannes Tengg flankierten sie, hielten sie. Hannes stand die Trauer ins Gesicht geschrieben, und Prugger wirkte wie ein alter Baum: aufrecht, fest und ernst, eine Stütze für die Familie Tengg. Auch Martina Engel wohnte der Beisetzung ihres ehemaligen Lebensgefährten bei, doch im Gegensatz zur Witwe sah sie gleich aus, wie Heinz sie gestern kennengelernt hatte; ein bisschen gepflegter vielleicht, herausgeputzt für den Anlass.

„Das da ist der alte Tengg", erklärte Frank Grimm, als Heinz das nächste Foto aufrief. Dabei tippte er mit dem Finger auf einen alten Mann, der mit gesenktem Kopf und mit steinernem Gesicht direkt am Grab stand. Als Frank den Finger wegzog, blieb ein kleiner Fettfleck auf dem Bildschirm zurück, nicht der erste.

„Okay", meinte Heinz, „zeig mir die Fotos von seiner Beerdigung."

Der Fotograf nahm geschäftig die Maus an sich und klickte mit fahrigen Bewegungen die besagte Datei herbei. Dann ließ er die Maus wieder los und deutete anbietend auf sie, woraufhin Heinz wieder übernahm.

Josef Tenggs Beisetzung war wesentlich schlechter besucht als die seines Schwiegersohnes, doch das war der Lauf der Welt, wie Heinz wusste. Je älter ein Mensch wurde, desto weniger Menschen lebten noch, die ihn gekannt hatten. Ebenso wie der Tag von Christoph Neunteufels Begräbnis schien auch dieser sehr heiß gewesen zu sein. Auf den Fotos sah Heinz, wie sich die Besucher mit allerlei Gegenständen Luft ins Gesicht fächelten oder sich vorwiegend in Schattenbereichen aufhielten. Manch einer hatte auch sein Sakko ausgezogen und die Hemdsärmel nach oben gestreift.

Heinz klickte die Bilder durch. Im Wesentlichen waren die Gesichter dieselben wie bei der ersten Beerdigung, doch Heinz kannte nur Christine und Hannes Tengg. Bis auf eine Ausnahme: Auf einem der Fotos sah er eine völlig in schwarz gekleidete Frau mit Hut, Schleier und Sonnenbrille. Während er sich fragte, wie sie diesen Aufzug bei der vorherrschenden Hitze wohl aushielt, wusste er, dass er sie schon einmal gesehen hatte.

„Wo hast du die Bilder von der gestrigen Trauerfeier?"

Frank war von Heinz' plötzlicher Hast irritiert.

„Äh ... hier."

Er griff nervös nach der Maus und holte die geforderten Fotos auf den Schirm. Heinz klickte sie schnell durch, er suchte nach jenen, auf denen er selbst zu sehen war. Da Frank sehr viele Fotos geschossen hatte, schien es endlos zu dauern, bis er gefunden hatte, wonach er suchte; doch dann sah er sie. An der Absperrung, direkt neben ihm, stand die schwarz gekleidete Frau.

„Das ist dieselbe, oder?"

Heinz' Frage schien Frank Grimm aus einer Art Wachschlaf zu reißen.

„Hm? Wer?"

„Mach das Bild kleiner und hol das andere daneben hin, das von Josef Tenggs Begräbnis, mit der Frau in Schwarz."

Der Fotograf tat, wie ihm geheißen, und als beide Fotos nebeneinander am Bildschirm zu sehen waren, gab es keinen Zweifel. Es war dieselbe Frau, gekleidet in dasselbe Gewand.

„Wer ist das?", fragte Frank leise und Heinz erwiderte ebenso leise: „Genau das wollte ich dich gerade fragen."

„Ich weiß es nicht. Was ist mit der?"

„Warum ist sie so verschleiert?" Heinz sah Frank an, ohne wirklich eine Antwort von ihm zu erwarten. „Am Montag hatten wir Temperaturen wie im Hochsommer, und wenn ich mir die Leute auf deinen Fotos vom Begräbnis vom alten Tengg ansehe, war es damals nicht viel kühler."

„Im Gegenteil, ich habe geschwitzt wie ein Schmalzbettler", bestätigte Grimm.

„Warum also die langen Ärmel und der Hut?", fragte Heinz.

Der Fotograf zuckte mit den Achseln und meinte: „Mode?"

„Auf mich wirkt es eher wie eine Verkleidung."

Frank erwiderte den vielsagenden Blick des Detektivs ehrfurchtsvoll und sagte: „Sie will nicht erkannt werden! Aber warum?"

„Genau das muss ich herausfinden."

Dienstag, 12 Uhr

Das VIP-Zelt war nur noch ein Skelett aus Stahl. Am Hintereingang stand ein Lastwagen mit dem Firmenlogo von „Tengg Catering", der von Heinz' ehemaligen Kolleginnen und Kollegen beladen wurde. Valentin Prugger bediente sich für Abbau und Abtransport nur noch wenigen Personals, und auch dieses arbeitete ohne Stress. Prugger selbst montierte gerade den Schlauchanschluss vom Gläserwäscher, als Heinz ihn fand. Der Cateringmann staunte nicht schlecht über den unerwarteten Besuch.

„Herr Zechmann, was ist denn mit Ihnen passiert? Waren Sie frech?" Er deutete zunächst auf sein eigenes Auge und dann auf das von Heinz.

„Ich fürchte, das kann man so sagen", räumte dieser ein.

„Habe ich Sie für heute herbestellt?", fragte Prugger weiter. „Nein, oder? Sie kommen wegen der Abrechnung, weil Sie für Ihren Bruder eingesprungen sind. Ich fürchte, ich werde das Geld an Ihren Bruder überweisen müssen, immerhin habe ich den Vertrag mit ihm abgeschlossen."

„Nein, deswegen bin ich nicht hier, Herr Prugger. Und er ist auch nicht mein Bruder."

Der Cateringmann hielt in seiner Arbeit inne und sah von seiner hockenden Position aus zu Heinz nach oben. Sein Blick war erwartend.

„Mein Name ist Heinz Sablatnig, ich bin Berufsdetektiv."

„Dafür sind Sie aber ein erstaunlich guter Kellner", erwiderte Prugger trocken.

„Ich arbeite im Auftrag der Versicherungsgesellschaft Fiducia und sollte Frau Tengg überwachen, für den Fall dass ... dass ihrem Bruder etwas zustößt."

Als Valentin Prugger sich erhob, wirkte das bedrohlich, ebenso wie sein Blick und die Bewegungen, mit denen er seine Hände an einem Tuch abtrocknete. Er schwieg. Heinz wusste, dass er sich nun rechtfertigen musste, und sah keinen Grund, warum nicht einmal er derjenige sein sollte, der Direktor Oberhofer anpatzte, anstatt umgekehrt.

„Die Fiducia musste die Lebensversicherungen von Christoph Neunteufel und Josef Tengg auszahlen und wollte sicherstellen, dass ..." Heinz ließ den Halbsatz im Raum stehen.

„Das glaub ich jetzt nicht", meinte Prugger, als nichts mehr nachkam. „Sie haben allen Ernstes gedacht, Christine hätte etwas mit den Morden zu tun? Nach allem, was sie durchgemacht hat. Na, schöne Grüße."

„Wie gesagt, ich bin hier nur der Auftragstäter ..."

„Ja, ja, schon klar. Gehen Sie einfach, lassen wir es gut sein." Sichtlich tief verletzt wandte sich Valentin Prugger ab, um weiterzuarbeiten.

„Herr Prugger, ich bin nicht gekommen, um ein Geständnis abzulegen." Heinz versuchte, seiner Stimme einen möglichst neutralen Klang zu geben. Es wirkte, Prugger erkannte, dass Heinz dazu ja nun wirklich keine Veranlassung gehabt hätte. Sein Blick war wach, als er Heinz wieder ansah. „Ich bin gekommen, weil ich Ihre Hilfe brauche."

„Ach, tatsächlich." Pruggers Tonlosigkeit war verachtend.

„Schauen Sie, ich habe Frau Tengg ja ins Unfallkrankenhaus begleitet und bin lange an ihrem Bett gesessen. Sie hat mir erzählt, wie es ihr in den letzten Jahren ergangen ist, und seitdem habe ich nicht mehr den geringsten Zweifel an ihrer Unschuld. Aber genauso wenig Zweifel habe ich daran, dass ihr Bruder, ihr Vater und ihr Mann ermordet wurden. Und ich möchte diese Morde aufklären."

„Das ist Sache der Polizei, will ich meinen."

„Das ist richtig, aber ich habe andere Möglichkeiten."

In Valentin Pruggers Augen flackerte Wut auf.

„Was für ein perverses Spiel treiben Sie hier?"

„Das ist absolut kein Spiel, das kann ich Ihnen versichern", entgegnete Heinz schnell, um Prugger nicht die Zeit zu geben, sich in Rage zu reden. „Meine Schwester ist Chefinspektorin der hiesigen Kripo. Sie tut ihr Bestes, aber ihr sind in vielen Fällen die Hände gebunden. Solange etwa die Obduktion von Hannes Tengg nicht abgeschlossen ist, liegt kein Beweis vor, dass er ermordet wurde. Und solange das nicht der Fall ist, wird keine Verhaftung vorgenommen." Heinz hatte keine Ahnung, ob das stimmte, doch es klang plausibel und gab ihm die Möglichkeit, sich in ein besseres Licht zu setzen. „Ich hingegen habe von Anfang an nicht nur in die Richtung von Frau Tengg ermittelt, sondern auch andere Spuren verfolgt, die mir schlüssig erschienen. Ich habe einige Verdächtige, die entweder die Fähigkeit oder die Möglichkeit oder ein Motiv hätten, alle drei Morde durchzuführen."

„Wer hat ein Motiv?"

Verdammt! Verplappert!

Heinz biss sich auf die Zunge. Anstelle einer Antwort zog er ein paar zusammengefaltete Papierblätter hervor, um zum eigentlichen Grund seines Hierseins zu kommen.

„Ein Pressefotograf hat mir diese Bilder ausgedruckt", erklärte er, während er die Blätter auseinanderfaltete und Prugger gab. Dieser sah sie an und brummte, seiner Geste nach zu urteilen wusste er nicht, was er auf den Fotos sehen sollte. „Wissen Sie, wer die Dame in Schwarz ist?", fragte Heinz.

Prugger hielt inne und betrachtete die Fotos noch einmal genauer, eines nach dem anderen, wobei er mehrmals hin und her blätterte.

„Nein", meinte er schließlich, „die anderen kenne ich alle, aber diese Frau ... sie ist mir nicht einmal aufgefallen; voriges Jahr, meine ich. Heuer bei der Trauerfeier sowieso nicht, bei dem Massenauflauf."

„Kann es sein, dass die Dame zum weiteren Familienkreis der Tenggs gehört?"

„Nein, ausgeschlossen", Prugger schüttelte heftig den Kopf. „Ich bin seit Jahren Christines engster Vertrauter, fast schon ein Verwandter. Ich habe mit ihr und Hannes – und vorher auch mit Josef – die Gästelisten für die beiden Beisetzungen zusammengestellt. Ich kenne jeden, der eingeladen war, und diese Frau hier war es nicht."

„Haben Sie einen Verdacht? Ich meine, wer sie sein könnte?"

Valentin Prugger vertiefte sich noch einmal in die Fotos, schüttelte dann aber den Kopf. Schließlich sah er auf, Heinz direkt in die Augen, mit einem Blick, in dem etwas Wildes mitschwang.

„Wer kann das sein?", fragte er rhetorisch. „Bei der Gedenkfeier für Hannes, okay, eine stille Verehrerin, die nicht erkannt werden will. Aber beim alten Josef? Ich kann mir nicht einmal vorstellen, wo da der gemeinsame Nenner ist."

„Eine ledige Tochter vielleicht", schlug Heinz vor, „die von den eigentlichen Kindern nicht erkannt werden wollte?"

„Ach!" Prugger warf verärgert den Kopf schräg nach hinten. „Was hätte sie dann bei Hannes' Trauerfeier zu suchen gehabt? Noch dazu so vermummt, da hätte sie doch ihr Gesicht zeigen können, ohne dass es in der

Menge auffällt. Nein, die will nicht erkannt werden, das ist sonnenklar, von niemandem."

„Sehe ich auch so. Ich hatte nur gehofft, Sie wüssten vielleicht, wer die Dame ist. Glauben Sie, dass uns Frau Tengg hier helfen kann?"

„Nein, kann sie nicht", erwiderte Prugger entschieden und gab Heinz die Papierblätter energisch zurück. „Sie ist ohnehin schon angeschlagen genug, da werde ich sie nicht auch noch mit so was belästigen. Außerdem ist sie nach München zurückgefahren, damit sie nicht andauernd von der hiesigen Presse belästigt wird."

„Ich ... ich dachte, Frau Tengg ist Klagenfurterin?"

„Ist sie ja, aber sie hat auch in München eine Wohnung. Immerhin ist dort das TC-Hauptquartier."

Das erklärt den Hausarzt in Klagenfurt.

„Aber Sie beide kennen sich auch aus Klagenfurt, habe ich recht?" Heinz' Frage brachte ihm einen funkelnden Blick Pruggers ein, der zu fragen schien, was ihn das anginge, deshalb fügte er hinzu: „Ich meine, wegen Ihres Dialekts."

Prugger begann wieder, die Hände in das Tuch zu wischen, das er zwischenzeitlich über die Schulter geworfen hatte.

„Ich kenne Christine schon lange. Wir haben gemeinsam die Tourismusschule in Villach besucht und sind danach in Kontakt geblieben, weil wir uns so gut verstanden haben. Herr Zechmann, Ihren anderen Namen habe ich mir nicht gemerkt, ich muss weiterarbeiten." Ohne eine Erwiderung abzuwarten, hockte sich Valentin Prugger zu der Geschirrspülmaschine und widmete sich, mit verschlossenem Gesicht und zusammengezogenen Augenbrauen, wieder dem Wasserschlauch.

Heinz bedauerte diesen Hinauswurf. Er mochte Prugger, hatte ihn als kompetenten und fairen Chef wahrgenommen und als freundlichen und anständigen Menschen. Doch gerade sein Anstand erklärte seine Reaktion auf Heinz. Dieser hatte sich unter Vortäuschung einer falschen Identität eingeschlichen und nicht nur in der Firma herumgeschnüffelt, für die Prugger an leitender Stelle arbeitete, sondern auch in der Familie, der sich dieser eng verbunden fühlte. Dass er nun kein Wort des Abschieds fand, hatte wohl nur den Grund, dass er keine Unhöflichkeit von sich geben wollte, zumindest wirkte es so auf Heinz.

„Danke, Herr Prugger. Für alles. Auf Wiedersehen."

Nachdem er ein leichtes Kopfnicken Pruggers zu sehen geglaubt hatte, wandte Heinz sich ab und ging.

Kapitel 13

Dienstag, 12.30 Uhr

Verena legte einige Sommerpullis zusammen, die die letzte Kundin anprobiert hatte, als Heinz die BoutChic betrat. Sie freute sich, ließ den Pullover, den sie gerade in der Hand hielt, aber zu Boden fallen, als sie auf den Zustand seines Gesichts aufmerksam wurde.

„Was ..."

Heinz zuckte mit den Achseln.

„Berufsrisiko."

Sie sah wieder umwerfend aus in ihrem lachsfarbenen Kostüm, dessen Rock knapp über den Knien endete. Jetzt kam sie auf ihn zu, ihr Blick glitt voller Sorge zwischen seinem Auge und seiner Wange hin und her, und hob ihre schlanken Finger mit den langen, ebenfalls lachsfarben lackierten Nägeln, um die Wunden zu betasten – und um es im letzten Moment doch nicht zu tun.

„Was ist denn passiert?", fragte sie leise.

„Mach Mittagspause", sagte er anstelle einer Antwort, „ich brauche jemanden zum Reden."

Heinz kam sich kein bisschen schäbig dabei vor, seinen körperlichen Zustand zu missbrauchen, um vor Verena die Mitleidsnummer abzuziehen. Im Krieg und in der Liebe war alles erlaubt, wie es so schön hieß, und Verena war es wert, alle verfügbaren Register zu ziehen. Mehr noch, es war sogar notwendig, damit er überhaupt in ihre Nähe kam.

„Ich kann ... Andrea ist gerade ... okay, ich komme gleich."

Sie wandte sich ab und ging nach hinten in den Lagerraum, wohl um Andrea Bescheid zu sagen. Heinz staunte, er hatte seinem Versuch, Verena zum Mittagessen zu überreden, nicht viel Chance auf Erfolg eingeräumt. Vielleicht sollte er sich öfters verprügeln lassen.

In den City Arkaden war wie üblich die Hölle los. Heinz hatte Verena gefragt, wohin sie für gewöhnlich essen ginge, und sie hatte ihn hierher geführt. Ihr Lieblingslokal war heillos überfüllt gewesen, doch sie hatte gemeint, um diese Uhrzeit würde bald ein Tisch frei werden. Heinz war alles recht, denn je länger die Wartezeit, desto mehr Zeit konnte er mit Verena verbringen. Während sie warteten, saßen sie an der Bar und tranken einen Fruchtsaft, für den, so Verena, dieses Lokal unter anderem bekannt sei. Heinz ließ sich darauf ein und behauptete, der Saft sei tatsächlich außergewöhnlich gut, auch wenn er in Wahrheit nichts Besonderes an ihm fand. Doch allein die Möglichkeit, immer wieder wie zufällig einen Blick auf Verenas übereinandergeschlagene Beine werfen zu können, machte den Fruchtsaft zu einem Göttertrank.

Er musste ihr erzählen, was es mit dem blauen Auge, dem blauen Jochbein und der blauen Rippe – die er extra noch anführte – auf sich hatte, und das führte dazu, dass Verena immer mehr von seinem Fall wissen wollte. Heinz war das sehr recht, denn zum einen hatte er ja nichts zu verbergen, und zum anderen konnte er ihr so einen Einblick in seine Welt geben, die ihn ja durchaus interessant machte.

Tatsächlich wurde bald ein Tisch frei. Heinz ließ sich auch bei der Auswahl des Essens von Verena beraten, wodurch er in den Genuss von gegrillten Calamari in Knoblauchsoße mit Kartoffeln kam.

„Wie machst du das mit deiner Kundschaft?", fragte Heinz nach dem ersten Bissen. „Ich meine, bei so viel Knoblauch."

Sie schenkte ihm ein umwerfendes Lächeln und raunte: „Das hält die Vampire fern."

„Gute Versicherung."

„Ich frage mich, was Vater und Sohn miteinander verbindet."

„Was meinst du?"

„Deinen Fall. Die rätselhafte Dame in Schwarz erscheint zu den Beerdigungen des Vaters und des Sohnes, aber sie kommt nicht zu der des Zugeheirateten."

„Du meinst, die Familie ist der gemeinsame Nenner?"

„Ist doch logisch, oder?"

„Könnte sein." Heinz steckte sich ein Stück Tintenfisch in den Mund und sah Verena in die Augen.

„Könnte sein?", fragte sie zurück. „Ist das nicht logisch?"

„Doch, doch, aber du darfst nie aus den Augen verlieren, dass die Gemeinsamkeit auch eine völlig andere sein könnte, eine, die du mit deinem jetzigen Kenntnisstand nicht wissen kannst."

„Wie jetzt?"

„Das passiert einem immer wieder: Du siehst einen Zusammenhang, der auf den ersten Blick so logisch ist wie nur was. Deshalb nimmst du ihn als gegeben hin und hinterfragst ihn nicht mehr. Später kommst du an andere Informationen, die diesen Zusammenhang völlig unlogisch machen, doch das erkennst du dann nicht mehr, weil du ihn – wie gesagt – schon längst nicht mehr hinterfragst."

Verenas Blick war leer. Aber Heinz fand ihn auch leer schön.

„Ich verstehe grundsätzlich, was du meinst, aber ich kann es irgendwie nicht ganz begreifen", gestand sie.

„Sieh dir unser Beispiel an", begann Heinz. „Die Dame in Schwarz besucht die Begräbnisse von Vater und Sohn, nicht aber die des Schwiegersohnes. Du schließt daraus einen familiären Hintergrund, und dass sie deshalb nicht zu Christoph Neunteufels Begräbnis gekommen ist. Nehmen wir aber einmal an, die Frau wäre Neunteufels Tante gewesen und eng mit dessen neuer Familie verbunden. Sie war vielleicht nur deshalb nicht auf den Fotos vom Begräbnis ihres Neffen, weil sie bei der Anreise eine Autopanne hatte und zu spät kam, zu einem Zeitpunkt nämlich, an dem der Fotograf schon weg war."

Verenas Gesicht hellte sich auf.

„Verstehe! Mit meiner Annahme würde ich eine mögliche Verbindung zwischen ihr und Christoph Neunteufel komplett ausschließen und deshalb in die falsche Richtung blicken."

„… und deshalb nicht sehen, was sich eigentlich direkt vor deinen Augen abspielt."

Sie setzte ein verschmitztes Gesicht auf und schüttelte das Messer, als sei es ihr Zeigefinger.

„Gefinkelt, ihr Detektive, äußerst gefinkelt. Das heißt aber, dass hier noch alle Möglichkeiten offen sind."

„Zwangsläufig, denn bis auf die Tatsache, dass sie bei Josef Tenggs Begräbnis und Hannes Tenggs Gedenkfeier war, weiß ich nichts von der Frau."

„Was gut ist." Verena schloss ihre Lippen um ein kleines Stück Kartoffel.

„Wieso?" Verena zuckte leicht mit den Schultern und blickte mit halb geschlossenen Augen hin und her. Sie ließ sich Zeit mit dem Kauen, offenbar, um Heinz möglichst lange auf ihre Antwort warten zu lassen. Schließlich sagte sie ganz beiläufig: „Ich finde das nicht so gut, wenn du zu viel über andere Frauen weißt."

„Du bist ganz schön frech!" Er lachte, während sie fortfuhr: „Im Gegenteil, ich finde es besser, wenn du möglichst wenig über uns weißt."

„Über uns?"
„Uns Frauen."
„Aha?"
„Ja. Das macht dich unsicher. Leichtere Beute."
„Wer sagt, dass ich eine schwierige Beute bin?"
Verena stützte ihr Kinn auf ihre Hand und ließ ihre Augen kreisen, als dächte sie angestrengt nach. Schließlich sagte sie, als hätte sie sich eben erst daran erinnert: „Die Andrea."
„Wer sagt, dass ich auch für dich eine schwierige Beute bin?"
Verena sah ihm nicht in die Augen, doch sie schien seinen eindringlichen, nahezu anzüglichen Blick zu spüren, denn sie räusperte sich, zerschnitt mit fahrigen Bewegungen den restlichen Tintenfisch und tat so, als hätte sie Heinz nicht gehört und als bestünde ihre Welt momentan ausschließlich aus ihrem Teller. Heinz spürte einen Stich in seiner Brust. Er hatte es offenbar vergeigt, auch wenn er nicht wusste, warum. Für einen Augenblick hatte er geglaubt, sie würde mit ihm flirten, doch vermutlich hatte dieser Wunsch irgendwann im Laufe des Gesprächs die Wirklichkeit überholt. Er wollte etwas sagen, doch er hielt sich zurück. In solchen Situationen, in denen unklar war, was ein Wort anrichten konnte, war Schweigen die beste Lösung, auch wenn jede einzelne Sekunde eine kleine Ewigkeit der Qual bedeutete.
„Was wirst du jetzt unternehmen?", fragte Verena nach geraumer Zeit. Ihre Stimme klang seltsam distanziert, überhaupt nicht mehr vertraut. „Ich meine, wegen der Dame in Schwarz?"
Heinz seufzte und lehnte sich zurück.
„Ich weiß es nicht."
Zumindest schweigen wir uns nicht mehr an.

„Ich glaube, ich werde zunächst anderen Spuren nachgehen, möglicherweise bekomme ich dadurch einen Hinweis aus einer unerwarteten Quelle."

„Ist das oft so?"

Sie sah ihn wieder an, während sie den nächsten Bissen in den Mund schob. Das Neutrale in ihrem Blick machte Heinz klar, dass sie sich nun wieder in einer Art Smalltalk-Modus befanden. Wenn das vorhin tatsächlich ein Flirt gewesen war, dann war er nun so was von vorbei!

„Kommt immer wieder vor, ja."

Heinz hatte Verena noch bis zur BoutChic begleitet, sie hatte ihm vorsichtig die rechte Wange geküsst, und nun stand sie im Eingang ihres Geschäftslokals und sah ihm hinterher, wie er die Wiener Gasse entlang davonging.

Sie hätte sich selbst ohrfeigen können! Sein unvermutetes Erscheinen hatte sie gefreut, sein Zustand ihr die Möglichkeit gegeben, sich fürsorglich zu zeigen. Seine Einladung zum Essen war eine Geste der Großzügigkeit gewesen, sein blindes Vertrauen in ihre Bestellung ein Akt der Zuneigung, und dass er so getan hatte, als würde es ihm schmecken, hatte ihr geschmeichelt. Sie hatten sich blendend unterhalten, er war ein kurzweiliger Erzähler gewesen, selbstbewusst, schlagfertig und charmant, kurz: Es war das perfekte spontane Treffen gewesen.

Und dann hatte sie es verbockt.

Sie hatte mit ihm geflirtet, ihn an ein zartes Gängelband gelegt und daran gezupft – und er hatte es sich gefallen lassen. Und dann, als es so weit gekommen war, wie sie es sich insgeheim gewünscht hatte, als er nämlich den Spieß umgedreht und begonnen hatte, an ihrem eigenen Gängelband zu zupfen, ausgerechnet da hatte sie es mit der Angst zu tun bekommen.

Sie fragte sich, was mit ihr los war, warum sie sich selbst im Weg stand. Waren ihre vergangenen Beziehungen tatsächlich so furchtbar gewesen, dass sie keinem Mann mehr vertraute? Sicherlich nicht, es war eher so, dass sich dieses Muster auf die eine oder andere Weise durch ihr gesamtes Liebesleben zog. Sie war es selbst, die sich das Glück verwehrte und sie hatte keine Ahnung, was sie dagegen unternehmen sollte.

Als es in ihren Augen zu brennen begann, wandte sie sich ab und ging langsam in ihre Boutique.

Dienstag, 17.15 Uhr

Heinz wusste, dass es am Beginn der Koschatstraße ein Kaffeehaus gab, selbst wenn er dieses noch nie besucht hatte. Doch hätte ihn jemand nach dem Namen des Lokals gefragt, wäre er nie auf die Idee gekommen, es könnte Café Tarvis heißen, obwohl dieser Name in großen Lettern über dem Eingang montiert war. Und das vermutlich schon seit neunzig Jahren, so wie es aussah. Heinz betrat das Lokal und stellte fest, dass der verkommene Außeneindruck sich im Inneren fortsetzte. Diskorhythmen wummerten überlaut aus hörbar billigen Lautsprechern, und das Mobiliar aus den frühen neunzehnhundertsiebziger Jahren war offenbar Mitte der Achtziger zum letzten Mal neu bezogen worden, zumindest wenn Heinz nach den Farben und Mustern ging. Der Gestank von altem Frittierfett mischte sich mit abgestandenem Zigarettenrauch, und auf den Lampenschirmen saß eine dicke Schicht schmierigen

Staubs. Die Wandfarbe war stumpf, was aber wohl an den Ascheresten lag, die im Laufe der Zeit daran haften geblieben waren und die sich an den Winkeln zur Decke hin in grauen Schlieren sammelten. Die Sicht wurde durch Tabakrauch getrübt, was mit der Gesamtatmosphäre durchaus harmonierte. Heinz fühlte sich, als hätte er ein künstlich geschaffenes Biotop betreten, das der hier vorkommenden Population eine Lebensgrundlage bot. Diese Population bestand aus jungen Menschen, die wohl alle aus derselben Gesellschaftsschicht knapp über dem Existenzminimum stammten. Nicht nur ihre Bekleidung, ihre Frisuren und ihr aufgenieteter Gesichtsschmuck hatten denselben Stil, auch ihre Körperformen ähnelten sich. Die jungen Frauen waren entweder dürr und schmächtig und wirkten passiv und krank, oder sie hatten jene umfangreichen Körperrundungen, die von zu viel Fastfood und Fertiggerichten herrührten, und wirkten lebendig, laut und vulgär. Die jungen Männer trugen durchwegs kurzärmelige T-Shirts, die freie Sicht auf die Tätowierungen ihrer aufgeblasenen Oberarme zuließen. Diejenigen, denen Bärte wuchsen, ließen sich welche stehen, die kurz und in originellen Mustern geschnitten waren. Andere trugen spiralenbasierte Muster in den ebenso kurzen Haupthaaren, die Heinz an Kornkreiszeichen erinnerten. Ausnahmslos jeder männliche Gast hatte einen Gesichtsausdruck aufgesetzt, von dem er glaubte, er würde ihn hart aussehen lassen, wie einen Kerl, der sich von niemandem etwas gefallen ließ. Ein anderer Männertyp schien im Café Tarvis keinen Zutritt zu haben.

Das Gefühl, dass Heinz hier fehl am Platz war, hatte nicht nur er selbst, auch die Mädels flüsterten und kicherten, während sie zu ihm herübersahen, und die Jungs schenkten ihm kurze, verachtende Blicke aus den Augenwinkeln. Er setzte sich an den kleinen Tisch, der dem Ausgang am nächsten war; man konnte schließlich nie wissen. Um nicht aus der Rolle zu fallen, bestellte er frisch gepressten Orangensaft, da dieser auch von den besonders hart aussehenden Kerlen hier getrunken wurde.

Heinz musste sich ein Schmunzeln verbeißen. Als er jung gewesen war, galt als harter Kerl, wer möglichst hochprozentiges Zeug soff. So etwas wie eine Frisur ließ man sich machen, dann aber verwahrlosen, was übrigens auch für Bärte galt. Die ließ man einfach wachsen, oder rasierte sich alle paar Wochen wieder glatt, dazwischen gab es nichts. Im Gegensatz zur aktuellen Mode war eine Jeans nur dann cool, wenn ihre Löcher nicht vom Hersteller vorgesehen waren, sondern selbst oder vom Alltag gemacht wurden, und Jeans trug man sowohl als Hose als auch als Jacke. Ohrenstecker bei Männern waren schwul, außer man hatte sich die Löcher selbst gestochen und der Ohrenschmuck bestand aus einem Totenkopfsymbol oder etwas ähnlich Hartem. Die einzige Gemeinsamkeit zum Jetzt sah Heinz im Körperkult. Schon damals waren Muskeln gefragt – das war's aber auch schon, denn wer sich die Haare unter den Achseln oder gar auf der Brust rasierte, war kein richtiger Mann.

Ilse Funder ließ nicht lange auf sich warten. Mit einem Lächeln trat sie ein, begrüßte zwei Typen an der Theke mit Küsschen rechts und Küsschen links und winkte mindestens drei weiteren Gästen zu, die sie im hinteren Bereich des Cafés erspähte. Dann setzte sie sich Heinz gegenüber auf die kleine Bank, die hier zu beiden Seiten der Tische befestigt waren. Sie trug enge

Jeans, flache Pumps und eine luftige, blassrosa Bluse. Die Wahl ihres Gewandes unterstrich ihre passive, beinahe hilflose Ausstrahlung und passte gerade deshalb zu der zarten Blonden.

„Jetzt bin ich aber gespannt, worum es geht."

Ilse Funder, die Heinz offenherzig angelächelt hatte, zuckte regelrecht zusammen, als er sie ansprach, gerade so, als hätte sie diese Frage nicht erwartet. Sie räusperte sich, rückte auf ihrem Sitz herum.

„Sie ... Sie sind ein Detektiv, habe ich Recht?"

„Ja, und du kannst gerne Heinz zu mir sagen, so heiße ich nämlich."

Er hielt ihr die Hand hin und sie ergriff sie, wobei sie die Augen niederschlug.

„Ilse", sagte sie.

„Freut mich, Ilse."

„Was ist denn mit Ihrem ... mit deinem Gesicht passiert?"

Sie stellte die Frage, als sei dies der wahre Grund, warum sie Heinz hatte treffen wollen.

„Berufsrisiko. Und ich bin wirklich gespannt, worum es geht."

Auch wenn Ilse von der Antwort sichtlich enttäuscht war, so entspannte sie sich doch ein wenig, als er sie nun anlächelte.

„Ich ... ich weiß nicht, ob ich das überhaupt sagen darf", gab sie sich zurückhaltend.

Das Gefühl, ihr angebliches Insiderwissen sei nur ein Vorwand, um sich mit ihm zu treffen, beschlich Heinz nicht zum ersten Mal.

„Worum geht es denn?"

„Es geht um den Tod von Herrn Tengg."

„Ja?"

„Ich ... ich weiß nicht ..."

Heinz verdrehte die Augen, dann lehnte er sich nach vorne und nahm ihre Hände. Sie wurde steif, erweckte den Eindruck, als ginge ihr das nun doch etwas zu schnell, was immer es auch war.

„Ilse", sagte Heinz mit warmer Stimme, „heute Früh bist du mir hinterhergelaufen, so wichtig war dir das, was du mir sagen wolltest. Hat sich seither etwas geändert?"

„Nein, nein, gar nicht ..."

„Belästigt dich der Loser da?"

Ein bulliger Kerl Mitte zwanzig in einer braunen, teuer aussehenden Lederjacke und Goldketten um Stiernacken und Fleischer-Handgelenke hatte sich neben Ilse auf die Bank geworfen, legte nun seinen Arm um ihre Schultern und deutete auf Heinz' Blessuren.

„Nein, nein, gar nicht ...", wiederholte sie, diesmal an den jungen Kerl gewandt, „wir sind nur ... ich habe mich mit ihm hier verabredet."

Der Kerl zwang Heinz einen langen aggressiven Blick auf, während er auf einem Kaugummi herumkaute. Heinz musste ein Lachen unterdrücken. Auch wenn er seinem Gegenüber in einer körperlichen Auseinandersetzung wohl unterlegen gewesen wäre, so fand er dessen Imponiergehabe dennoch armselig. Das mochte bei seinesgleichen Eindruck schinden, in Heinz' Augen war es zu aufgesetzt. Und deshalb unglaubwürdig.

„Dann ist ja gut", sagte der Gummikauer schließlich. „Wenn's ein Problem gibt, ich sitz da hinten." Er deutete mit einer schwungvollen Kopfbewegung in eine Richtung.

„Ja ... ja ... danke ..."

Der Bullige trollte sich und rempelte Heinz im Vorbeigehen an. Sowohl der Stoß als auch dessen schmerzhaftes Echo im Rippenbogen ließen spontan Ärger in Heinz aufflammen.

„Vielleicht hätten wir uns woanders treffen sollen", meinte er. Ilses tomatenroter Kopf sank zwischen ihre hochgezogenen Schultern. Sie antwortete nicht. „Also, worum geht es?"

„Es geht ... es geht um das Doping", brachte sie schließlich hervor. „Ich weiß nicht, was es bedeutet, aber der Herr Doktor hat Hannes Tengg in den letzten paar Wochen regelmäßig ein Dopingserum verabreicht und ihm nichts davon gesagt."

Heinz spürte, wie seine Augen aufgingen.

„Echt? Woher weißt du das?"

„Er hat ihm gesagt, es seien Vitamine."

„Ich meine, woher weißt du, dass es ein Dopingserum war?"

„Weil er es aus seinem Versuchslabor genommen hat. Die Vitaminpräparate lagert er im Behandlungsraum."

„Doktor Zernatto hat ein Versuchslabor? Das musst du mir näher erklären."

Ilse blickte unsicher um sich, als befürchtete sie, ein Dritter könnte zuhören. Dann rückte sie etwas nach vorne und sprach leiser weiter.

„Okay, ich sag's dir, aber das muss total unter uns bleiben!"

Heinz sah ihr gerade in die Augen und erwiderte aufrichtig: „Was immer du mir erzählst, ich werde niemandem verraten, dass ich es von dir weiß."

Ilse erkannte, dass das nicht dasselbe war, was sie von ihm verlangt hatte, doch es schien ihr zu genügen.

„Der Herr Doktor hat in seiner Praxis ein eigenes Versuchslabor eingerichtet. Dort entwickelt er Seren zur Leistungssteigerung von Sportlern. Das sind Hormonpräparate, kombiniert mit Eiweiß- oder Vitaminkombinationen, ganz genau weiß ich das selber nicht."

„Und diese Dopingpräparate testet er an seinen Patienten, ohne dass sie es wissen?"

Auch Heinz hatte leise gesprochen, Ilses Gestik zufolge jedoch nicht leise genug. Als sie weiterredete, senkte sie noch einmal die Stimme. Heinz hatte mittlerweile Schwierigkeiten, sie zu verstehen.

„Normalerweise nicht. Normalerweise hat er ein paar Patienten, mit denen er Tests durchführt, und auch an sich selbst testet er die Präparate. Deshalb habe ich ja auch Angst gekriegt, wie ich gesehen habe, dass auf den angeblichen Vitaminspritzen die Etiketten aus seinem Labor drauf sind."

„Kann es nicht sein, dass er die Vitamine in seinem Labor gemischt hat?"

„Nein, das ist bei uns anders geregelt. Außerdem", sie rückte noch einmal näher und sah sich noch einmal um, „außerdem habe ich ihm nachspioniert, nachdem ich den Verdacht gehabt habe. Es gibt keinen Zweifel, der Herr Doktor hat dem Herrn Tengg eines von seinen Dopingmitteln gespritzt und so getan, als seien es Vitamine."

Während seine Gedanken abglitten, lehnte Heinz sich zurück. Dadurch bekam er nur am Rande Ilses Beteuerung mit, das Mittel hätte keinesfalls Hannes Tenggs Tod verursachen können, doch davon ging er ohnehin aus. Er dachte in eine andere Richtung: Was, wenn sein Verdacht stimmte, und Doktor Zernatto einen Wettbetrug begangen hatte – nur anders, als vermutet? Wenn nämlich herauskam, dass Doktor Zernatto auf Josh Strongbow gewettet hatte, lag ein schwerer Verdacht auf ihm. Anders wäre es, wenn der Doktor und Strongbows Team unter einer Decke steckten, denn diese durften ja auf ihren Mann wetten. In dem Fall würde Zernatto dafür sorgen, dass Hannes Tengg verlor, dafür würde er von Strongbows Leuten bezahlt werden. Das Dopingmittel war ein Hinweis darauf, dass es Doktor Zernatto gar nicht auf Hannes Tenggs Tod abgesehen hatte, sondern dass ihm nur daran lag, Tengg – sollte er gewinnen – durch den anschließenden Dopingtest zu disqualifizieren, wodurch wieder Strongbow das Rennen gemacht hätte.

Heinz nahm sich vor, die genauen Doping-Regeln des Ironman zu recherchieren, doch bis jetzt erschien ihm die Sache durchwegs plausibel. Zwar erklärte das nicht die drei Todesfälle, doch zeigte es immerhin, dass der Sportmediziner keine saubere Weste hatte. Und wer wusste schon, ob da nicht noch mehr dahinterssteckte?

„Wie gesagt, ich weiß nicht, was es bedeutet", Ilse riss Heinz aus seinen Gedanken, „aber ich habe ein ungutes Gefühl dabei. Deshalb wollte ich es jemandem erzählen, für den Fall, dass mehr dahintersteckt. Ich will nicht schuld daran sein, wenn … wenn das irgendwelche Folgen hat, verstehst du?"

Ihre Augen bekamen etwas kindlich Bittendes, als läge es an Heinz, eine Schuld von ihr zu nehmen, die gar nicht ihre war. Diesen Gefallen tat er ihr gerne: „Ja, das verstehe ich. Danke, dass du es mir gesagt hast, ich werde die Information dazu nutzen, die Wahrheit ans Licht zu bringen." Sie lächelte erlöst. „Wie ist das eigentlich, wenn ich jetzt aufstehe und gehe, macht mich dein Freund da hinten dann symmetrisch?" In Ilses Blick stand Unverständnis. „Ich meine, ob er mir auch die zweite Gesichtshälfte verbeult?"

Sie stutzte kurz, dann lachte sie schrill auf.

„Nein, das ist nicht mein Freund."

Heinz wertete das auch als ein Nein auf seine Frage und winkte einen Kellner mit durchtunnelten Ohren zu sich, um zu bezahlen.

Draußen vor der Tür tauschten die beiden ihre Telefonnummern aus und Ilse versprach, Heinz zu kontaktieren, sobald sie etwas Neues erfuhr. Im Gegenzug sagte er zu, sie laufend über den Stand seiner Ermittlungen zu informieren – was er aber nicht wirklich vorhatte. Dann verabschiedeten sie sich, und gleich darauf schrillte sein Mobiltelefon. Er musste gar nicht erst hinsehen, um zu wissen, dass ein Mitglied seiner Familie anrief, denn wann immer das geschah, ertönte der Song „Hells Bells" von AC/DC. Ein Blick auf das Display entrang ihm ein Seufzen: Sein Vater rief an, und Heinz hatte nicht den geringsten Zweifel, dass er wusste, warum. Er sollte Recht behalten.

„Servus. Sag einmal: Bist du von allen guten Geistern verlassen?" Die Heftigkeit des donnernden Basses entstammte zum Teil der Persönlichkeit, zum Teil dem politischen Werdegang seines Vaters. „Vor fünf Minuten begegnet mir der Jesenko Schorschi und pfeift mich an. Geht's dir noch gut, sag einmal?"

Während sein Vater schrie, holte Heinz tief Luft, denn die würde er brauchen, jetzt, da eine Antwort von ihm erwartet wurde.

„Wie wär's denn, wenn du dir zuerst meine Version der Geschichte anhörst, bevor du mich zusammenstauchst?" Dass Heinz aufbrauste war keine Absicht, sondern passierte immer, wenn es einen Konflikt mit seinem Vater gab. Doch das war gut so, denn anders nahm dieser ihn in solchen Situationen nicht wahr. „Aber nein, irgendwer hat irgendwas gesagt, und das reicht schon, dass der Heinzi schuld ist. Die Mama genauso: bildet sich ihre Meinung und legt dann auf."

„Hör auf zu jammern, sag, was los ist."

Na bitte, jetzt hört er zu!

„Ich habe schon gestern Nachmittag zu erklären versucht, dass die ganze Sache nur ein dummes Missverständnis war. Zuerst dem Jesenko, dann dem Wiener, und dann der Mama. Aber keiner wollte das hören, alle waren lieber empört und außer sich. Und jetzt du auch noch."

„Du sollst aufhören zu jammern. Also, was war?"

Heinz erzählte, wie es zu dem Missverständnis gekommen war, doch auch wenn sein Vater zuhörte, war Heinz klar, dass dieser nur langsam von seinem Standpunkt abrücken würde. Dazu musste er nämlich zugeben, dass seine Wut falsch gerichtet war, dass er also einen Fehler gemacht hatte. Das fiel Vätern ebenso schwer wie Politikern – und Heinz' Vater war beides.

„Na gut", grunzte er schließlich, hörbar um den richtigen Ton bemüht, den er ebenso hörbar eigentlich gar nicht treffen wollte. „Aber blöd ist das schon. Ich meine, gerade der Jesenko Schorschi und der Wiener Otti – das sind ja quasi Aushängeschilder unserer Gemeinde."

„Unserer Gemeinde", echote Heinz, „der Wiener wohnt doch in Velden."

„Er ist ein gern gesehener Gast. Geh, ruf sie an und klär die Sache."

Heinz glaubte, sich verhört zu haben.

„Was? Ich soll bei denen zu Kreuze kriechen? Das fällt mir ja im Traum nicht ein!"

„Na, was", sein Vater bediente sich dieses mit Unmutslauten durchsetzten Stammelns, das er immer hervorbrachte, wenn er keinen Widerspruch hören wollte. „Du sollst dich nicht entschuldigen, du sollst die Sache klarstellen. Ist auch in deinem Sinne, oder?"

Heinz spürte, wie ihm vor Wut heiß wurde.

„Vor allen Dingen ist es offenbar in deinem Sinne", polterte er. „Diese feinen Herren legen mir Dinge in den Mund, die ich nie gesagt habe, nur weil sie in einer Neidgesellschaft leben und glauben, dass jeder so wie sie ist, und jeden anderen nur in Misskredit bringen will."

„Vorsicht, Heinz!" Wenn er ihn beim Namen nannte, dann meinte sein Vater es ernst. „Der Jesenko Schorschi und der Wiener Otti sind ehrbare Männer, hast du verstanden? Im Gegensatz zu dir haben sie schon jede Menge in ihrem Leben geleistet. Auch für unsere Gemeinde. Da muss es auch dir am Herzen liegen, dass sie sich bei uns wohlfühlen."

Die Farbe seines Zorns wandelte sich vor Heinz' innerem Auge von blutrot in heißweiß. Am liebsten hätte er seinen Vater jetzt gefragt, warum er seine eigene Familie im Vergleich zu irgendwelchen Prominenten immer kleinmachte, und ob es daran läge, dass er sich selbst als unbedeutend betrachtete. Das hätte zur Folge gehabt, dass sein Vater – zu Recht – auf die Barrikaden gestiegen wäre, und irgendwann hätte Heinz das Telefonat in Rage unterbrochen. In den darauffolgenden Tagen oder Wochen hätte zwischen Vater und Sohn eisiges Schweigen geherrscht, unter dem beide gelitten hätten, was sein Vater aber niemals zugeben könnte. Beim nächsten Treffen hätte er dann so getan, als sei nie etwas geschehen. Deshalb raffte Heinz alle Selbstbeherrschung zusammen, die er aufbringen konnte, und sagte: „Ich stelle nur eines klar, nämlich, dass ich nichts klarstellen werde." In seinen eigenen Ohren klangen die Worte, als zischte zwischen ihnen der Dampf der unterdrückten Wut hervor.

Sein Vater schnaubte, doch offensichtlich verstand er, dass das Gespräch in eine Sackgasse geraten war, denn er erwiderte hart: „Darüber reden wir noch. Ich muss jetzt weiter. Pfiat di."

Als die Leitung unterbrochen war, hatte Heinz das Gefühl, seine Blicke würden Löcher in die Luft, in den Asphalt und überall dorthin brennen, wo er sie hin richtete. Egal, was der Alte sagte, diesmal würde Heinz hart bleiben.

Kapitel 14

Dienstag, 21 Uhr

Heinz war mehrmals den Villacher Ring entlang auf und ab gegangen, ehe er die Adresse gefunden hatte. Das niedrige Haus erinnerte ihn eher an eine alte, restaurierte Garage als an die Praxis einer Psychotherapeutin, und die Lampe über dem Eingang wirkte, als sollte sie Einbrecher abschrecken und nicht ein Hinweisschild beleuchten. Wie vereinbart läutete er und wartete. Nach etwa fünfzehn Sekunden klackte ein großer Schlüssel im alten Schloss der massiven Holztür, die gleich darauf einen kleinen Spalt weit geöffnet wurde. Eine kleine, zerbrechlich wirkende Frau um die sechzig mit einem grauen Dutt am Hinterkopf steckte ihre spitze Nase heraus.

„Frau Doktor Stix?", fragte Heinz in dem Glauben, er hätte es mit einer ihrer Angestellten zu tun oder mit der Hausmeisterin. Entsprechend überrascht war er auch, als die Frau erwiderte: „Ja?"

Er räusperte sich und sprach schnell weiter, um sich nichts anmerken zu lassen: „Ludwig Uhland mein Name, wir haben telefoniert."

„Ja, kommen Sie nur herein", sagte die Frau mit einer hohen, fast knarrenden Stimme.

Der Eindruck, hier wie Hänsel in die Behausung einer Hexe gelockt zu werden, verstärkte sich für Heinz noch dadurch, dass die Therapeutin ihre Worte mit einer langsamen, lockenden Geste ihres knorrigen Fingers unterstrich, der unter ihrem Gesicht im Türspalt erschien. Doch er folgte ihr, immerhin hatte er um diesen Termin gebeten, und sich gefreut, dass Frau Doktor Stix ihn heute noch empfing.

Während sie die schwere Tür mit einiger Mühe wieder zudrückte und verschloss, sah sich Heinz im Vorraum um. Es war ein alter, sehr geschmackvoll renovierter Gewölberaum mit groben, unregelmäßigen Steinquadern als Bodenplatten und Beleuchtungskörpern an den Wänden, die an Fackeln erinnerten. Gegenüber dem Eingang befand sich eine große, gusseiserne Tür mit eingelassenen Wellglasscheiben. Durch diese ging die Psychotherapeutin nun voraus. Der nächste Raum war von einem mächtigen Kreuzgewölbe überspannt und in ein angenehmes orangegelbes Licht getaucht, das wohl durch die Kombination der Lichtquellen und der Wandfarbe entstand. An der Wand gegenüber hing ein riesiges Bild, das wie eine Mischung aus moderner Kunst und technischer Zeichnung aussah, während die Wand zu Heinz' Rechten von einem mächtigen Kamin dominiert wurde. An den anderen Wänden standen in losen Abständen niedere Bücherregale aus verschnörkeltem Schmiedeeisen. Sie trugen eine bunte Mischung aus fachliterarischen, belletristischen und esoterischen Titeln, zumindest soweit Heinz das auf den ersten Blick feststellen konnte. In der Mitte des Raumes war ein winziger Wohnzimmertisch, ebenfalls aus verschnörkeltem Schmiedeeisen, positioniert, an dem zwei voluminöse Couchsessel standen. Auf diesen, wie auch auf der gleichermaßen voluminösen Couch, lagen mehrere Schichten dicker Flickendecken.

Frau Doktor Stix bot ihm einen Platz an. Als Heinz bewusst wurde, dass er hier bei einer Psychotherapeutin war, widerstand er dem Impuls, die Couch zu wählen. Er setzte sich auf einen der Sessel und hatte dabei das Gefühl, in den Polstern zu versinken. Seine Gastgeberin ließ sich auf dem anderen Sessel nieder, wobei ihre Bewegung einem Kranich glich, der sich auf einem Ast niederließ. Die Polster unter ihr schienen überhaupt nicht nachzugeben. Erst jetzt, als Heinz ihr Gesicht zur Gänze zu sehen bekam, erkannte er darin Intelligenz, Würde und Unnahbarkeit. Zwar wirkte sie nicht jünger, doch in keiner Weise mehr so gebrechlich wie vorhin an der Eingangstür.

„Sie wollen mich also über Martina Engel befragen." Frau Doktor Stix saß steif und bewegungslos da und ebenso steif und leblos klangen ihre Worte. „Ich habe Ihnen bereits am Telefon gesagt, dass ich Ihnen hierzu wenig Auskunft geben kann. Es ist nicht meine Art, über liebe Menschen zu tratschen, und über ihre Zeit in meiner Behandlung kann ich Ihnen erst recht nichts erzählen, da würde ich mich strafbar machen."

Hu, das wird zäh!

„Frau Doktor, das ist mir vollkommen bewusst und es liegt mir fern, Ihnen irgendetwas entlocken zu wollen. Wie schon am Telefon erklärt, arbeite ich an einem Buch über Christine Tengg. Es ist meine Absicht, ihr Schicksal der vergangenen Jahre zu porträtieren, und dazu gehören nicht nur die Weggefährten, sondern auch deren Schicksale. Allen voran natürlich die Schicksale derer, die sie verloren hat."

Heinz spürte, dass er dieses scheinheilige, unecht freundliche Lächeln aufgesetzt hatte, mit dem jüngere Männer ältere Frauen für sich gewinnen wollen. Er verabscheute es, und noch mehr verabscheute er, dass er es anscheinend ohne bewusste Kontrolle aufzog. Doch wieder musste er feststellen, dass es funktionierte, denn die Gesichtszüge von Frau Doktor Stix wurden zugänglicher. Sie sagte: „Na gut, schauen wir einmal, was ich für Sie tun kann. Was möchten Sie denn erfahren?"

„Ich habe diesbezüglich schon mit Frau Engel selbst gesprochen. Sie hat mir erzählt, dass sie die Trennung von Herrn Neunteufel nicht verkraftet hat und deshalb mehrere Jahre lang bei Ihnen in Therapie war. Vielleicht die erste Frage gleich dazu: Ist es normal, dass eine Psychotherapie jahrelang dauert?"

Heinz spielte seine Unwissenheit nur. Es ging ihm darum, im Zusammenhang mit Martina Engels Schicksal allgemeine Fragen zu stellen, weil er hoffte, die Antworten der Therapeutin würden sich dadurch auf ihre Patientin beziehen.

Frau Doktor Stix nickte bedächtig und legte die Fingerspitzen aneinander, ehe sie zu dozieren begann: „Durchaus, das hängt ganz von den persönlichen Umständen ab, von der Persönlichkeitsstruktur, von der Schwere des Traumas und Ähnlichem."

„Frau Engel hat mir erzählt, sie sei in dem Moment genesen, in dem sie erkannt hätte, dass sie ihren Ex-Freund nicht zurückbekommen werde."

„Nun, so einfach ist es freilich nicht." Ein Lächeln huschte über das Gesicht der Psychotherapeutin. „Es braucht schon eine gewisse Zeit, ehe das Trauma verarbeitet ist, aber im Grunde stimmt es schon, in ihrem Fall war das der entscheidende Schritt zu ihrer Genesung."

„Wie lange hat es gedauert, bis ihr dieser Schritt gelungen ist? Dürfen Sie das sagen?"

Frau Doktor Stix schien einige Sekunden lang nachzudenken, zumindest saß sie so lange einfach nur regungslos da, ehe sie antwortete: „Ich denke schon. Es waren ungefähr zwei Jahre, wenn ich mich recht erinnere."

„Ist auch das ein normaler Zeitraum?"

„Durchaus."

„Was mir etwas ungewöhnlich erschien, ist die Sache mit dem Segen für das neue Paar. Frau Engel hat mir erzählt, wie sie ihrem Ex-Freund – wie hat sie es ausgedrückt? – alles Glück dieser Erde gewünscht hätte. Hat das auch zu ihrer Genesung gehört?"

Die Therapeutin lächelte wieder kurz.

„Solche Dinge müssen Sie nicht auf die Goldwaage legen. Der eine braucht dieses Ritual, der andere ein anderes, um sich zu lösen oder zu reinigen. Im Falle von Frau Engel war dieser Segenswunsch, sie hat ihn ja selbst so bezeichnet, lebendiger Ausdruck ihres Loslassens. So etwas irritiert die Menschen in ihrem Umfeld natürlich, weil niemand damit rechnet, aber ihr hat es gutgetan."

„Und seither ist sie auf dem Weg der Besserung?"

„Ja, absolut. Es geht zwar langsam bergauf, aber sukzessive. Frau Engel fasst in ihrem Leben immer mehr Fuß."

„Ja, den Eindruck hatte ich auch", log Heinz falsch lächelnd, „sie ist sehr stolz, dass sie für Sie arbeiten darf, und sie scheint auch großes Interesse an ihrer eigenen Profession zu haben."

Doktor Stix' Augen fuhren einmal nach links und dann wieder in die Ausgangsposition zurück, was durch ihre ansonsten bewegungslose Haltung wie eine Geste der Irritation wirkte.

„Wie meinen Sie das?"

Die Frage irritierte wiederum Heinz, doch spürte er deutlich, dass hier eine Information darauf wartete, von ihm abgeholt zu werden.

„Frau Engel hat mir erzählt, sie sei ausgebildete Krankenpflegerin."

„Ja."

„Und dass sie sich beim WIFI weiterbildet."

„Ach, das meinen Sie", sie lächelte wieder kurz, „so kann man es freilich auch sehen, aber genau genommen fallen ihre Weiterbildungskurse nicht direkt in den Bereich der Krankenpflege, sondern in benachbarte Disziplinen."

„In welche?"

„Das wird sie Ihnen selbst erzählt haben, wenn sie es für angebracht gehalten hätte."

Heinz' Lächeln war diesmal nicht scheinheilig, sondern imponiert. Er konnte sich nicht erinnern, je so verschnörkelt und gleichzeitig elegant abgekanzelt worden zu sein.

„Braucht sie diese Weiterbildungen für ihre Arbeit bei Ihnen?"

„Nein, ganz bestimmt nicht. Frau Engel verwaltet meine Termine, macht Botengänge und geht mir in anderen administrativen Dingen zur Hand. Dazu muss man nicht einmal Krankenpfleger sein."

„Warum fiel Ihre Wahl dann auf Frau Engel?"

Die Augen der Therapeutin fuhren wieder zur Seite, diesmal nach rechts, und wieder zurück. Sie schien ihre Antwort mit Bedacht zu wählen.

„Ich brauchte eine Arbeitskraft. Sie brauchte eine Chance. Das traf sich zu diesem Zeitpunkt. Ich habe es nie bereut."

Als später die schwere Holztür laut klackend hinter Heinz verschlossen wurde, sog er tief die milde Abendluft ein. Er hatte sich höflich bedankt und verabschiedet, zumal Frau Doktor Stix ihm nicht den Eindruck vermittelt hatte, noch tiefschürfende Neuigkeiten preiszugeben.

Das Gespräch ließ ihn etwas ratlos zurück. Zum einen hatte er das deutliche Gefühl, hier etwas Wichtiges mitbekommen zu haben, zum anderen konnte er aber nicht benennen, was das war. Er beschloss, die Sache vorerst auf sich beruhen zu lassen, möglicherweise ergab sie ja zu einem späteren Zeitpunkt einen Sinn.

Dienstag, 22.30 Uhr

Frau Doktor Stix hatte Heinz zwar nicht verraten, wie die Nachbardisziplinen der Krankenpflege hießen, in denen sich Martina Engel weiterbildete, doch sie hatte ihn damit neugierig gemacht. Kaum zuhause angekommen, startete er seinen PC und rief im Internet die Kursseite des WIFI in Klagenfurt auf. Er staunte nicht schlecht, als er die Rubrik „Gesundheit und Wellness" öffnete und sich durch all die Unterrubriken klickte. Hier gab es Kurse für alles zwischen Kosmetik und Esoterik, zwischen Berufsreifeprüfung und Ergänzungsinhalten für Interessierte am Detail. Auch die Krankenpflege kam nicht zu kurz, doch schon ein erster Blick auf die Kurstitel machte Heinz klar, dass Martina Engel ihre Fortbildung nicht in dieser Kategorie suchte, zumal das Angebot nur Themen umfasste, die ohnehin zur Krankenpflegerlehre gehörte: Ernährung, Kranken- und Diätkost, Hygiene und Infektionslehre, Hauskrankenpflege und Ähnliches. Was ihm allerdings ins Auge stach, war ein Vertiefungskurs zur Pharmakologie. Wenn Martina Engel sich hier fundiertes Wissen angeeignet hatte, war sie in der Lage, Gifte herzustellen. Die Substanzen bekam sie eventuell irgendwie über ihre Arbeitgeberin, Frau Doktor Stix, und wenn Heinz sich vor Augen führte, wie fertig Martina Engel auf ihn gewirkt hatte, und wenn er überdies die schöne Geschichte von der Loslösung von ihrem Ex-Freund samt Segenswunsch für dessen neue Ehe als gezielte Ablenkung ansah, dann, ja, dann hatte sie tatsächlich ein Mordmotiv, wenigstens für Christoph Neunteufel.

Heinz sah sich die Kurse näher an, die thematisch in diese Richtung gingen. Dabei stellte er fest, dass die meisten von ein und derselben Dozentin abgehalten wurden, nämlich von einer Evelyne Modre, Magistra der Pharmazie. Er folgte dem Link, der zum Internetauftritt der Magistra führte, und es öffnete sich eine Seite, der Heinz auf den ersten Blick ansah, dass sie von einem begeisterten Amateur am Beginn des Jahrtausends erstellt worden war. Das Design der Frames und Buttons kannte er aus eigener Erfahrung von damals gängigen Editoren. Die viel zu vielen verschiedenen Schrifttypen und -stile, schrillen Farben, animierten Comicbilder und blinkenden Banner zeugten außerdem davon, dass der Erbauer dieser Seite keine Rücksicht auf Layoutregeln genommen hatte. Vermutlich hatte die Magistra hier seinerzeit selbst Hand angelegt, oder ein Verwandter oder Bekannter von ihr. Heinz klickte sich durch die Seite, ohne neue Erkenntnisse zu erwarten, und tatsächlich erwies sie sich als ein Friedhof für zu viele Informationen. Der aktuellste Eintrag war mit 26. April 2011 datiert, ein Hinweis auf Evelyne Modres Facebook-Auftritt, verbunden mit einem Link.

Einen Klick später wusste Heinz, dass er hier richtig war. Im Gegensatz zu ihrer Homepage betreute Evelyne Modre ihren Facebook-Auftritt sehr intensiv, stellte eine riesige Auswahl von Bildern zur Verfügung und vermittelte Heinz alles in allem den Eindruck, dass sie eine quirlige, lebenslustige Frau war. Er betrachtete sie auf einigen Fotos, sie trug einen blonden, etwas vernachlässigten Pagenkopf, war mittelgroß und in einer Weise dünn, die Heinz als ungesund empfand. Auf den meisten Bildern lachte sich offenherzig oder lächelte vergnügt. Da sie kein Geburtsdatum angegeben hatte, schätzte Heinz sie auf Anfang vierzig, auch wenn ihre auffällig vielen Gesichtsfalten sie älter aussehen ließen. Er öffnete einen Foto-Ordner namens „Lehrgänge" und las dessen Beschreibung. Darin erklärte die Pharmazeutin, sie hätte seit Anbeginn ihrer Dozententätigkeit von jedem ihrer Kurse ein Abschlussfoto angefertigt. All diese Bilder – auch jene, die vor ihrer Facebook-Zeit entstanden seien – poste sie hier, sodass dieser Ordner eine lückenlose Dokumentation all ihrer Kurse und deren Teilnehmer darstelle.

Heinz schnaufte tief durch. Einerseits war dieser Ordner so etwas wie ein Geschenk des Himmels, denn sollte Martina Engel tatsächlich einen von Evelyne Modres Kursen belegt haben, so würde er sie auf dem entsprechenden Abschlussfoto finden und durch die Bildbeschreibung wissen, was sie in dem Kurs gelernt und wann dieser stattgefunden hatte. Andererseits war die Anzahl der Fotos enorm groß, denn die ersten hier dokumentierten Kurse waren mit Daten aus dem Jahr 2004 versehen. Der Gedanke daran, in den kommenden Stunden jedes einzelne Gesicht auf jedem einzelnen Foto kontrollieren zu müssen, erbaute Heinz nicht gerade, doch was half's, das gehörte zu seiner Arbeit.

Er überlegte: Wenn er Martina Engel unterstellte, ihren Ex-Freund im Frühsommer 2013 ermordet zu haben, dann musste sie sich das dazugehörige Know-how spätestens im Frühjahr 2013 angeeignet haben. Also begann Heinz seine Durchsicht im Juni 2013 und arbeitete sich zeitlich nach hinten.

Nach etwa einer Stunde streckte er sich, gähnte, sah auf die Uhr, rieb sein gesundes Auge. Er wollte nicht mehr, doch jetzt aufzuhören war keine Option, immerhin war er schon bei den Absolventen des Herbstes 2011 angelangt. Seine selbst gesetzte Grenze war 2008, denn da hatte Christoph Neunteufel seine Ex-Freundin verlassen, was das Jahr zum frühestmöglichen Zeitraum für ihre Rachegedanken machte.

Heinz befürchtete allerdings, dass er Martina Engel aufgrund seiner Müdigkeit übersehen könnte. Die Absolventinnen ähnelten einander allesamt in ihrer Kleidung, ihrer Körperhaltung und ihrem kollektiven Fotolächeln. Dazu kam noch, dass Heinz ja nicht wissen konnte, ob die Gesuchte früher nicht eine völlig andere Frisur oder gar eine andere Haarfarbe, ob sie eine Brille oder eine Zahnspange oder sonst etwas bei oder an sich gehabt hatte, das sie anders aussehen ließ als die Frau, die ihm persönlich begegnet war. Und dann war da noch die grundsätzliche Frage, ob sie überhaupt an einem von Magistra Modres Kursen teilgenommen hatte.

Bei diesen Gedanken spürte Heinz eine Sinnlosigkeit in sich aufsteigen, die er jedoch unterdrückte, indem er sich sofort wieder auf die Bilder konzentrierte.

Etwa zehn Minuten später hatte er es. Der Kurs hieß „Pharmakologie für Fortgeschrittene", das Abschlussfoto war am 21. Juni 2011 aufgenommen worden und Martina Engel stand am Rand der Mittelreihe. Sie sah nicht viel anders aus als die Frau, die er kennengelernt hatte; etwas weniger ausgezehrt vielleicht und etwas verträumter, unschuldiger, als hätte sie damals noch Wunder für möglich gehalten, an die sie heute schon längst nicht mehr glaubte. Ihr Fotolächeln wirkte wie eine Maske.

Heinz spürte, wie ein Schauer über seinen Rücken fuhr. Martina Engel hatte tatsächlich einen Kurs für Pharmakologie absolviert, noch dazu für Fortgeschrittene.

Wahnsinn!

Das war gleichbedeutend mit einer Eintrittskarte in den Club der Mordverdächtigen. Er überlegte. Das Motiv für den möglichen Mord an Neunteufel lag auf der Hand, Heinz kannte viele tragische Liebesgeschichten, aber keine einzige, in der der Trennungsschmerz bei einem der Beteiligten eine Psychotherapie nötig gemacht hätte. Für Martina Engel musste diese Zeit die Hölle gewesen sein – und ein Mord als Akt der Rache somit nachvollziehbar. Warum aber die möglichen Morde an Josef und Hannes Tengg? Wäre es in diesem Zusammenhang nicht logischer gewesen, sie hätte Christine Tengg getötet, die Nebenbuhlerin, und hätte sie diese nicht eigentlich vor ihrem Ex umbringen müssen?

Heinz schüttelte die Gedanken von sich ab. Noch wusste er gar nichts, außer, dass Martina Engel einen Pharmakologiekurs bei Magistra Modre abgelegt hatte, was bei Licht besehen auch völlig harmlos sein konnte.

Gedankenverloren ließ er seinen Blick über die anderen Absolventen schweifen – und mit einem Mal saß er kerzengerade auf seinem Sessel. Vorne, in der ersten Reihe, da hockte noch jemand, den er kannte, den er hier aber nie und nimmer erwartete hätte: Ilse Funder.

Kapitel 15
Mittwoch, 12 Uhr

Diesmal hatte Heinz das Lokal ausgesucht, das heißt, ausgesucht eigentlich nicht, aber zumindest hatte er das Café Tarvis abwehren können. Er würde sich mit Ilse Funder stattdessen in einem Fastfood-Lokal in der Feldkirchner Straße treffen, wo man, ihrer Aussage zufolge, „gut mittagessen" konnte.

Heinz hatte in der vergangenen Nacht schlecht geschlafen und war ab der ersten wachen Sekunde nervös gewesen. Ilse, die er rechtzeitig vor ihrem Dienstantritt telefonisch erreicht hatte, wollte sich erst am Abend mit ihm treffen, doch er hatte auf die Dringlichkeit seines Anliegens und auf ein Treffen zur Mittagszeit gepocht und in diesem Punkt nicht mit sich reden lassen. Seit er sie und Martina Engel auf ein und demselben Foto gesehen hatte, wollte er nichts so sehr, wie sie dazu befragen.

Bis dahin ging er aufs Kreuzbergl spazieren, um nachzudenken. Das Kreuzbergl, ein großer, bewaldeter Hügel, auf dem sich unter anderem das Observatorium der Stadt befand, war eines der beliebtesten Naherholungsziele der Klagenfurter. Hier gab es Teiche, Spielplätze für Kinder jeden Alters und einen Fitness-Parcours, der sich über eine weite Strecke des Wegenetzes erstreckte. Dieses durchfurchte den Wald des gesamten Hügels und verteilte somit die Spaziergänger und Sportler. An einem Wochenende wäre Heinz dennoch nicht zum Nachdenken auf das Kreuzbergl gegangen, doch an einem Vormittag unter der Woche begegnete man hier nur wenigen Menschen. So auch heute, weshalb es nicht lange dauerte, bis sich sein Denkapparat in Gang setzte.

Ilse Funder war in seiner Wahrnehmung von Anfang an ein so zartes, unschuldig wirkendes Pflänzchen gewesen, dass er nicht einmal im Traum daran gedacht hätte, sie irgendwessen zu verdächtigen, erst recht nicht eines oder gar dreier Morde. Seit vergangener Nacht war das anders, von einem Moment zum nächsten war sie für Heinz quasi zur Hauptverdächtigen geworden. Für ihre Arbeit als Sprechstundenhilfe brauchte sie keine medizinische Ausbildung, wodurch die Tatsache, dass sie einen Fortbildungskurs in Pharmakologie absolviert hatte, nicht auf berufliche Notwendigkeit, sondern auf privates Interesse zurückzuführen war. Auf ein sehr starkes privates Interesse offenbar, immerhin war es kein Grund-, sondern ein Fortgeschrittenenkurs gewesen. Da sie für einen Mediziner arbeitete, hatte sie Zugang zu verschreibungspflichtigen Substanzen, aus denen sie Giftmischungen herstellen konnte und, um die Sache rund zu machen, sie arbeitete nicht für irgendeinen Arzt, sondern für Doktor Zernatto. Das verschaffte ihr Einblicke in die medizinischen Akten von Christoph Neunteufel, Josef und Hannes Tengg, wodurch sie detailliert über deren körperliche Zustände Bescheid wusste und ihr Gift darauf abstimmen konnte. Aber nicht nur das, Ilse Funder hatte durch diese Position auch Hintergrundwissen über die Familie der Opfer, beispielsweise über deren Lebensversicherungen.

Ist das möglich? Ist diese schüchterne Maus eine verkappte Mörderin?

Heinz blieb stehen und schüttelte den Schauer von sich ab, der soeben über seinen Rücken gefahren war. Die Vorstellung, Ilse Funder hätte ihn mit ihrer

Geschichte, Doktor Zernatto hätte Hannes Tengg ohne dessen Wissen gedopt, auf eine falsche Spur gelockt, war ihm unheimlich, vor allem, weil er nicht den geringsten Zweifel an ihrer Aufrichtigkeit gehabt hatte. Doch nun, da er die Sachlage so vor sich ausbreitete, schien genau das der Fall zu sein.

Als es endlich Mittag war und Heinz im Fastfood-Laden auf Ilse wartete, war er mächtig sauer. Nicht nur, weil er sich von ihr aufs Glatteis hatte führen lassen, sondern vor allem, weil er sich im Lokal mit dem letzten und damit miesesten Tisch hatte begnügen müssen. Diesen hatte man im Durchgang zur Toilette zwischen die offenstehende Eingangstür und einen monströsen Mistkübel gequetscht. Das Geruchspanorama mischte sich je nach Luftzug zu unterschiedlichen Teilen aus Essensduft, Klo-, Abfall- sowie Abgasgestank von draußen. Jeder, der zur Toilette ging oder von ihr kam, streifte Heinz beinahe an und, damit nicht genug, warf auch jeder, der das Lokal betrat beziehungsweise verließ, seinen ersten beziehungsweise letzten Blick genau zu ihm her.

Kein Wunder also, dass Heinz auf hundertachtzig war, als Ilse kam. Ihre auch weiterhin zur Schau getragene und offenbar gespielte Naivität provozierte ihn. Er behandelte sie deshalb mit einer Kühle, die sie stutzig machte. Während sie ihr Essen von der Theke holte, wartete Heinz, ihr Angebot, auch für ihn etwas mitzubringen, nahm er an, beschränkte sich aber auf ein Cola mittlerer Größe. Wenn er wütend war, brachte er keinen Bissen hinunter. Als sie nach einer, wie es Heinz schien, Ewigkeit zurückkam, stand auf ihrem Tablett nichts weiter als eine Salatschüssel aus transparentem Plastik und zwei Getränkebecher, von denen sie einen Heinz gab.

„Und wegen dem stellst du dich stundenlang an?", entfuhr es ihm verblüfft. „Einen Salat kannst du dir doch auch von zuhause mitnehmen."

„Äh ... ja?"

Als er die Verständnislosigkeit in ihrem Blick sah, erkannte er die Unsinnigkeit seines Vorwurfs. Dass sie nur einen Salat wollte, ging ihn nicht das Geringste an, und ob sie sich etwas von zuhause mitnahm oder nicht, war ebenfalls allein ihre Entscheidung.

„Danke für das Cola", sagte er anstelle einer Entschuldigung, kramte das Geld für die Kaufsumme aus seiner Brieftasche und legte es vor Ilse hin. Sie strich es schweigend ein, ohne die einundfünfzig Cent zu erwähnen, die er ihr zu viel gegeben hatte, weil er es nicht kleiner gehabt hatte. Offenbar war sie gekränkt.

„Was weißt du über Martina Engel?", kam Heinz ohne weiteres Geplänkel zur Sache und sog an seinem Trinkhalm.

Ilse Funder zog das Tablett zu sich und hob den Deckel von ihrer Salatschüssel; alles mit betont langsamen Bewegungen.

„Ich kenne keine Martina Engel", wisperte sie dann, riss das Dressingpäckchen auf und drückte seinen Inhalt auf den Salat.

Heinz beschloss, eine härtere Gangart einzulegen: „Juni 2011, Pharmakologie für Fortgeschrittene, klingelt da nichts?"

Sie starrte ihn in einer Mischung aus Leere und Fassungslosigkeit an und fragte nach einigen Augenblicken: „Was ist damit?"

„Dort hast du Martina Engel kennengelernt, oder nicht?"

„Kann schon sein", murmelte sie und begann, mit der Plastikgabel im Blattwerk vor sich herumzustochern.

Heinz schwieg. Das übte manchmal mehr Druck auf sein Gegenüber aus als jegliche Anschuldigung, verfehlte in diesem Fall jedoch seine Wirkung. Ilse steckte einen Bissen in den Mund und blickte im Raum umher; wich ihm aus, hatte sichtlich Angst.

„Ilse", fuhr Heinz gemessen bedrohlich fort, „ich habe dich auf dem Abschlussfoto dieses Kurses gesehen, gemeinsam mit Martina Engel. Du tischst mir Geschichten von irgendwelchen dubiosen Doping-Experimenten deines Chefs auf und in Wirklichkeit machst du gemeinsame Sache mit der Ex von Christoph Neunteufel. Rate einmal, was ich mir dabei denke."

Ilse Funder stellte im Affekt das Kauen ein und starrte Heinz mit weit aufgerissenen Augen an.

„Die Ex vom Neunteufel? Die war in meinem Kurs?" Ihre Überraschung wirkte echt.

„Tu nicht so falsch", fuhr Heinz sie an.

„Nein, ehrlich, ich ... ich hatte keine Ahnung ... wer ist die Frau überhaupt?"

Heinz verdrehte die Augen und zog sein Handy hervor. Er öffnete die Browser-App und suchte gezielt nach dem Foto, was einige Zeit in Anspruch nahm. Dann zoomte er Martina Engels Gesicht heran und zeigte es Ilse. Deren Augen schienen sich nun noch mehr zu weiten, auch wenn Heinz das nicht mehr für möglich gehalten hätte.

„Das ist ... das ist die Ex-Freundin von Christoph Neunteufel? Vom Mann von der Tengg?" Heinz nickte und packte sein Handy wieder weg. „Ich ... ich hab sie getroffen. Zweimal". Ilse stammelte.

„Worum ging es dabei?"

„Um nichts Besonderes. Ich hätte sie wahrscheinlich vergessen, wenn sie mich nicht angesprochen hätte. Ich meine, ich mache viele Kurse, da merk ich mir nicht jeden von den anderen Teilnehmern."

„Sie hat dich also angesprochen. Wie war das? Und wo?"

„Auf der Straße, zufällig. Ich hätte sie wahrscheinlich gar nicht erkannt, aber sie hat mich ... eben ... angesprochen und da sind wir auf einen Kaffee gegangen."

Heinz spürte, wie sich seine Nackenhaare sträubten, das untrügliche Zeichen dafür, dass er instinktiv etwas wahrnahm, das noch nicht bis in sein Bewusstsein vorgedrungen war.

„Ilse, worüber habt ihr geredet?"

Sie lachte spontan auf.

„Wie soll ich mich an das noch erinnern? Über Alltagskram wahrscheinlich, wie es ihr geht und wie es mir geht, wahrscheinlich."

„Wie lange nach eurem gemeinsamen Kurs war das?"

„Puh! Keine Ahnung! Zwei, drei Jahre vielleicht?"

„Seltsam", sagte Heinz, nachdem er eine Zeit lang nachgedacht hatte, mehr zu sich selbst.

„Was ist seltsam?"

„Dass sie mit dir Kaffeetrinken geht. Ich meine, wenn ich zwei Jahre nach einem Kurs einen der damaligen Teilnehmer auf der Straße treffe, dann grüße ich ihn vielleicht. Aber auch nur dann, wenn er mich ansieht, sonst gehe ich einfach weiter. Auf die Idee, mit ihm auf einen Kaffee zu gehen, würde ich nicht einmal kommen. Habt ihr euch bei dem Kurs besonders gut verstanden, du und Martina?"

„Nicht dass ich wüsste. Sie war eine nette Kollegin, ein bisserle eigenartig vielleicht, aber okay."

„Oder war sie vielleicht der Typ, der gerne mit Gott und der Welt redet? Der jeden zutextet?"

Heinz wusste, dass Martina Engel absolut nicht dieser Typ war.

„Ich weiß nicht. Nein."

„Du hast gesagt, ihr habt euch zweimal getroffen. Wann war das zweite Mal?"

„Vor ein paar Monaten."

„Und wo?"

„Wieder zufällig auf der Straße."

„Wie war das diesmal?"

„So wie beim ersten Mal. Sie hat mich angesprochen, wir sind ins Reden gekommen und dann auf einen Kaffee gegangen."

„Was habt ihr dieses Mal geredet? Erinnerst du dich daran?"

„Ja, schon, das ist ja noch nicht so lange her. Ich hab sie gefragt, wie es ihr geht und was sie so macht. Sie hat mir erzählt, dass sie jetzt für eine Psychotherapeutin arbeitet, ich glaube eine Frau Doktor ..."

„Schon klar, schon klar", unterbrach Heinz, „was sonst noch? Irgendetwas Ungewöhnliches?"

Ilse Funder überlegte.

„Ich glaube nicht. Oder doch, wir haben auch über die Christine Tengg geredet."

„Über Christine Tengg? Warum?"

„Weil der Ironman ja wieder vor der Tür stand und weil ja in den letzten beiden Jahren jedes Mal einer gestorben ist. Ich glaube, ich habe ihr dann erzählt, dass die beiden Toten bei uns Patienten waren, und so sind wir wahrscheinlich irgendwie auf die Christine Tengg gekommen."

„Wollte Martina irgendetwas Spezielles wissen?"

„Nein, sie hat nur großes Mitleid mit der Tengg gehabt, weil sie selber auch alle ihre Lieben verloren hat, sagte sie."

Heinz hielt inne, überrascht. Martina Engel hatte alle ihre Lieben verloren? Davon hörte er zum ersten Mal.

„Was hat sie damit gemeint?"

„Ich weiß auch nicht", Ilse zuckte mit den Achseln, „das hat sie mir nicht erzählt."

Heinz spürte, wie sich Verwirrung in ihm breitmachte. Er war gekommen, weil er Ilse Funder für falsch und verdächtig hielt, und jetzt sah es wieder so aus, als sei sie tatsächlich das Mauerblümchen, als das sie sich gab. Was ihn aber wirklich verwirrte, war die Rolle von Martina Engel. Nicht nur, dass sie offenbar weit mehr als nur ihren Lebensgefährten verloren hatte, sie hatte sich auch zweimal – zufällig – mit Doktor Zernattos Sprechstundenhilfe getroffen. Heinz roch förmlich, dass da mehr dahintersteckte, auch wenn er noch nicht erfassen konnte, was.

„Warum hast du diesen Kurs damals eigentlich besucht?", fragte er Ilse nun.

„Mein Chef möchte, dass wir das machen."

„Wer wir? Und was?"

„Michaela und ich. Dass wir uns weiterbilden."

„Wer ist Michaela?"

„Meine Kollegin in der Ordination. Der Herr Doktor möchte, dass wir möglichst viel Fachwissen bekommen, damit wir ihm besser zur Hand gehen können. Ich finde das nicht schlecht, mich interessiert das echt."

„Verstehe. Deshalb hast du auch gewusst, dass der Doktor Hannes Tengg ein Dopingmittel gespritzt hat und kein Vitaminpräparat."

Ilse Funder grinste und schlug die Augen nieder. Ihr Gesicht wurde wieder tomatenrot.

Heinz stellte fest, dass all die neuen Informationen und die Schlüsse, die sich daraus ergeben konnten, im Moment zu viel für ihn waren; er musste all das in Ruhe durchdenken. Einmal mehr schien ihm jedoch die Praxis von Doktor Zernatto der Angelpunkt zu sein, um den sich in diesem Fall alles drehte. Hier liefen alle Informationen zusammen, die der Mörder gebraucht hatte, um erfolgreich zur Tat zu schreiten. Da konnte es nicht schaden, wenn Heinz sich die hochqualifizierte Sprechstundenhilfe dieser Praxis warmhielt. Deshalb lehnte er sich nach vorne, nahm Ilses Hände zart in die seinen und sagte mit warmer Stimme: „Ilse, es tut mir leid, dass ich vorhin so grob zu dir war. Weißt du, der ganze Fall ist ziemlich entnervend, und die Lösung schwänzelt die ganze Zeit vor mir davon wie eine Blindschleiche." Sie lachte über dieses Bild. „Daran bist du aber nicht schuld, okay?"

Sie sah ihn mit einem Dackelblick an, der ihm sagte, dass sie ihm alles verzieh, nickte und erwiderte: „Sag, wenn ich dir helfen kann. Ich tu alles, damit die Morde aufgeklärt werden, wirklich. Ich mag gar nicht dran denken, dass ich und auch die Michaela irgendwie darin verwickelt sind wegen meines Chefs."

Heinz schenkte ihr einen dankbaren Blick. Wie gerne hätte er ihr geglaubt!

Kapitel 16

Mittwoch, 13.30 Uhr

Heinz nahm eine Mineralwasserflasche aus dem Kühlschrank, ein Klemmbrett samt Papier und Kugelschreiber sowie seine Sonnenbrille und setzte sich auf den westwärts gerichteten Balkon seiner Mansardenwohnung. Die Lufttemperatur stieg nun rapide an, Heinz spürte aber auch dieses charakteristische Stechen der Sonne, ein untrügliches Zeichen dafür, dass bald ein Unwetter über die Stadt hereinbrechen würde. Tatsächlich stauten sich die Schönwetterwolken über dem Wörthersee schon zu großen Gewittertürmen auf. Heinz setzte sich an den kleinen Balkontisch, auf den er das Klemmbrett legte, nahm einen großen Schluck aus der Flasche und ließ seinen Blick über die Dächer der Stadt gleiten. Dann war er bereit, die Dinge in seinem Kopf zu ordnen.

Martina Engel und Ilse Funder – irgendwie wurde er nicht schlau aus den Rollen, die die beiden in seinem Fall spielten, sofern sie überhaupt welche spielten. Für sich genommen war alles, was Ilse ihm heute erzählt hatte, harmlos. Möglicherweise hatten die beiden Frauen ähnliche Wege in die Arbeit oder nachhause und waren sich dabei zweimal begegnet. Aber Martina war nicht der aufgeschlossene Typ, der eine flüchtige Bekannte spontan zum Kaffee einlud, zumindest soweit er das aufgrund seines ersten Eindrucks von ihr beurteilen konnte. Möglicherweise stimmte die ganze Geschichte aber überhaupt nicht und Ilse hatte sie sich nur zurechtgelegt, um den Verdacht von sich abzuwälzen; eine weitere Lüge wie die, Doktor Zernatto hätte Hannes Tengg ohne dessen Wissen Dopingmittel verabreicht?

Heinz seufzte. So kam er nicht weiter. Es gab zu viele unbekannte Faktoren, Ereignisse und Eigenheiten, als dass er eine vernünftige Spekulation hätte wagen können. Er musste sich einen Überblick über seine bisherigen Erkenntnisse verschaffen, deshalb nahm er das Klemmbrett und begann, eine Rangliste seiner Verdächtigen anzulegen.

Verdächtiger Nummer eins war nach wie vor Doktor Peter Zernatto. Er hatte in allen drei Fällen das mit Abstand größte Fachwissen zum Mischen der tödlichen Substanzen und den direktesten Zugang zu diesen gehabt. Er hatte weiters wie kein anderer die Möglichkeit gehabt, das Gift zu verabreichen, und ebenso wie kein anderer um den Gesundheitszustand der drei Opfer Bescheid gewusst. Wenn es darum gegangen war, ein Gift zu verabreichen, das sein Opfer möglichst effizient tötete und danach möglichst schwer nachzuweisen war – niemand hätte das besser hingekriegt als Doktor Zernatto.

Allerdings haperte es bei den Motiven. Wenn Ilses Angaben stimmten und der Doktor Hannes Tengg ohne dessen Wissen gedopt hatte, dann ergab dies nur einen Sinn, wenn er auf Josh Strongbow gewettet hatte oder von dessen Leuten für das Doping bezahlt worden war. War das der Fall, hatte der Mediziner das verabreichte Präparat so gemischt, dass es auch bei einem oberflächlichen Test sofort auffiel, denn darum ging es ja.

Das allerdings warf für Heinz mehrere Ungereimtheiten auf. Denn wäre es so abgelaufen, hätte man also Hannes Tengg wegen Dopings disqualifiziert, hätte dieser genau gewusst, wem er seine Misere zu verdanken hatte. Er hätte Doktor Zernatto belastet, das Ganze wäre auf ein Gerichtsverfahren hinausgelaufen, in dem Aussage gegen Aussage gestanden wäre. Damit hätte der Sportmediziner riskiert, dass seine Machenschaften aufflogen, was spätestens dann passiert wäre, wenn durch die Ermittlungen sein Wettverhalten oder seine Verbindung zum Strongbow-Team ans Licht gekommen wären. Abgesehen davon erklärten diese erdachten Verstrickungen weder den Mord an Hannes Tengg noch die anderen beiden.

Nein, wenn es nicht irgendeinen schweren Konflikt zwischen Zernatto und den Tenggs gab, dann hatte der Arzt kein Motiv. Und ein solcher Konflikt war kaum denkbar, immerhin hatte sich die gesamte Familie Tengg, inklusive Christoph Neunteufel, Zernattos ärztlichen Kenntnissen anvertraut, und das selbst nach zwei Todesfällen.

Es war seltsam, doch je länger Heinz über seinen Hauptverdächtige nachdachte, umso unverdächtiger wurde dieser. Trotzdem wollte Heinz seine Liste zunächst einmal fertigmachen, die Rangordnung konnte er ja danach noch umändern.

Seine zweite Verdächtige war Zernattos Assistentin Ilse Funder. Auch sie hatte das nötige Fach- und Hintergrundwissen sowie die Möglichkeiten, die drei Morde zu begehen. Dass sie auch skrupellos genug dafür war, wäre in dem Fall dadurch bewiesen, dass sie sich nicht davor scheute, ihren Chef Heinz gegenüber anzuschwärzen, um von sich abzulenken.

Allerdings hatte auch sie kein erkennbares Motiv. Heinz war ihre Verbindung zu Martina Engel verdächtig erschienen, doch was, wenn es sich dabei tatsächlich nur um Zufälle gehandelt hatte? Heinz musste sich eingestehen, dass er etwas paranoid reagiert hatte und dass er nicht wirklich glaubte, Ilse spiele ihre naive, mädchenhaft-schüchterne Art nur, um dahinter ihr wahres Ich zu verbergen.

Heinz' Verdächtige Nummer drei: Martina Engel. Sie hatte für den Mord an Christoph Neunteufel ein Motiv, wusste als dessen ehemalige Lebensgefährtin wie auch als Krankenpflegerin um seinen Herzfehler Bescheid, und war nach ihrem Kurs für fortgeschrittene Pharmakologie wohl auch in der Lage, diesen für einen Mordplan zu nutzen. Verbotene Substanzen bekam sie möglicherweise über ihre Arbeitgeberin, ohne dass diese davon wusste. Heinz nahm an, dass Martina Engel in ihrer Tätigkeit als Hilfskraft auch dann und wann Rezepte für Frau Doktor Stix einlöste, war es da nicht denkbar, dass sie das eine oder andere für den Eigengebrauch gefälscht hatte?

Fraglich war, wie sie Neunteufel das Gift verabreicht hatte, wesentlich fraglicher jedoch waren ihre Motive für die Morde zwei und drei.

Heinz machte sich klar, dass er überall auf dasselbe Problem stieß: fehlende Motive. In einem kurzen Anflug von Verzweiflung fragte er sich, was wohl wäre, wenn die Obduktion von Hannes Tengg ergab, dass er eines natürlichen Todes gestorben war. Doch er wischte den Gedanken schnell beiseite, bevor sich dieser in seinem Gehirn einnisten konnte.

Es musste noch weitere Hintergründe geben, aus denen sich Motive ableiten ließen, die Heinz jedoch entweder nicht kannte oder nicht sah. Noch einmal sezierte er im Geiste die Gemeinsamkeiten, die alle drei Opfer miteinander verbanden, nämlich Familie, Sportarzt, Teilnahme am Ironman und Versicherungsanstalt. Doch je länger er dies tat, desto öfter driftete er in Mutmaßungen ab. Nein, er hatte alle verfügbaren Informationen berücksichtigt, doch sie reichten einfach nicht aus.

Schließlich begann Heinz, gedanklich unbedeutenden Details hinterherzujagen. Beispielsweise hatte er sich bei seinem angeblichen Interview mit Hannes Tengg gedacht, dass kaum jemand eine größere mediale Aufmerksamkeit bekommen könne als Hannes Tengg, wenn er tatsächlich beim Rennen den Tod fände. Nun, da es geschehen war, fragte sich Heinz, wer am meisten davon profitiert hätte. Oder: Doktor Zernatto hatte erwähnt, der plötzliche Herzfrequenzanstieg vor dem Tod der ersten beiden Opfer hätte auch einen Schock als Ursache haben können. Doch beide Denkrichtungen führten zu nichts, denn im ersten Fall hatte Heinz die möglichen Verdächtigen ja bereits im Visier, und den zweiten hatte Zernatto selbst ausgeschlossen, und hätte er selbst einen Schock verursacht, hätte er Heinz nichts von dem Phänomen des Herzfrequenzanstiegs erzählt.

Der Privatermittler schüttelte diese Gedanken von sich ab, nahm das Klemmbrett und notierte weitere mögliche Täter:

→ *Josh Strongbow, schwaches Motiv für Mord 3, kein Motiv für die Morde 1 + 2. Möglichkeit der Gift-Verabreichung im Startraum; nötige Kenntnisse = fraglich.*

→ *Mary Howard, mögliches Motiv für Mord 3 (Manipulation der Sportwetten; schlüssig, wenn Summen = hoch genug), kein Motiv für die Morde 1 + 2. Möglichkeit der Gift-Verabreichung = fraglich; nötige Kenntnisse = fraglich.*

→ *Christine Tengg, mögliche Motive für alle 3 Morde: Geld aus den Lebensversicherungen.*

Heinz warf das Klemmbrett auf den Tisch und nahm einen kräftigen Schluck aus der Mineralwasserflasche. Das war doch alles Unsinn. Josh Strongbow war ebensowenig ein Mörder aus Ehrgeiz wie Christine Tengg eine Mörderin aus Geldgier war. Heinz hatte die beiden – im wahrsten Sinne des Wortes – hautnah erlebt, nichts in ihrem Verhalten oder ihren Worten hatte auf so geartete Verdachtsmomente hingedeutet, und es war auch nichts Unechtes an ihnen gewesen. Und ein Sponsor, der den Athleten der gegnerischen Mannschaft killte … Heinz fragte sich, wie er überhaupt auf die Idee gekommen war.

Er hob noch einmal die Flasche an den Mund; hielt inne, gestoppt von einem Geistesblitz.

Die Frau in Schwarz.

An die hatte er überhaupt nicht mehr gedacht! Was wusste er über sie? Quasi nichts, doch was er wusste, machte sie mindestens so verdächtig wie Martina Engel oder Ilse Funder. Sie war zur Beerdigung von Josef und zur Trauerfeier von Hannes Tengg gekommen und hatte in beiden Fällen Vorsorge getroffen, um nicht erkannt zu werden. Warum? Heinz holte die Fotoausdrucke der beiden Veranstaltungen und sah sich die mysteriöse Dame an. Es war dieselbe Frau, kein Zweifel, sie trug exakt dieselben Kleidungsstücke. Doch ansonsten war nichts von ihr zu erkennen, nicht einmal ihre Haarfarbe. Sie war anscheinend mittelgroß und anscheinend schlank. Anscheinend, weil Absätze und Hut ihre Größe verfälschen und ihr Gewand ihre Figur kaschieren konnten. Heinz konnte nur sagen, dass sie weder ungewöhnlich groß oder klein oder dick war. Auch ihr Alter konnte er nicht schätzen, denn jene beiden Körperteile, die unbestechlich das Alter einer Frau verrieten, waren bei der Dame in Schwarz verdeckt: der Hals hinter einem Schleier und die Hände in Handschuhen.

Es muss doch ...

Heinz ließ die Ausdrucke sinken und blickte wieder über die Dächer seiner Stadt. Er dachte an Hannes Tenggs Trauerfeier, an die Unmenge von Bildaufzeichnungsgeräten, die dort im Einsatz waren. Heutzutage trug doch jeder seine Kamera in seinem Handy mit sich herum und teilte alles Erlebte über die sozialen Medien mit der ganzen Welt. Es musste doch jede Menge Aufnahmen von der Gedenkveranstaltung im Netz geben, darunter sicherlich auch solche, auf der die mysteriöse Dame in Schwarz zu sehen war. Wenn Heinz Glück hatte, bekam er über diese Schiene weitere Informationen, vielleicht sah man irgendwo im Hintergrund, mit wem sie gekommen war oder mit wem sie sich unterhielt, vielleicht sogar, wie sie ihren Hut lüftete oder die Sonnenbrille abnahm, weil sie sich unbeobachtet fühlte.

Hastig stand er auf und packte sein Zeug zusammen. Die Sache brannte ihm unter den Nägeln, er musste sofort im Internet überprüfen, ob er mit seiner Annahme Recht hatte.

Mittwoch, 18 Uhr

Rund vier Stunden und eine Pizza später hatte Heinz keine Lust mehr. Er holte sich eine kleine Flasche Bier aus dem Kühlschrank und klickte nur noch lustlos auf Youtube herum.

Begonnen hatte er auf der Facebook-Fanpage von Hannes Tengg, wo er jene Freunde herausgesucht hatte, die in den vergangenen Tagen die meisten Posts hier veröffentlicht hatten. Dann besuchte Heinz deren Pages, um dort die Bilder durchzusehen, und wurde dabei in einem größeren Ausmaß fündig, als er es sich das erhofft hatte. Jeder dieser Fans, der auch nur irgendwie in Reichweite von Kärnten war, hatte Hannes Tenggs Trauerfeier besucht und fotografisch oder filmisch dokumentiert. Allerdings nützte Heinz das nicht viel, da die Aufzeichnungen vorwiegend das persönliche Umfeld des jeweiligen Fans zeigten, die Trauer in den Gesichtern oder die Redner auf der Bühne – oft aus großer Entfernung oder verwackelt. Zwar gab es jede Menge Bilder, auf denen ein Überblick über die Menge der Trauergäste zu sehen war, doch auch diese Aufnahmen waren wertlos, immerhin zeigten sie nicht das, was Heinz suchte. Irgendwann lehnte er sich in seinem Sessel zurück und rieb sich stöhnend das Gesicht, wissend, dass er so nicht weiterkommen würde – auch wenn er das nicht gern einsah.

Von den Tausenden und Abertausenden Film- und Fotokameras, Handys und was weiß ich noch alles, die Tausende und Abertausende Fotos und Filme aufgenommen haben, muss allein schon aus Zufall wenigstens eine davon ein paar Bilder oder Sekunden von der Dame in Schwarz aufgefangen haben.

Heinz' Problem war, diese paar wenigen, für ihn entscheidenden Aufnahmen aus dem Wust des vorhandenen Materials herauszufiltern.

Das war der Zeitpunkt, an dem er sich von einem Pizzaservice eine Diavolo, geachtelt, kommen ließ. Er verzehrte sie an seinem Schreibtisch, Stück für Stück aus der Schachtel. Dadurch hatte er eine Hand frei, um die Computermaus zu bedienen, und konnte während des Essens mit seinen Recherchen fortfahren. Aus jahrelanger Erfahrung wusste Heinz, dass seine

Gehirnleistung nachließ, sobald er zu essen begann. Eine Begleiterscheinung davon war, dass er inhaltlich abdriftete. Er las ein Detail, das ihn interessierte, und schon recherchierte er in diese Richtung weiter, auch wenn sie nichts mehr mit seiner eigentlichen Suche zu tun hatte.

So passierte es ihm auch diesmal. Er suchte nach Youtube-Videos von der Gedenkveranstaltung, die von Fernsehstationen oder vom Ironman-Veranstalter selbst gepostet worden waren, weil er sich davon Nahaufnahmen einzelner Gesichter im Publikum erhoffte. Eine schwarz verschleierte Frau war hierfür sicherlich ein attraktiver Blick- beziehungsweise Kamerafang. Doch der Erfolg blieb aus, stattdessen erinnerte ihn der Werbeaufdruck einer Schirmkappe im Publikum an ein Werbesegel, das er vor einem der Expo-Zelte gesehen hatte, als er dort gewesen war. Also klickte Heinz ein Video an, das auf der Expo gedreht wurde, hatte aber schon während der ersten Sekunden vergessen, warum er es aufgerufen hatte, und folgte dem nächsten Detail, das seine Aufmerksamkeit erregte. Er driftete zu Filmen ab, die die Vorbereitung der Ironman-Athleten direkt vor dem Start des Rennens zeigte, und so ging es weiter, bis er mit dem Essen fertig war und erkannte, dass er keine Lust mehr hatte. Also holte er sich ein Bier. Damit beendete Heinz seinen Arbeitstag offiziell, denn auch dieses Phänomen kannte er aus jahrelanger Erfahrung: Bier war ein Arbeitskiller, schon nach wenigen Schlucken hatte er einfach keine Lust mehr, irgendetwas Produktives zu leisten. Wichtiges milderte sich ab und eine ganz eigene Stimmung kam auf, die ihm zuzuflüstern schien: „Nimm's locker, alles halb so wild, morgen ist auch noch ein Tag", und ähnliche Sprüche, die er sonst nur von Versagern kannte. Aus diesem Grund hatte Heinz eine unüberwindbare Grenze zwischen Arbeit und Alkohol gezogen, als Selbstständiger konnte und wollte er sich eine Vermischung dieser beiden Bereiche einfach nicht erlauben.

Die kleine Flasche Bier war zur Hälfte geleert, als ihre Wirkung einsetzte, ein wohliges Gefühl, das Heinz den Eindruck vermittelte, sein Hintern sei weich geworden und biete ihm nun einen bequemeren Sitz. Launig zappte er durch die Ironman-Filme und staunte über das umfangreiche Spektrum. Hier gab es neben biederen Privatvideos Dokumentationen über einzelne Bereiche der Ironman-Veranstaltung, Fernsehreportagen, die nach ihrer Ausstrahlung ins Internet gestellt wurden, Anleitungsvideos zum Anmeldeprozedere für Athleten, tricktechnisch aufwändig gestaltete Beschreibungen der Streckenführung und vieles mehr. Er sah sich Zusammenschnitte der euphorischsten Siegermomente an, solche der schmerzhaftesten Niederlagen, technische Dokumentationen, die den Ironman quasi aus der Perspektive einer speziellen Fahrrad-Gangschaltung zeigten und, und, und. Ein Film mit dem Titel „Ironman Security" aus dem Jahr 2013 brachte Heinz zum Schmunzeln. Nachdem er selbst erlebt hatte, wie durchlässig die Abschirmung des VIP-Zelts gehandhabt worden war, wollte er diesen Film unbedingt sehen. Zu seiner Enttäuschung ging es darin aber nicht um die Securitymitarbeiter, sondern um die Sicherheit des Eigentums der Athleten, allem voran der Fahrräder, die ja in der Nacht vor dem Rennen bewacht werden mussten. Heinz schüttelte seine Bierflasche, um zu erkennen, dass nur noch ein letzter Schluck darin war. Er hob sie an den Mund und kippte sie über, während sein Blick auf den Bildschirm fiel, wo sich gerade ein Securitymitarbeiter des Fahrradbereichs zur Seite drehte, so dass Heinz kurz sein Gesicht erkennen konnte – und sich augenblicklich verschluckte.

Für die Dauer von etwa einer Minute hustete Heinz sich schier die Seele aus dem Leib. Er hastete zum nächsten Türstock und warf sich mit dem Rücken dagegen, in der Hoffnung, es würde helfen, das Bier aus der falschen Röhre zu schütteln. Seine Atemnot steigerte sich zur Panik, er fürchtete, in jeder Sekunde ersticken zu müssen. Auch als der Krampf vorbei war, dauerte es noch geraume Zeit, ehe Heinz wieder klar sehen konnte, von normal Atmen war noch keine Rede, aber immerhin bekam er genügend Luft.

Dann setzte er sich wieder an den PC, startete den Film neu und führte den Marker auf dem Verlaufsbalken bis zu der Stelle, an der er das Gesicht erkannt hatte. Er wartete, bis die uniformierte Gestalt sich zur Kamera gedreht hatte, klickte auf Pause und zog den Kopf auf Bildschirmgröße auf. Dann rückte er mit dem Sessel etwas nach hinten und starrte das Gesicht an. Es gab überhaupt keinen Zweifel, sie war es!

Hätte man Heinz Sablatnig in diesem Moment gefragt, was in ihm vorging, er hätte keine Antwort geben können. Irgendwie fühlte und dachte er alles gleichzeitig – und dadurch nichts konkret. Er hatte im ersten Moment keine Ahnung, was es bedeutete, dass sie vor zwei Jahren für die Security gearbeitet hatte – das ergab überhaupt keinen Sinn! Andererseits ...

Heinz rückte wieder zum Schreibtisch hin, verkleinerte das Bild und öffnete ein neues Youtube-Fenster. In das Suchfeld gab er „Ironman Security 2014" ein. Leider gab es für das Rennen im vergangenen Jahr keinen vergleichbaren Beitrag, weshalb Heinz nach ähnlichen Suchparametern vorging. Das zog viele Fehlschläge nach sich und dauerte seine Zeit, eine Zeit, in der Heinz' Herzschlag nicht und nicht langsamer wurde. Es war gerade so, als treibe das Adrenalin, das sein Körper seit dieser Entdeckung ausschüttete, sein Herz immer und immer wieder an, um ihn zu drängen dranzubleiben, weiterzusuchen, nicht aufzugeben.

Zwei Stunden später saß Heinz auf seinem wieder nach hinten gerückten Sessel und starrte auf den Bildschirm, auf dem er die Standbilder von drei Youtube-Videos nebeneinander drapiert hatte. Noch einmal ging er all seine Gedanken der vergangenen zwei Stunden durch, und als er keinen Widerspruch in ihnen fand, griff er zum Mobiltelefon und wählte die Nummer seiner Schwester.

„Sabine? Wir müssen uns treffen, sofort. Ich habe die Mordfälle gelöst. Ja, alle drei."

Kapitel 17

Mittwoch, 21 Uhr

Im Bierhaus zum Augustin war der Innenhof bis auf den letzten Platz besetzt, Heinz und Sabine mussten in die Gaststube ausweichen. Unter normalen Umständen hätte Heinz das bedauert, denn das anstehende Gewitter ließ noch auf sich warten und der Abend war so lau wie nur wenige im Jahr. Doch das waren keine normalen Umstände. Das waren Umstände, unter denen ein Tisch in geselliger Atmosphäre, doch außerhalb der Hörweite anderer Gäste die Idealsituation darstellte, und diesen bekamen die Geschwister im Nordteil des Gasthauses, in Sichtweite zur Theke.

Chefinspektorin Sabine Oleschko trug Cowboystiefel aus hellbraunem Rauleder, blaue Jeans und ein schwarzes, eng anliegendes T-Shirt. Ihre schulterlangen braunen Haare zeigten keine besondere Frisur, kein Lippenstift unterstrich ihre leicht geschürzten Lippen, keine Wimperntusche ihre dunkelblauen Augen, kein Make-up ihre spitze Nase. Kurz, sie sah aus wie immer, nur dass sie ihre Lederjacke heute zuhause gelassen hatte, wohl aufgrund der Temperaturen.

„Ich will sehen", sagte sie im Poker-Jargon, als sie ihre Bestellung aufgegeben hatten. Ihr Blick verriet große Skepsis.

Heinz zog seinen Tablet-PC aus der mitgebrachten Aktentasche. Er gab seiner Stimme dieselbe stählerne Härte, die auch in seinem Blick lag, als er erwiderte: „Du wirst nicht enttäuscht sein." Während das Gerät hochfuhr, begann Heinz seine Ausführungen mit einer Frage: „Ich nehme nicht an, dass dir im

Zuge deiner Ermittlungen eine Martina Engel untergekommen ist?" Sabine dachte kurz nach, schüttelte dann aber den Kopf; betont kurz. „Martina Engel ist die ehemalige Lebensgefährtin von Christoph Neunteufel. Als dieser Christine Tengg kennenlernte, verliebte er sich Hals über Kopf in sie, und zwar so Hals über Kopf, dass er Martina von einer Minute auf die andere sitzen ließ."

„Wie, von einer Minute auf die andere?"

„Buchstäblich. In dem Moment, in dem er Christine sah, war es um ihn geschehen, und als klar wurde, dass auch sie eine Beziehung mit ihm wollte, machte er mit Martina Schluss."

„Gentleman."

„Martina reagierte extrem darauf. Sie stürzte in ein so tiefes Loch, dass sie eine Psychotherapie brauchte, die sie die darauffolgenden Jahre beschäftigte."

„Ist nicht dein Ernst! So was gibt's?"

„Ja, ja. Ist nicht überall so wie bei dir und deinem Ex ... aber lassen wir das." Heinz lachte verlegen, um den mörderischen Blick zu überspielen, den seine Schwester ihm bei diesen Worten zugeworfen hatte. „Nach ihrer eigenen Aussage und der ihrer Therapeutin, die übrigens jetzt auch ihre Chefin ist, hatte Martina ihr Trauma in dem Moment überwunden, in dem sie sich klar machte, dass sie Christoph nicht mehr zurückbekommen würde. Mit diesem Moment schlug die Therapie bei ihr an und es ging aufwärts. Wie gesagt, das behaupten die beiden, nicht ich."

„Ich nehme an, du hast einen guten Grund, warum du ihnen nicht glaubst?"

Heinz lächelte schräg, während er auf seinem Tablet die Filme auf Youtube suchte. Als es so weit war, drehte er das Gerät zu Sabine und drückte auf Start.

„Der Film stammt vom Ironman 2013. Die Securitymitarbeiterin, die sich gleich zur Kamera her drehen wird, ist Martina Engel."

Heinz tippte im richtigen Moment auf den Pause-Button, damit Sabine Martina Engels Gesicht sehen konnte. Die Chefinspektorin musterte es, sagte aber nichts dazu. Heinz wechselte zum nächsten Film, suchte die Stelle, die er zeigen wollte, und drückte wieder auf Start.

„Dieser stammt vom Ironman 2014." Der Eingangsbereich zum Fahrradparkplatz war zu sehen, das Rennen war in vollem Gange. Die Athleten liefen zwischen zwei Securitymitarbeitern hindurch, die ihre Startnummern registrierten. Heinz hielt den Film erneut an und wies auf den rechten der beiden Uniformierten. „Wieder Martina Engel", kommentierte er und ließ den Anblick einige Sekunden lang auf seine Schwester wirken.

Dann rief er den dritten Film auf. Auch auf ihm war Martina zu sehen und auch hier als Securitymitarbeiterin im Fahrradbereich, wenn auch relativ weit im Hintergrund. Sie stand am Absperrzaun und ließ ihren Blick kontrollierend über den Radparkplatz schweifen. Heinz sah Sabine auffordernd an.

„Ironman 2015. Ich gebe zu, hier braucht es etwas Phantasie, um sie zu erkennen, und ja, ich gebe zu, der Film für sich betrachtet würde nicht eindeutig beweisen, dass es tatsächlich Martina Engel ist. Aber in Verbindung mit den beiden anderen Filmen ist mir ihre Ähnlichkeit groß genug, um anzunehmen, dass es sich dreimal um dieselbe Frau handelt."

Nach einigen Sekunden sah Sabine Oleschko vom Bildschirm auf und ihrem Bruder direkt in die Augen.

„Super", sagte sie tonlos, „Martina Engel arbeitet als Securitymitarbeiterin beim Ironman. Und jetzt?"

Heinz zog langsam den flachen PC von ihr weg und ebenso langsam lehnte er sich zurück. Die Kellnerin kam und servierte Sabine einen Energydrink und Heinz ein großes Bier. Die beiden Geschwister deuteten einander stumm ein Prost an und tranken.

„Ich weiß", begann Heinz nach einem großen Schluck und räusperte sich, „ich weiß, dass dich das jetzt nicht aus den Socken haut, aber hör mir zu."

Er erzählte ihr alles. Er erzählte ihr, was er von Martina Engel und von Frau Doktor Stix erfahren hatte, von der Therapie und dem Weg zur Genesung, nachdem Martina ihrem Ex alles Glück dieser Erde gewünscht hatte; von ihrer Anstellung bei der Psychotherapeutin und ihren Fortbildungskursen, von denen sich zumindest einer der Pharmakologie für Fortgeschrittene gewidmet hatte. Und schließlich erzählte er Sabine von Ilse Funder und was diese über Martina berichtet hatte.

„Wenn ich das alles zusammenwerfe", endigte er, „dann waren die angeblich zufälligen Treffen mit Ilse alles andere als zufällig. Ich gehe davon aus, dass Martina Ilse abgepasst und den Zufall vorgetäuscht hat, um ihr Informationen zu entlocken."

„Was für Informationen?"

„Über den Gesundheitszustand von Josef und Hannes Tengg." Sabine setzte ein verständnisloses Gesicht auf. „Ilse Funder", erklärte Heinz darum, „hat als Sprechstundenhilfe von Doktor Zernatto Zugriff auf die Krankenakten der beiden. Martina ging es darum, die körperlichen Schwächen ihrer beiden künftigen Opfer in Erfahrung zu bringen. Ilse ist, sagen wir es einmal so, nicht unbedingt eine Leuchte, sie auszufragen dürfte Martina nicht weiter schwergefallen sein. Mit diesen Informationen war es ihr ein Leichtes, das Gift auf die Opfer abzustimmen."

„Woher soll Martina gewusst haben, dass Ilse für Zernatto arbeitet?"

„Na, aus dem Kurs natürlich. In der Regel stellen sich am Beginn eines solchen Seminars die Teilnehmer einander vor."

„Ja, schrecklich", Sabine verdrehte die Augen. Heinz wusste, was sie meinte, er selbst hasste diese Begrüßungsrunden auch jedes Mal, wenn er einen Kurs besuchte.

„Ilse wird erzählt haben, dass sie für Doktor Zernatto arbeitet, und Martina wird gewusst haben, wer das ist. Immerhin hat sie im Warteraum dieses Arztes ihre Liebe und damit ihr Glück verloren."

„Aber hast du nicht gesagt, Martina und Ilse seien einander erst Jahre später wieder begegnet? Warum hat sie so lange gewartet?"

„Wegen der Aktualität der Daten." Heinz grinste. „Im Jahr 2013 ermordete sie Christoph. Als Ex-Lebensgefährtin kannte sie seinen Herzfehler und wusste, welches Gift sie ihm mixen musste. 2014 sollte Josef Tengg dran glauben, von ihm wusste sie nicht viel, außer dass er ein alter Mann war."

„Woher kannte sie ihn überhaupt? Und woher wusste sie, dass er am Ironman teilnehmen wollte?"

„Ich nehme an, von Christoph Neunteufels Begräbnis. Sie war dort. Und Hannes Tengg erzählte mir, sein Vater hätte die Teilnahme am Ironman quasi als Tribut an seinen verstorbenen Schwiegersohn angesehen. Das hat der Alte wohl schon bei Neunteufels Leichenschmaus erzählt und Martina wird es gehört haben. Aber weiter. Vor dem Ironman 2014 trifft Martina ‚zufällig' Ilse, um sie über den Gesundheitszustand des alten Tenggs auszufratscheln. Damit war die nächste Giftmischung klar, und der Alte starb."

„Und ein Jahr später dasselbe in Grün, nur dass sie diesmal die aktuellen Vitaldaten von Hannes Tengg erfahren wollte."

„Exakto."

„Aber warum das Ganze? Wo ist ihr Motiv? Will sie die gesamte Tengg-Sippe ausrotten?"

Heinz zog entschuldigend die Schultern hoch.

„Ich weiß es nicht, und das ist der einzige Schwachpunkt meiner Theorie. Vielleicht gab es zwischen ihrer Familie und den Tenggs noch andere Konfliktpunkte? Martina erwähnte Ilse gegenüber, sie hätte all ihre Lieben auf tragische Weise verloren. Und als ich sich besuchte und ihr vormachte, ein Schriftsteller zu sein und Christine Tenggs tragisches Schicksal zu porträtieren, sagte sie ‚Willkommen im Club'. Ich habe erst im Nachhinein verstanden, wie sie das meinte."

Die Chefinspektorin lehnte sich zurück und blies die Luft aus. Dabei fuhr sie sich mit beiden Händen durchs Haar und verharrte mitten in der Bewegung.

„Und ihr Auftritt bei der Security beim Ironman ..."

„Der diente dazu, das Gift an die Opfer zu bringen."

„Wie?"

„Die Fahrräder werden am Vorabend des Rennens in einen eigenen Bereich gesperrt und bewacht. Die meisten Athleten, vor allem die Profis, haben da schon ihre Trinkflaschen am Rad und ihre Energiegele an den Rahmen geklebt. Martina Engel hatte also die ganze Nacht über Zeit, das Gift in die richtige Trinkflasche einzufüllen."

„Beziehungsweise am nächsten Morgen", korrigierte Heinz' Schwester, „du vergisst, dass sie auf deinen Filmen alle drei Male während des Rennens im Einsatz war. Ich nehme doch an, dass die Security für die Nachtwache eine separate Mannschaft bereitstellt."

Heinz machte eine unbestimmte Bewegung.

„Wie auch immer, auf jeden Fall war dies der optimale Einsatzort, um das Gift in die Trinkflaschen kippen zu können."

„Sie musste nur darauf achten, dass ihr Opfer sie nicht sah", gab Sabine zu bedenken und erklärte, als sie Heinz' fragenden Blick sah: „Alle drei Opfer haben sie gekannt. Wenn sie sie während des Rennens dort am Eingang zum Radbereich gesehen hätten, hätten sie Verdacht geschöpft. Martina musste also darauf achten, nicht von ihnen gesehen zu werden."

„Ach Unsinn, wieso sollten sie Verdacht schöpfen? Martina hat ihrem Ex ihren Segen gegeben, aus Christophs Sicht war es somit reiner Zufall, dass sie für die Ironman-Security arbeitete, und die anderen beiden hatten erst recht keinen Grund, ihr zu misstrauen. Und selbst wenn ihnen Martinas Anwesenheit seltsam vorgekommen wäre, hatten die drei während des Rennens wohl andere Dinge im Kopf, und ein Danach gab es ja für keinen von ihnen mehr. Ganz abgesehen davon glaube ich nicht einmal, dass sie sie erkannt haben, ich meine, in der Hitze des Rennens schaut man sich doch nicht nach Bekannten um, und eine Uniform ist an sich schon eine gute Tarnung."

Heinz schüttelte den Kopf. Ihm war schwindlig geworden, wohl wegen der Emotionalität seines Überzeugungsversuchs und der Hitze den ganzen Tag über. Er nahm einen weiteren tiefen Schluck Bier. Sabine nickte in Gedanken und führte ihre Bewegung durch die Haare zu Ende.

„Gut möglich", räumte sie schließlich ein, „aber andererseits kann das alles nur Zufall sein." Sie fixierte ihren Bruder. Dieser schüttelte wieder den Kopf. „Was hast du?"

„Ach, mir ist schwindlig. Wohl das Wetter. Glaubst du im Ernst, dass all diese Ereignisse nur Zufälle waren?"

Sabines Miene wurde milder und auch ihre Stimme klang irgendwie sanft, als sie sagte: „Es geht nicht darum, was ich glaube. Es geht darum, dass der Staatsanwalt harte Fakten braucht, um in Aktion zu treten."

„Glaubst du mir?"

„Ich halte es für möglich."

„Das war nicht meine Frage."

„Ich weiß."

Heinz blies keuchend die Luft aus. Sein Schwindelgefühl nahm zu, er atmete einige Male tief durch, dann versuchte er es mit einem weiteren Schluck Bier.

„Was ist mit dir?" Es war echte Sorge, die aus seiner Schwester sprach. „Du siehst gar nicht gut aus."

Heinz nahm sich zusammen. Er legte seine Hand auf die ihre und sah ihr in die Augen, was fast nicht möglich war, weil Sabines Gesicht immer wieder aus seinem Blickfeld zu verschwinden schien.

„Versprich mir nur eines", sagte er, „wenn ich Recht habe und Martina überführt werden kann, dann sag dem Polizeisprecher, er soll ..." Eine noch stärkere Schwindelattacke erfasste ihn, verbunden mit einem Schub Übelkeit. „... er soll mir öffentlich danken. Es ... mein ... die Fiducia muss wissen, dass ich es war, der ... ich bin angewiesen auf die Aufträge und das Geld ..."

Heinz ließ sich an die Rückenlehne seiner Bank zurückfallen und blickte um sich. Er nahm seine Umgebung wie aus einem beängstigend schnell fahrenden Karussell heraus wahr. Ihm wurde speiübel, er musste hier hinaus.

Als er aufstehen wollte, fiel er wieder zurück, sein Körpergewicht schien sich verzehnfacht zu haben.

Sabine sprang auf, stützte ihn und half ihm, in Richtung Toiletten zu kommen. Heinz spürte ihren Halt, und dennoch glaubte er, jeden Moment umkippen zu müssen; seine Knie knickten bei jedem Schritt ein. Er zog die Blicke der anderen Gäste auf sich, sah ihre Augen als weiße Flecken mit dunklen Punkten.

Dunkle Punkte ...

Auch an der Theke stand etwas Dunkles, das sich als Frau entpuppte, als sie daran vorbeistolperten. Eine Frau in Schwarz.

Du meine Güte!

Die Dame in Schwarz hatte er ja schon wieder vergessen. Wer war sie? Die dunkel gekleidete Frau an der Theke drehte sich um, sah zu ihm her, grinste. Heinz erkannte kaum noch etwas, aber er erkannte das Hämische, Bösartige in dem Grinsen dieser Frau. Er sah sie an, versuchte, das Karussell vor seinen Augen wenigstens für einen Augenblick anzuhalten – und als es gelang, wurde ihm der Grund für seinen Zustand schlagartig klar. Die grinsende Frau an der Theke war Martina Engel.

Heinz brach zusammen, riss seine Schwester mit sich. Sie rang mit dem Gleichgewicht, versuchte, ihn wieder hochzuziehen, doch er zog sie zu sich nach unten, nahe an sich heran, stierte in das Gewühl, das er anstelle ihres Gesichts sah und wisperte: „Hol einen Arzt!"

Kapitel 18

Freitag, 10 Uhr

Heinz wollte die Augen öffnen, schaffte es aber erst beim zweiten Versuch. Seine Lider waren verklebt und es bedurfte mehr Kraft, als er beim ersten Mal aufgewendet hatte. Der anfängliche Schwindel verflog schnell. Er erkannte, dass er sich in einem Krankenzimmer befand; allein, das zweite Bett war unberührt.

Heinz fühlte sich schwach, war froh, dass er lag, und es dauerte ein paar Minuten, ehe er vollends aufgewacht war. Er hob die Hand zu der Klingel, die am Galgen über seinem Bett hing, um eine Krankenschwester zu rufen. Die Bewegung fiel ihm schwer. Wie spät es wohl sein mochte? Durch das Fenster kam Tageslicht herein, allerdings war der Himmel bewölkt und es klebten Regentropfen an der Scheibe. Die Krankenschwester kam und brachte eine Teekanne mit.

„Wir haben schon sehnsüchtig darauf gewartet, dass Sie aufwachen", sagte sie und ihre Freundlichkeit klang ehrlich.

Heinz wollte fragen, wie lange er denn im Koma gelegen sei, doch seine Stimme versagte. Die Schwester erkannte das Dilemma, goss etwas Tee in eine am Nachtkästchen bereitstehende Tasse und hob das Kopfteil des Bettes etwas an, damit Heinz trinken konnte. Er schmeckte die Flüssigkeit nicht, empfand es aber als angenehm, wie sie seine Speiseröhre und seinen Magen wärmte. Dann räusperte er sich und setzte noch einmal an: „Wie lange war ich weg?"

„Seit vorgestern Abend."

Heinz erschrak.

„Und wie geht es mir?"

Die Schwester lachte.

„Können Sie mir das nicht sagen?", scherzte sie, wurde aber gleich wieder ernst und fuhr fort: „Sie wurden schwer vergiftet, die Frau Doktor hat sie fast nicht durchgebracht. Hätte Ihre Schwester nicht sofort die Rettung gerufen, hätte es schlecht für Sie ausgesehen."

„Meine Güte", flüsterte Heinz. Als er Martina Engel an der Theke gesehen hatte, war ihm klar gewesen, dass sie ihm irgendwie Gift ins Bier gekippt hatte. Ihm war nur noch nicht bewusst gewesen, dass sie ihm das Leben hatte nehmen wollen.

„Keine Sorge, es werden keine Schäden bleiben. Sie werden sich noch ein paar Tage schwach fühlen, das ist alles. Ich werde gleich die Frau Doktor verständigen, dass Sie wach sind, von ihr erfahren Sie dann alles Weitere."

„Können Sie bitte auch meine Schwester verständigen?"

„Wird gemacht", die Krankenschwester lächelte, „sie hat ohnehin gebeten, dass wir sie anrufen, sobald Sie aufwachen."

Zwei Stunden später klopfte es an Heinz' Zimmertür und Sabine trat ein. Sie kam wortlos auf ihn zu und umarmte ihn lange und innig.

„Bin ich froh, dass du noch lebst!"

„Na, und ich erst." Heinz lachte schwach.

„Hast du schon mit der Ärztin gesprochen?"

„Ja, gerade vorhin. Sie hat gesagt, ich komme wieder auf die Beine. Ein paar Tage bleibe ich noch zur Beobachtung hier, wenn dann alles in Ordnung ist, entlässt sie mich. Aber ich soll mich schonen."

„Ja, tu das. Ich lass den Beamten vor deiner Tür stehen."

Heinz sah sie irritiert an.

„Was für einen Beamten?", fragte er langsam.

„Aha, du warst noch nicht draußen. Vor deiner Tür sitzt rund um die Uhr ein Uniformierter und passt auf dich auf."

„Wieso?"

„Hallo? Du bist vergiftet worden!"

„Ich hoffe doch, meine verhinderte Mörderin sitzt hinter Schloss und Riegel?"

„Schön wär's."

Sabine holte den Besuchersessel aus der Zimmerecke und setzte sich zu Heinz ans Bett. Dieser starrte sie fassungslos an.

„Was?"

„Es ist ... es ist nicht so einfach, weißt du?" Sabine wich Heinz' Blick aus. „Nachdem ich vorgestern von der Ärztin erfahren habe, dass du vergiftet worden bist, habe ich Martina Engel sofort verhaften lassen und sie noch in derselben Nacht verhört, aber sie hat alles abgestritten."

„Na, zugeben wird sie es", höhnte Heinz außer sich.

„Das Problem ist, dass wir keine Beweise haben."

„Und was ist mit mir? Bin ich nicht Beweis genug?"

„Dass du vergiftet worden bist, beweist nicht, dass sie es getan hat." Als Heinz nichts erwiderte, sah Sabine ihn schließlich doch an. Sein Blick schien zu fragen, ob sie noch richtig tickte. „Ich glaube dir ja", sagte sie deshalb hastig, „aber für eine Verhaftung ist die Suppe zu dünn."

„Wie dick muss sie denn werden? Noch um zwei, drei Tote dicker?"

„Heinz!" Sabine kehrte ihre taffe Seite hervor, ging in die Gegenoffensive. „Genau genommen wissen wir nur, dass du vergiftet worden bist und dass Martina Engel seit Jahren nebenher bei einer Securityfirma arbeitet –

und im Zuge dessen zufällig auch beim Ironman eingesetzt wurde. Soll sie dafür verhaftet werden?"

„Schon! Immerhin kamen ihr Ex-Freund, dessen Schwiegervater und dessen Schwager bei den Ironmans um, bei denen sie anwesend war."

„Zufall."

„Und ihr Pharmakologie-Kurs?"

„Weiterbildung ist nicht strafbar."

„Verdammt, zähl eins und eins zusammen!" Heinz schrie jetzt; prompt wurde ihm schwindlig, sodass er kurz die Augen schließen musste.

„Heinz ...", Sabine versuchte es wieder versöhnlich, „ich glaube dir ja. Ich sehe das genauso wie du, und all meine Ermittlungen gehen in diese Richtung. Aber du musst mich auch verstehen – ich kann nicht einfach losziehen und Leute verhaften. Ich muss mich an das Gesetz halten."

„Martina Engel hält sich nicht an das Gesetz", erwiderte Heinz bitter, „sie zieht sehr wohl los und bringt Leute um." Sabine wollte etwas erwidern, ließ es aber sein. „Weißt du überhaupt, dass ich sie beim Augustin gesehen habe?", fragte er nach geraumer Zeit. Sie sah ihn überrascht an.

„Nein! Wann?"

„Kurz bevor ich das Bewusstsein verloren haben. Sie ist an der Theke gestanden und hat mich angegrinst."

„Das ist nicht dein Ernst."

„Ist doch mein Ernst. Wie sieht es aus, reicht diese Zeugenaussage, damit du sie einsperrst?"

Sabine sah ihren Bruder kontrollierend an.

„Wenn du das nur erfindest, damit ich sie verhafte, dann ..."

„Blödsinn, für wen hältst du mich? Sie war dort. Und wenn ich es mir genau überlege, dann ist mir auch klar, warum. Sie hat mich wohl observiert, um den richtigen Zeitpunkt zu erwischen, mich um die Ecke zu bringen. Sie konnte schließlich nicht wissen, dass ich dich beim Augustin treffen würde, das haben wir ja erst kurz davor ausgemacht."

Sabine dachte nach und nickte.

„Du hast Recht. Verdammt."

Sie sprang auf, zog ihr Handy hervor und wählte eine Nummer. Während sie darauf wartete, dass ihr Gesprächspartner abhob, lief sie im Zimmer herum, die freie Hand an die Stirn gepresst. Dann befahl sie in kurzen Sätzen Martina Engels Verhaftung.

„Die richtet keinen Schaden mehr an", sagte sie nach dem Telefonat und setzte sich wieder zu Heinz. „Übrigens, ich muss dich warnen: Mama und Papa rollen an, um dich besuchen."

Heinz lächelte und meinte: „Das war zu erwarten. Hoffentlich nützt Papa nicht meinen schwachen Zustand aus und bringt Jesenko und Wiener mit."

Sabine schaute ihn fragend an, woraufhin Heinz ihr die Geschichte von dem Missverständnis erzählte. Sie lachte und meinte: „Das ist wieder typisch. Mama erschafft sich ihr eigene Welt und Papa rutscht vor den Promis auf dem Bauch herum."

Da musste auch Heinz lachen.

Eine halbe Stunde, nachdem seine Schwester gegangen war, kamen Heinz' Eltern. Auch sie waren glücklich, dass der Vorfall glimpflich ausgegangen war, und versicherten Heinz ihre volle Unterstützung, sollte er etwas brauchen. Was das Missverständnis mit Georg Jesenko und Othmar Wiener anging, tat seine Mutter so, als sei nie etwas geschehen, wohingegen Heinz bei seinem Vater spürte, dass er sich um das Thema herumdrückte. Als die Eltern sich schließlich wieder verabschiedeten, konnte der Vater offenbar nicht mehr an sich halten und murmelte, während er seinem Sohn die Hand drückte, seine Klarstellung bei den beiden Promis hätte ja Zeit. Dann war er so schnell aus der Tür, dass Heinz ihm nicht mehr widersprechen konnte. Heinz schmunzelte.

Als er wenig später den Drang verspürte, aufs Klo zu gehen, richtete er sich langsam im Bett auf und setzte die Füße auf den Boden. Es dauerte einige Zeit, bis das Schwindelgefühl so weit abgeebbt war, dass er neben dem Bett stehen konnte, ohne sich festhalten zu müssen. Bis zur Badezimmertür waren es vielleicht drei Meter, doch diese Strecke erschien Heinz wie ein halber Ironman. Auf dem Rückweg holte er sein Handy aus der Hosentasche, und als er wieder im Bett angelangt war, überprüfte er, welche Anrufe er verpasst hatte. Zu seiner Überraschung war auch einer von Verena dabei. Kurzerhand rief er sie zurück.

„Hallo Heinz, du, hat sich schon erledigt, danke."

Alles, was Heinz daraufhin herausbrachte, war: „Hä?"

„Ich wollte dich gestern nur fragen, ob du mir einen Kontakt geben kannst wegen einer Versicherung. Weil du ja für die Fiducia arbeitest. Aber wie gesagt, hat sich schon erledigt."

„Ich bin im Krankenhaus." Heinz biss sich auf die Zunge, aber erst, nachdem der Satz schon draußen war. Eine Schrecksekunde später kam die logische Frage: „Was machst du denn im Krankenhaus?"

Heinz erzählte, was vorgefallen war. Dabei gab er sich Mühe, die Angelegenheit einerseits so zu schildern, als sei sie für ihn mehr oder weniger normal, und andererseits so, dass sie eher weniger als mehr normal rüberkam. Verena gab sich geschockt und versprach, ihn gleich nach der Arbeit besuchen zu kommen.

Als Heinz auflegte, grinste er von einem Ohr zum anderen. Ihm war nun klar geworden, dass ihre Frage nach einem Versicherungskontakt nichts weiter als ein Vorwand gewesen war, ihn anzurufen, um ihm einen Vorwand zu geben, sich mit ihr zu verabreden. Dass nun sie ihn im Krankenhaus besuchen kam, war unverdächtig. Glaubte sie.

Freitag, 19 Uhr

Es klopfte einmal an der Tür, dann öffnete sie sich und herein kam zunächst ein Blumenstrauß und dann Verena. Heute hatte sie hautenge Jeans und Pumps an, dazu eine Bluse und ein modisches schwarzes Jäckchen. Ihre Haare waren am Hinterkopf zu einem Pferdeschwanz zusammengebunden. Heinz dankte seinem Schicksal im Stillen, dass er bereits lag, denn ihr Anblick und die Art, wie sie sich bewegte, hätten ihn umgehauen.

Sie küsste ihn auf beide Wangen und sah sich dann nach einer Vase um, die sie in Heinz' Nachtkästchen fand und im Badezimmer befüllte. Dabei plapperte sie vor sich hin, dass sie nicht gewusst hätte, was sie einem Mann ins Krankenhaus mitbringen solle, dass Blumen nie fehl am Platz seien und dass sie hoffe, Heinz möge Blumen. Dieser sah ihr zu, registrierte ihre Nervosität, freute sich darüber.

Dann setzte sie sich zu ihm und er musste ihr haarklein erzählen, was vorgefallen war. Sie hörte interessiert zu, fragte, was sich seit ihrem letzten Treffen in seinem Fall Neues ergeben hätte, und Heinz brachte sie auf den aktuellen Stand der Dinge.

„Boah", sagte sie, als er fertig war, „und jetzt will dieses Miststück meinen Heinz ermorden. Aber warum eigentlich?"

Heinz hatte sich das auch schon überlegt und war zu einer, wie er meinte, logischen Schlussfolgerung gekommen.

„Ich nehme an, ihre Chefin, diese Frau Doktor Stix, wird ihr von meinem Besuch erzählt haben. Martina wird Angst gekriegt haben, dass ich ihr auf die Schliche kommen könnte und wollte das verhindern. Mir ist allerdings ein Rätsel, wie sie mich gefunden hat, immerhin habe ich mich sowohl ihr als auch ihrer Chefin als Schriftsteller namens Ludwig Uhland ausgegeben."

„Ludwig Uhland", echote Verena, „den gibt's echt, oder?"

„Seit ungefähr hundertfünfzig Jahren nicht mehr."

„Oje. Aber sag, hast du eine Ahnung, warum sie die drei Männer umgebracht hat?"

„Nein, das ist die große Unbekannte. Den Mord an Christoph Neunteufel sehe ich ein, er hat sie tief verletzt, aber die beiden anderen ..."

„Also wenn ich die Frau wäre, hätte ich nicht den Kerl umgebracht, der mir das angetan hat, sondern das Weib, das ihn mir weggeschnappt hat." Sie lachte dunkel.

Verena blieb etwa eine Stunde, dann verabschiedete sie sich, weil, wie sie behauptete, Heinz müde aussähe. Sie versprach, sie würde sich morgen wieder melden, um zu fragen, wie es ihm ginge, und hauchte zwei Küsse auf seine Wangen, die zärtlich genug waren, um Heinz' Herzschlag zu beschleunigen.

Nachdem sie gegangen war, lag er lange da und starrte an die Decke. Zuerst dachte er an Verenas

Besuch, dann an das, worüber sie gesprochen hatten, und kam so wieder auf seinen Fall zurück und auf die noch offene Frage nach den Motiven. Während sein Geist träger wurde, kamen Heinz noch einmal Verenas Worte in den Sinn, dass sie an Martina Engels Stelle nicht ihren Ex-Freund getötet hätte, sondern die Frau, die ihn ihr ausgespannt hätte. Auf diese Idee war Heinz noch nicht gekommen, doch sie hörte sich irgendwie weiblich-logisch an.

Er gähnte. Selbst wenn Martina Engel auf diese Idee gekommen wäre, hatte sie sie nicht durchgeführt, immerhin lebte Christine Tengg noch. Sie war sogar die einzige aus ihrer Familie, die noch lebte.

Diese arme, gequälte Frau!

Valentin Prugger mochte für sie etwas Ähnliches wie ein Familienmitglied sein, aber er konnte ihre Familie nicht ersetzen. Nun ja, wenigstens war er ihr eine Stütze in dieser schwierigen Zeit.

Arme, gequälte Christine ...

Noch während er spürte, dass sein nächster gedanklicher Schritt eine wichtige Botschaft enthalten würde, schlief Heinz ein.

Samstag, 3 Uhr

Heinz trat in das Vorzelt, in dem die Speisen vorbereitet wurden. Aus dem Hauptzelt kam ihm Valentin Prugger entgegen, der ihn anlächelte, liebenswürdig und sehr vertraut.

„Papa", hörte Heinz sich rufen, er lief auf Prugger zu, als wollte er sich in dessen Arme werfen. Doch Prugger schüttelte den Kopf, wehrte die Umarmung ab, ohne sein Lächeln zu verlieren.

„Ich bin nicht dein Papa", sagte er, „ich bin nur ein Ersatz für ihn."

Dann spaltete sich Pruggers Körper vom Kopf abwärts, und als seine beiden Hälften auseinanderklappten, kam zwischen ihnen Christine Tengg zum Vorschein, die Heinz mit versteinertem Blick ansah.

„Valte ist kein Ersatz für einen Verwandten", sagte sie, „nie mehr."

Heinz fuhr im Bett hoch und keuchte; sein Herz raste. Er wusste, es war nur ein Traum gewesen und er wusste, dass er sich in einem Krankenzimmer befand, doch es fühlte sich trotzdem so an, als hätte es tatsächlich und hier stattgefunden. Langsam nahm die Wirklichkeit überhand, und damit auch die Kontrolle durch Heinz' Bewusstsein. Er beruhigte sich, sah sich um. Das Deckenlicht war gelöscht, nur die Nachtbeleuchtung war an; offenbar war noch eine Krankenschwester in seinem Zimmer gewesen, nachdem er eingeschlafen war.

Heinz ließ sich zurückfallen und spürte, wie er sich entspannte.

Was für ein irrer Traum!

Er ließ ihn wie einen Film vor seinem geistigen Auge ablaufen. Valentin Prugger als sein Ersatz-Papa und Christine Tengg, die klarmachte, er würde nie mehr ein Ersatz für einen Verwandten sein.

Da setzte Heinz' Herz für einen Schlag aus.

Ach du Sch...!

Hastig griff er nach seinem Mobiltelefon, das auf dem Nachtkästchen lag, und rief Sabine an. Sie hob nicht ab, und nachdem er aufgelegt hatte, sah er auf dem Handy-Display den vermutlichen Grund. Sie hatte ihm eine SMS geschickt mit dem Inhalt: „Habe Martina

Engel festgenommen. Wünsche dir eine gute Nacht!"
Vermutlich verhörte sie sie gerade und war deshalb nicht erreichbar.

Fieberhaft dachte Heinz nach – sollte er den Polizeinotruf wählen? Aber bis er denen alles erklärt und sie davon überzeugt hatte, dass er kein hysterischer Verrückter war, konnte es schon zu spät sein. Sollte er sich ein Taxi rufen und selbst hinfahren? Aber was konnte er schon ausrichten?

Ein kurzer Piepton drang gedämpft durch die Tür seines Zimmers. Heinz war zunächst desorientiert, konnte es nicht zuordnen. Dann schnellte sein Blick noch einmal auf das Display seines Handys und suchte nach der Uhrzeit, zu der Sabine ihre SMS an ihn geschickt hatte. 2.30 Uhr stand da, und jetzt war es ... knapp vor 3 Uhr.

„Nein! Nein, halt", flehte Heinz und rutschte aus dem Bett. Er hangelte sich an dessen Rahmen entlang, versuchte, den Schwindel zu ignorieren. Er musste an die Tür, und zwar innerhalb der nächsten Sekunden! Das Piepen war zweifellos aus dem Mobiltelefon jenes Polizeibeamten gedrungen, den Sabine zu Heinz' Bewachung vor dessen Zimmer abgestellt hatte. Und genauso zweifellos stammte es von einer ankommenden SMS, die den Beamten benachrichtigte, dass er nachhause gehen konnte, weil die mutmaßliche Mörderin gefasst worden war.

Heinz stolperte ein paar kleine Schritte durch sein Zimmer und rammte die gegenüberliegende Wand; wuchtiger, als er es beabsichtigt hatte. Er stützte sich an ihr ab, schlurfte ihr entlang zur Tür hin. Vom Gang draußen hörte er nun eine gedämpfte männliche Stimme, wohl die des Wachmannes, der sich telefonisch bei seiner Dienststelle versicherte, dass die Nachricht authentisch war.

Heinz lehnte sich nach vorne, um seinen Körper daran zu hindern, aus Angst vor dem Schwindelgefühl stehenzubleiben. Er schloss die Augen, sah einen Wirbel auf die Innenseite seiner Augenlider projiziert. Als er sie wieder öffnete, hatte er die Tür erreicht, ließ sich auf die Klinke fallen, schwang mit dem Türblatt nach draußen, fiel zu Boden. Er wälzte sich herum, sah den Polizisten, der schon auf halbem Weg zum Lift war und sich nun, durch den Lärm aufmerksam geworden, zu Heinz umdrehte.

„Warten Sie!" Heinz' Stimme kam ihm selbst unnatürlich und schwach vor. Der Polizist rief nach der Nachtschwester und eilte dann herbei, um Heinz aufzuhelfen. „Wir müssen zu Valentin Prugger. Wir müssen ihn retten, schnell!"

„Was?"

Der Polizist wirkte alarmiert und das war gut, denn es bedeutete, dass er Heinz ernst nahm. Dieser mobilisierte noch einmal all seine Kräfte und schilderte in kurzen, stockenden Sätzen seine Befürchtung, nämlich dass Martina Engel versuchen würde, auch Valentin Prugger zu ermorden. Prugger war jener Mensch, der Christine Tengg nun, da sie keine leiblichen Verwandten mehr hatte, am nächsten stand. Das machte ihn zum logischen nächsten Ziel für die Mörderin. Vorausgesetzt, Heinz' Motivtheorie stimmte, was er aber nicht erwähnte.

Als der Wachmann milde lächelnd erwiderte, es bestehe keine Gefahr, zumal Frau Engel verhaftet worden sei, packte Heinz ihn fest am Ärmel.

„Ja, verstehen Sie denn nicht?", keuchte er und starrte den Beamten mit großen Augen an. „Martina Engel ist eine Giftmörderin. Die kann ihm das Gift schon längst untergejubelt haben. Möglicherweise ist es sogar schon zu spät."

„Woher wissen Sie das? Ich meine, es ist mitten in der Nacht und …"

„Keine Zeit jetzt, es geht um Leben und Tod!"

Der Polizist begriff. Er übergab Heinz der Obhut der Nachtschwester, die soeben dahergelaufen kam, und zog sein Mobiltelefon hervor. Heinz hatte den letzten Satz mit aller Kraft geschrien und bezahlte nun den Preis dafür, denn seine Sinne schwanden. Doch während sie das taten, hörte er den Uniformierten eine Streife anfordern, die zu Valentin Pruggers Wohnung fahren und nach dem Rechten sehen solle. Da fiel eine große Last von seinem Herzen und es wurde dunkel um ihn.

Sonntag, 3.30 Uhr

Valentin Prugger reagierte weder auf die Telefonanrufe der Einsatzzentrale noch auf das Klingeln der beiden Streifenbeamten an der Gegensprechanlage jener noblen Wohnanlage, in der er lebte. Die Polizisten läuteten einen anderen Wohnungsinhaber aus dem Schlaf, der ihnen die Haustür öffnete, so dass sie an Pruggers Wohnungstür läuten konnten und, als auch das nichts nützte, mit den Fäusten daran hämmerten und „aufmachen, Polizei" riefen.

Dass aus der Wohnung kein Lebenszeichen zu vernehmen war, konnte zwar nicht zwingend als Beweis gewertet werden, dass etwas passiert war, doch es passte nahtlos zu den anderen Umständen. Zu Heinz' Vermutung etwa, zu Martinas Verhaftung wegen Mordverdachts oder dazu, dass jene Cateringmitarbeiter, die die Einsatzzentrale erreicht hatte, nichts anderes wussten, als dass Valentin Prugger gestern nach der Arbeit zu sich nachhause gefahren war.

Die Streifenpolizisten vor Pruggers Wohnungstür forderten die Feuerwehr und das Rote Kreuz an und befragten dann Pruggers Nachbarn, die, durch den Lärm geweckt, nach und nach auf den Gang kamen. Eine ältere Frau aus der Wohnung gleich neben der Haustür erinnerte sich, Prugger am Vorabend um etwa 20.30 Uhr gesehen zu haben, als dieser nachhause kam. Ein junger Familienvater aus der Wohnung unter der Pruggers hatte ihn noch gegen 22 Uhr rumoren gehört.

Die Klagenfurter Berufsfeuerwehr rückte an und wiederholte das Prozedere des Kontaktaufnahmeversuchs, scheiterte aber ebenso wie die Polizei. Da die Wohnung in der vierten Etage lag, war ein Blick durch die Fenster nicht möglich, ein Aufbrechen der Tür also unumgänglich. Dies erwies sich als schwierig, da es sich um eine teure Sicherheitstür handelte, doch die Feuerwehr machte das jeden Tag, und so gab auch Valentin Pruggers Tür nach Anwendung der richtigen Kunstgriffe und ausreichender Gewalt schließlich nach.

Schon beim Betreten der Wohnung war den Männern von der Feuerwehr, der Polizei und des mittlerweile eingetroffenen Rettungswagens sofort klar, dass hier etwas nicht stimmte. Im Wohnzimmer brannte gedimmtes Licht und eine Stereoanlage gab leise Hintergrundmusik von sich. Hier fanden sie auch Valentin Prugger, er lag ausgestreckt und regungslos auf seinem Teppichboden.

Kapitel 19

Samstag, 11 Uhr

Chefinspektorin Sabine Oleschko machte vor der Tür zum Vernehmungsraum Halt, legte die Mappe, die sie mithatte, beiseite und rieb sich mit beiden Händen das Gesicht. Sie war seit siebenundzwanzig Stunden auf den Beinen, abzüglich einiger Pausen von höchstens fünfzehn Minuten, in denen sie kurz die Augen geschlossen hatte, und seit Martina Engels Festnahme vor nunmehr achteinhalb Stunden verhörten Sabine und Chefinspektor Ingo Steiner sie abwechselnd.

Auch ohne Psychologieausbildung war der Kriminalpolizistin rasch klar geworden, dass Martina Engel entweder ein perverser oder ein geisteskranker Mensch war. Zu Beginn hatte sie seelenruhig alle Vorwürfe abgestritten, Heinz' Aussage, sie im Augustin gesehen zu haben, als Phantasie eines Kollabierenden abgetan und alle Zusammenhänge zwischen ihr und den Toten – etwa ihre Einsätze als Securitymitarbeiterin beim Ironman – als Zufälle. Nichts hatte gewirkt, weder die logische Herleitung ihrer Schuld noch irgendein Einschüchterungsversuch. Sie hatte mit den Ermittlern nicht einmal Katz und Maus gespielt, sie hatte alles von sich weggewischt, als ginge sie das Ganze nichts an. Dabei schien sie das Prozedere zu genießen, denn sie hatte nicht ein einziges Mal nach einem Rechtsbeistand gefragt, einen solchen sogar abgelehnt, als Sabine ihn ihr eingangs angeboten hatte. Stunde um Stunde war vergangen, und Martina zeigte nicht das leiseste Anzeichen von Ermattung – ganz im Gegensatz zu den sie verhörenden Kriminalbeamten.

Doch damit war jetzt Schluss. Sabine hatte soeben die ersten Ergebnisse der Spurensicherung erhalten, die seit den frühen Morgenstunden mit Hochdruck in Valentin Pruggers Wohnung zugange war. Diese Ergebnisse würden die Mörderin aus der Reserve locken, vor allem, wenn Sabine ihr zusätzlich noch den Befund der Obduktion von Hannes Tengg unter die Nase rieb, in dem stand, dass dieser vergiftet worden war. Zwar stand das Obduktionsergebnis in Wahrheit noch aus, doch das war Sabine nun egal. Sie wollte dieses Miststück überführen, und dazu war sie gerne bereit, der Wahrheit ein wenig vorzugreifen. Denn dass Martina die drei Ironman-Athleten vergiftet hatte, daran zweifelten mittlerweile weder Sabine Oleschko noch ihr Kollege Ingo Steiner auch nur eine Sekunde.

Sie atmete tief durch und schüttelte sich. Zeit für ihren Auftritt. Schwungvoll, als sei sie gerade aus einem langen, erholsamen Schlaf erwacht, öffnete sie die Tür und trat energischen Schrittes in den Raum. Die Verdächtige sollte ihre Siegessicherheit spüren. Tatsächlich bemerkte Sabine, dass Martina Engel sie überrascht ansah – wenn auch eher freudig als ängstlich überrascht. Mit einer Kopfbewegung wies sie Chefinspektor Steiner an, zur Seite zu rücken; er sollte hierbleiben. Sabine setzte sich zu ihm und ließ sich Zeit, während sie die mitgebrachten Unterlagen vor sich ausbreitete. Dann begann sie mit fester, kontrollierter Stimme: „Frau Engel, erzählen Sie uns Ihre Geschichte." Die Angesprochene antwortete mit einem belustigten Blick. „Ich habe hier", Sabine wies auf die vor sich aufgefächerten Papiere, „die Ergebnisse der Obduktion an Herrn Hannes Tengg sowie die der Spurensicherung in Valentin Pruggers Wohnung von letzter Nacht. Daraus geht hervor, dass Herr Tengg vergiftet wurde und dass sich ebenfalls Gift in einem Obstschnaps in Herrn Pruggers Wohnung befand. In einem Obstschnaps, auf dessen Flasche unter anderem Ihre Fingerabdrücke gefunden wurden." Sabine sah Martina auffordernd an. „Was sagen Sie dazu? Wieder alles nur Zufälle, oder?"

Martina Engels Lächeln war eingefroren, ihre Blicke gingen zwischen Sabines Papieren und Augen hin und her. Sie schien zu überlegen, wie viel von dem, was die Ermittlerin gerade erzählte hatte, wohl nur ein Bluff war.

„So schweigsam?", fragte die Chefinspektorin schadenfroh. Dass Martina nicht sofort widersprochen hatte, bedeutete, dass Sabine ins Schwarze getroffen hatte.

„Aber nicht im Geringsten." Die Verdächtige lachte rau, ihre Augen blitzten triumphierend. „Dann habe ich diesen Scheißer also auch noch erwischt." Sie lachte lauter. „Wann wird übrigens Ihr Bruder beerdigt?" Ihr Lachen wurde noch lauter, finsterer.

Sabine schluckte, während sie Martina mit versteinerter Miene ansah. Sie spürte die Hand ihres Kollegen auf ihrem Arm, der ihr bedeuten sollte, sich nicht provozieren zu lassen, doch es war für sie kaum auszuhalten.

„Frau Engel", ihre gerade noch so beherrschte Stimme vibrierte, „Sie haben Ihren ehemaligen Lebensgefährten ermordet, seinen Schwiegervater und seinen Schwager. Weiters haben Sie einen leitenden Mitarbeiter der Witwe Ihres ehemaligen Lebensgefährten sowie einen Berufsdetektiv vergiftet, übrigens mein Bruder. Warum?"

„Warum, warum", spottete Martina, „das fragen die Deppen immer, wenn es vorbei ist."

„Sagen Sie es uns."

„Na, von mir aus." Ihr Lachen verstummte; eine wahre Wohltat für Sabine Oleschkos Nerven. „Die Geschichte wird Ihnen nicht gefallen. Oder vielleicht doch, je nachdem, wie Sie gestrickt sind, schauen wir einmal. Mein Leben war in Ordnung, bis diese Schlampe gekommen ist. Jahrelang war ich mit Christoph zusammen, er war glücklich mit mir, alles hat gepasst. Er hat für uns beide Geld verdient, damit ich meinen Papi pflegen kann, meinen alten, dementen Papi, meinen letzten Verwandten. Aber das war ihm alles wurscht, weil er nur noch Augen für diese Schlampe gehabt hat."

„Fürs Protokoll: Mit ‚diese Schlampe' meinen Sie Christine Tengg?"

„Ja, die Tengg, diese Schlampe. Dieses Flitscherl. Ausgerechnet da ist die aufgetaucht, wo ich ... Er ist heimgekommen, hat Herzerln in den Augen gehabt. Schatzi, hat er gesagt, es tut mir leid, es tut mir echt leid, hat er gesagt. – Es tut ihm leid! Dieser ... Beim Arzt ist er gewesen, eine Routineuntersuchung wegen der Herzschwäche, und dort hat er im Wartezimmer seine große Liebe kennengelernt. Kannst du das glauben? Seine große Liebe, im Wartezimmer! Sie heißt Christine, hat er gesagt, ich weiß nicht, wie das kommt, aber ich weiß, dass sie die ganz große Liebe meines Lebens ist. Und es tut mir leid, hat er gesagt, ich glaube, so an die hundert Mal. Und was ist mit mir, habe ich gefragt, bin nicht ich deine große Liebe?"

Zum ersten Mal glaubte Sabine Oleschko, so etwas wie Schmerz in Martina Engels Gesicht zu erkennen. Sie sah die Ermittlerin an, als erwartete sie Verständnis von ihr. Diese reagierte nicht, wartete ab, bis Martina weitersprach: „Ich wollte ihm den Käse ausreden, ihm den Kopf zurechtrücken, aber es war nichts zu wollen. Weißt du, was er gesagt hat? Du wirst wieder hysterisch, hat er gesagt, ich gehe jetzt und komme wieder, wenn du dich beruhigt hast. Dann reden wir uns aus. – Wir reden uns aus! Er serviert mich ab, und ich bin hysterisch! Und dann ... dann geht er und lässt mich allein. Allein mit seinem ..."

Martinas Stimme versagte und sie begann zu schluchzen. Sabine ließ ihr etwas Zeit, ehe sie nachfragte: „Alleine mit seinem was?"

„Alleine mit seinem Kind", wisperte die Verdächtige. „Ich habe es selbst erst kurz davor erfahren. Ich wollte ihn damit überraschen. Ich wollte den richtigen Zeitpunkt abwarten, einen romantischen, wo alles passt, damit er sich mit mir freut. Und dann kommt diese Schlampe und nimmt ihn mir weg, einfach so."

Sabine fühlte sich betroffen, hatte fast ein schlechtes Gewissen, dass sie so ohne Mitleid war, doch dann dachte sie an Heinz und ihr Gewissen war wieder rein.

„Haben Sie ihm das erzählt? Dass Sie ein Kind von ihm erwarten?"

„Ja", schluchzte Martina, „als er wiedergekommen ist, um sich ‚mit mir auszureden'. Er hat gesagt, das hast du erfunden, damit ich bei dir bleibe, und, ich glaube dir nicht. Ich habe ihm gesagt, er soll meinen Frauenarzt fragen, der wird ihm das bestätigen, und dann ... dann hat er gesagt, du wirst schon wieder hysterisch, ich glaube, es hat keinen Sinn. Und dann hat er gesagt, ich soll ihm sagen, wann ich außer Haus bin, dann kommt er und holt seine Sachen, und den Schlüssel wirft er in meinen Postkasten, wenn er fertig ist. Ich hab gesagt, er soll meine Hausärztin fragen, doch er hat nur gesagt, such dir eine Arbeit. Bis dahin unterstütze ich dich noch finanziell." Martina Engels Stimme erstickte in einem Weinkrampf.

„Damit hatte er sein Schicksal wohl besiegelt", mutmaßte Chefinspektor Steiner.

„Ach, Blödsinn", erwiderte Martina schwach, „ich hätte ihn sofort wieder zurückgenommen, sofort, jederzeit. Aber das war nicht zu machen. Ich ... er hat unsere Wohnung verlassen, er hat mich abgeschüttelt, als ich ihn festhalten wollte, und hat so getan, als ob er mich nicht hört, wie ich ihm im Stiegenhaus hinterhergeschrien habe, dass er gefälligst stehenbleiben soll. Aber er ist nicht stehengeblieben. Er ist einfach weitergegangen. Ohne mich. Ich bin in die Wohnung zurück und dann ... dann weiß ich nichts mehr. Irgendwann bin ich aufgewacht, im Klinikum. Da hat man mir gesagt, ich hätte einen schweren Schock erlitten, sei kollabiert und wäre stundenlang auf dem Boden gelegen. Meine Nachbarin hat mich gefunden, weil sie meinem Papi begegnet ist, der auf dem Gang herumgeirrt ist und nicht gewusst hat, wo er ist. Ach ja, und, das haben wir Ihnen noch zu sagen vergessen, Frau Engel, Sie haben Ihr Kind verloren, tut uns leid. Allen hat es leidgetan, allen! Mir auch, aber das war wurscht. Hauptsache, die anderen waren ihr Leid los, das sie mit mir hatten. Sie haben mich in die Psychiatrie überwiesen, weil ich nicht fähig war, auf mich selbst zu schauen. Wie auch, ich habe ja tagelang nicht einmal aufstehen können. Mein Mann war weg, mein Kind war tot – zeig mir die, die das wegsteckt. Papi haben sie derweil in ein Pflegeheim gebracht. Es geht ihm gut, haben sie mir gesagt, machen Sie sich keine Sorgen, er ist dort bestens aufgehoben, haben sie gesagt. Aber dass er ... dass er dement war, dass er nicht mehr gewusst hat, was mit ihm und rund um ihn herum los ist, das hat niemanden interessiert. Hauptsache er lebt körperlich. Aber mein Papi hat geglaubt, er ist allein und ich kümmere mich nicht mehr um ihn. Er hat geglaubt, ich hätte ihn im Stich gelassen und ihn in ein Heim abgeschoben, obwohl ich genau gewusst habe, dass er nie von zuhause weg wollte. Sie haben es mir erst eine Woche danach gesagt, dass er aufgehört hat zu atmen, dass sein Herz aufgehört hat zu schlagen, dass er gestorben ist, einsam und in dem Glauben, seine Tochter, seine einzige Verwandte, ich hätte ihn allein gelassen." Martina Engels Gesicht verzog sich und abermals versank sie in bitterem Schluchzen.

Sabine Oleschko und Ingo Steiner sahen einander an und erkannten die Gefühle im Gesicht des jeweils anderen: Betroffenheit, Verständnis, Mitleid – und Entschlossenheit.

„Fünf Wochen", fuhr Martina fort, als sie sich wieder gefasst hatte, „fünf Wochen lang war ich in der Psychiatrie. Meinen Papi haben sie aufgebahrt, wenigstens, damit ich ihn begraben kann. Mit ihm habe ich meine Familie begraben. Alle, alle habe ich verloren, alle. Dann habe ich mir eine Arbeit gesucht. Mobile Pflege, die suchen immer Leute, weil sie beschissen zahlen. Aber ich habe es gemacht, weil ich irgendwas habe tun müssen. Ich habe mir überlegt, wenn Christoph sieht, was seine supertolle Traumfrau in meinem Leben angerichtet hat, dann wird er sie verlassen und kommt zu mir zurück. Dann sorgt er wieder für mich, macht gut, was er noch gutmachen kann. Aber er hat so getan, als ob ich Luft wäre. Meine Anrufe hat er nicht angenommen, oder gleich wieder aufgelegt, wenn ich von einem Apparat aus angerufen habe, von dem er die Nummer nicht gekannt hat. Auch meine SMS hat er nicht beantwortet, und auch meine Briefe nicht, die ich ihm später geschrieben habe, weil sonst nichts gewirkt hat. Das heißt, einmal hat er mir schon geantwortet.

Einmal schon. Aber nicht selbst. Die Polizei hat er mir ins Haus geschickt, und die haben mir von ihm ausgerichtet, ich soll ihn in Ruhe lassen, und dass es keinen Sinn hat. Seien Sie vernünftig, hat der Polizist an der Tür gesagt, sonst geht Ihr ehemaliger Lebensgefährte gerichtlich gegen Sie vor. – Vernünftig soll ich sein, nach allem, was mir diese Schlampe angetan hat, dieses Flitscherl? Bist du deppert, der hätte ich gerne gezeigt, wie vernünftig ich bin! Aber es ist nicht dazu gekommen. Sie haben mich bei der mobilen Pflege rausgeschmissen. Weil Sie psychisch instabil sind, ist mir gesagt worden. – Psychisch instabil! Wie Sie mit den Patienten umgehen, ist inakzeptabel, ist mir gesagt worden, genauso, wie Sie mit Ihren Kollegen umgehen. – Ich kann mir lebhaft vorstellen, wer mich da angeschwärzt hat! Auf jeden Fall hat es mich ein zweites Mal erwischt, zack und bumm, und diesmal bin ich direkt in der Psychiatrie aufgewacht. Na, wenigstens haben sie mir dort Arbeitsunfähigkeit attestiert, sodass die Krankenkasse für meinen Unterhalt und die Therapie aufgekommen ist. Das war mein Glück, sonst hätte ich mich verräumt."

„Sie meinen, Sie hätten Selbstmord begangen", übersetzte Chefinspektor Steiner für das mitlaufende Aufnahmegerät.

„Ja. Ich war am Ende, verstehst du? Wirklich am Ende. Ich bin bei Frau Doktor Stix in Therapie gekommen, das war mein nächstes Glück. Weil die hat gewusst, wie sie mich angreift. Die hat mich zuerst einmal stabilisiert, hat mir Medikamente gegeben und so weiter, weil sonst hätte ich eh keinen Grund mehr gesehen, warum ich weiterleben soll. Und dann … dann hat's noch Jahre gedauert, bis ich so weit war, dass ich begriffen habe, dass ich den Christoph nicht mehr zurückkriegen werde."

„Soll das heißen, Sie haben weiterhin an ein Happy End geglaubt?" Sabines Stimme klang so, wie sie es auch empfand, nämlich lächerlich naiv. Martina war das nicht entgangen: „Kommt dir deppert vor, oder? Kommt dir deppert vor. Du hast ja keine Ahnung, das sag ich dir, null Ahnung hast du, null!"

„Beruhigen Sie sich wieder." Chefinspektor Steiners lautem Bariton gelang es, den hysterischen Ausbruch der Verdächtigen im Keim zu ersticken. Steiner war über ein Meter neunzig groß und äußerst kräftig gebaut, in Verbindung damit wirkte seine ruhige Art erhaben und überlegen. Martina Engel fuhr fort: „Wie ich es dann endlich gecheckt habe, war mit einem Schlag alles anders. Plötzlich ist mir klar gewesen, dass nicht nur der Christoph nicht kommen wird, sondern dass niemand kommen wird, um mir zu helfen. Wenn du dir nicht selbst hilfst, dann hilft dir niemand, der liebe Gott schon gar nicht. Und da habe ich auch zum ersten Mal gesehen, wem ich die ganze Scheiße in meinem Leben zu verdanken habe, nämlich meinem ach so geliebten Christoph. Egal, wie ich's gedreht und gewendet habe, er war schuld, weil er mich verlassen hat. Und wie ich mir überlegt habe, was passieren muss, damit ich mich wieder gut fühle, da habe ich gewusst, dass er verschwinden muss, mein ach so geliebter Christoph, und von da weg war alles klar."

„Was alles war klar?", fragte Steiner.

„Dass ich ihn killen werde, das Dreckschwein, was denn sonst?"

„Und das war Ihnen klar, als Sie erkannt haben, dass Sie ihn nicht zurückbekommen werden?" Sabine klang ungläubig.

„Du hörst mir nicht zu", fuhr Martina sie an. „Wie ich so weit war, wollte ich das Stück Dreck nicht mehr.

Ich wollte, dass er büßt, und es hat mir so gutgetan, wie ich mir vorgestellt habe, wie er keine Luft mehr kriegt, weil sein armes, krankes Herz plötzlich stehenbleibt. Wie seine Augen immer größer werden, wie er hinfällt und ... das war's."

Sabine sah sie verständnislos an und fragte: „Aber Sie haben doch noch einmal Kontakt zu ihm aufgenommen und ihm alles Gute gewünscht?"

Martina Engel lachte höhnisch auf.

„Ja, ja, das war gut. Alle haben geglaubt, was für ein großzügiger Mensch ich doch bin. Dabei wollte ich dem Schwein nur noch einmal in die Augen schauen, damit sich alles in mir, was ihn einmal gemocht hat, verabschieden kann. Aber es war eh nichts mehr da, ich habe ihn so was von übergehabt. – Alles Glück der Welt, das war echt gut! Aber im Ernst, wie ich das gemacht habe, wollte ich ihn nur noch umbringen und sonst nichts mehr."

„Verstehe", Sabine nickte, „daher Ihre Anstellung bei Frau Doktor Stix. Damit Sie an verschreibungspflichtige Medikamente herankommen, die Sie für Ihre Giftmischung brauchten."

Auch Martina nickte. Sie grinste überlegen.

„Ich habe Weiterbildungskurse für Pharmakologie beim WIFI gemacht, von denen hat mir die Frau Doktor Stix sogar ein paar bezahlt. Dort habe ich viel gelernt, welche schädlichen und nützlichen Substanzen es gibt und wie sie bei welcher Dosierung wirken. Dann habe ich mich schlaugemacht, in welchen Medikamenten ich die Substanzen finde, die ich brauche. Die meisten davon habe ich eh legal gekriegt, aber bei ein paar habe ich die Frau Doktor Stix austricksen müssen, damit sie die kauft, das war gar nicht so leicht. Den Christoph aus dem Weg räumen, war dafür überhaupt kein Problem.

Ich habe ja gewusst, welche Herzschwäche er hat, da war die Mixtur leicht gemacht. Ich habe ihn beschattet, und wie ich mitgekriegt habe, dass er für den Ironman trainiert, habe ich mir gedacht, so gut hätte ich das nicht einmal bestellen können! Wenn einer mit einem Herzfehler beim Ironman draufgeht, dann findet das niemand verdächtig. Ich habe gleich bei der Securityfirma angeheuert und mich monatelang eingearbeitet, damit es niemand verdächtig findet, wenn ich mich beim Ironman speziell für die Nachtschicht bei den Fahrrädern melde. Christophs Startnummer habe ich von der Teilnehmerliste her gewusst, damit habe ich auch sein Rad gefunden, und in der Nacht vor dem Rennen habe ich das Gift in die Trinkflasche geleert, die auf seinem Fahrrad montiert war. Er hat am nächsten Morgen seinen Energydrink dazugeschüttet, und das war's. Niemand ist danach auf die Idee gekommen, die Reste in der Trinkflasche zu untersuchen, weil's ja für alle ein Unfall war. Perfekt."

Da Martina zu sprechen aufhörte, fragte Sabine nach: „Und dann?"

„Dann bin ich draufgekommen, dass es doch nicht so super war, wie ich gedacht habe."

„Was meinen Sie?"

„Ich habe gedacht, wenn ich Christoph umbringe, dann bin ich frei und fühle mich wieder gut. Das war aber nicht so. Ich meine, es war schon schön zu sehen, wie alle beim Ironman außer Rand und Band sind, weil's einen tödlichen Unfall gegeben hat, aber ich habe mich deswegen nicht weiß Gott wie besser gefühlt. Im Gegenteil, es war eher so, als hätte mein Leben plötzlich seinen Sinn verloren. Ich habe ja fast zwei Jahre lang nichts anderes getan, als mich auf diesen Moment vorzubereiten – und dann war er vorbei.

Ich bin erst bei seinem Begräbnis draufgekommen, was ich falsch gemacht habe: Ich habe den Kick da erwartet, wie ich ihn umgebracht habe, dabei habe ich ihn erst da gekriegt, wie ich sie leiden gesehen habe, dieses Miststück!"

„Sie meinen Christine Tengg", präzisierte Chefinspektor Steiner erneut.

„Ja, Christine Tengg!" Martina schrie es regelrecht. „Wie ich gesehen habe, wie sie leidet, wie sie in die Knie geht an seinem Sarg ... und wie sie fast umkommt vor lauter Schmerz, wie sie seinen Sarg in die Grube gelassen haben, da ist es mir so gut gegangen wie schon seit Jahren nicht mehr. Ich weiß gar nicht, ob ich überhaupt jemals so glücklich war, ich war richtig, ja, ich war richtig befriedigt."

Nach diesem Geständnis mussten die beiden Chefinspektoren eine Pause einlegen. Sie standen an einem offenen Fenster im Gang vor dem Verhörraum, starrten hinaus in den Regen und sagten lange Zeit nichts.

„Unfassbar", brach Ingo Steiner schließlich flüsternd das Schweigen.

„Du sagst es. Wie krank ist die Frau?"

„Ich hoffe inständig, dass sie krank ist, ansonsten verliere ich den Glauben an die Menschheit."

Sabine Oleschko sah ihn belustigt von der Seite an.

„Wie, du glaubst noch an die Menschheit?"

„Du nicht? Welchen Sinn hat dann deine Arbeit?"

Sie starrte wieder für einige Sekunden hinaus, ehe sie murmelte: „Das frage ich mich auch oft."

Nach Ende der Pause setzten sie die Befragung fort. Sabine wollte nun wissen, wie es zu den anderen Morden gekommen war, und Martina Engel erzählte weiter:

„Das hat sich beim Begräbnis von Christoph ergeben, wie ich gesehen habe, wie sie leidet, diese Schlampe. Sie war genauso schuld daran wie Christoph, dass mein Leben zerstört war. Sie war es ja, die ihn mir weggeschnappt hat, die mir mein Kind und meinen Papi genommen hat. Ich wollte, dass sie dasselbe erleidet, was ich erlitten habe, ich wollte ihr dasselbe antun, was sie mir angetan hat. Das ist doch nur fair, oder? Sie sollte alle verlieren, die ihr etwas bedeuteten. Beim Leichenschmaus habe ich ihren Papi kennengelernt, den Josef. Der hat mir erzählt, wie stolz er auf Christoph war, weil der so eine Kämpfernatur gewesen ist, und dass er, der Alte, im nächsten Jahr beim Ironman mitmachen wollte. Auch den Bruder von der Schlampe habe ich dort kennengelernt, den Hannes. Der hat erzählt, dass er als Profi-Triathlet Christoph und den Alten bei seinem Sponsor untergebracht hat und dass alle vom selben Arzt betreut werden. Der, bei dem diese Schlampe mir meinen Christoph weggeschnappt hat. Apropos Schlampe, die hat dann noch einen hysterischen Anfall gekriegt, weil sie mitbekommen hat, dass ihr Papi trotzdem beim Ironman mitmacht, obwohl er sieht, wie das für Christoph geendet hat. Aber der Alte war stur. Für mich wie ein Lotto-Sechser: Die Schlampe wird das ganze Jahr über Angst um ihren Papi haben und muss dann miterleben, wie das Schlimmste eintrifft. Die Giftmischung war an sich kein Problem, weil welche körperlichen Gebrechen alte Männer haben, habe ich von meinem eigenen Papi gewusst. Obwohl, ein bisschen unsicher war ich schon, weil der Josef gut trainiert war, aber da war das Glück dann wieder auf meiner Seite. Weil, bei einem von meinen Kursen habe ich so eine junge Tussi kennengelernt, die beim Zernatto arbeitet. Der ihren Namen habe ich mir damals schon gemerkt, weil ich mir gedacht habe, die kann ich sicher noch brauchen. Ilse Funder heißt sie. Ich habe die Ordination vom Zernatto beobachtet und bin ihr nachgegangen, als sie sie verlassen hat. Irgendwo habe ich sie dann beim Namen gerufen und so getan, als sei ich mir nicht sicher, ob sie auch wirklich die Ilse ist. Sie hat zuerst nicht gewusst, wo sie mich hintun soll, war aber schnell einverstanden, mit mir auf einen Kaffee zu gehen. Dort habe ich mit ihr über den üblichen Alltagskram geplaudert und sie nebenher ausgehorcht, welche Probleme der alte Josef hat."

„Wie haben Sie das hingekriegt?", unterbrach Chefinspektor Steiner.

„Das war leicht, die Ilse ist eine hohle Nuss, weißt du? Ich habe sie auf den bevorstehenden Ironman angesprochen und auf den tragischen Unfall im Vorjahr. Da war sie ganz stolz, dass sie erzählen kann, dass der Christoph bei ihrem Chef in Behandlung war. Ich habe gesagt: was, ehrlich? Kennst du auch seinen Schwiegervater, der soll ja heuer einer der ältesten Teilnehmer sein. Und sie: Ja, ja, der ist auch Patient bei uns. Und ich: Hat der nach dem Unfall von seinem Schwiegersohn keine Angst, dass ihm auch etwas passiert? In seinem Alter ist damit nicht zu spaßen. Aber sie: Nein, der ist kerngesund, ich kenne seinen Akt. Und ich: was, echt? Du kennst seinen Akt? Und sie: Ja, ich kenne die Akten von all unseren Patienten ..."

„Schon gut, das reicht, wir verstehen!" Chefinspektorin Sabine Oleschko hielt dieses in ihren Ohren idiotische Hin und Her nicht mehr aus.

Martina Engel grinste, schadenfroh darüber, der Polizistin auf die Nerven gegangen zu sein.

„Sie haben Ilse Funder also ausgehorcht", beruhigte Steiner die Situation wieder. „Wie ist es dann weitergegangen?"

„Ich habe ein Gift gemischt, das einen rüstigen alten Mann mit Sicherheit aus den Schlapfen haut."

„… und haben es ihm wieder als Securitymitarbeiterin in der Nacht vor dem Rennen in die Trinkflasche gekippt", ergänzte der Chefinspektor, doch Martina entgegnete: „Fast, dieses Mal habe ich mich verbessert. Beim ersten Mal hat mir das Auf- und Zuschrauben vom Deckel der Trinkflasche zu lange gedauert, und wenn man nicht entdeckt werden will, dann zählt jede Sekunde. Deshalb habe ich diesmal eine Spritze mitgenommen und wollte das Gift durch die Plastikhülle hindurch injizieren. Aber dann habe ich gesehen, dass Josef ein paar Päckchen Energiegel mit Klebestreifen am Fahrradrahmen befestigt hat, und das war sogar noch besser. Ich habe das Gift in eines der Gelpäckchen gedrückt, gerade genug, dass das Gel nicht durch das Einstichloch herausgequollen ist."

„Das kann aber nur eine winzig kleine Menge gewesen sein", warf Chefinspektorin Oleschko ein. In ihrer Stimme schwang eine hörbare Portion Skepsis mit.

„Das war wurscht. Ich habe das Gift hochkonzentriert, weil es ja ursprünglich für die Trinkflasche gedacht war und es da ja mit dem Energydrink verdünnt wird und trotzdem spätestens nach dem zweiten Schluck wirken muss. Denn wenn ihm nur schlecht wird, bricht er das Rennen ab und das war's." In Martina Engels Augen funkelte es böse, als sie Sabine nun direkt ansprach: „Denk an deinen Bruder, der hat nach dem ersten Schluck auch gemerkt, dass was nicht stimmt, aber weil er nicht an Gift gedacht hat, hat er noch einen Schluck genommen, weil er geglaubt hat, das hilft ihm. Aber wenn das Gift langsamer gewirkt hätte, hätte er mit dem Trinken aufgehört, bevor er die tödliche Dosis abgekriegt hätte."

Sabine gab sich alle Mühe, so ausdruckslos wie möglich zu bleiben. Es wirkte, denn als die Verdächtige die erhoffte Reaktion von ihrem Gegenüber nicht bekam, fuhr sie mit ihrer Erzählung fort: „Das Gel hat er mit einem Schluck zu sich genommen, und damit die volle Portion Gift auf einen Schlag. Da reicht auch eine kleine Menge. Das Beste daran ist aber, dass Josef auch meine Spuren verwischt hat, weil er das leere Päckchen weggeworfen hat, nachdem er sich das Gel in den Mund gedrückt hat. Auch wenn jemand dahintergekommen wäre, dass Josef vergiftet worden ist, wäre er nie draufgekommen, wie das Gift in den Organismus gelangt ist."

„Wie haben Sie sich Ihre große Befriedigung diesmal abgeholt?", fragte Sabine gefühlskalt. Es interessierte sie nicht im Geringsten, doch sie musste es fürs Protokoll fragen.

„Na, bei seinem Begräbnis natürlich."

Die beiden Chefinspektoren tauschten einen verständnislosen Blick, dann fragte Steiner: „Ist es niemandem verdächtig vorgekommen, dass Sie dort waren? Immerhin kannten Sie Herrn Josef Tengg ja so gut wie gar nicht."

„Es hat mich ja keiner erkannt. Ich habe mich komplett schwarz angezogen – Hut, Schleier, Sonnenbrille, alles schwarz. Wahrscheinlich hat jeder Trauergast geglaubt, ich gehöre zu einem der anderen Trauergäste dazu." Martina Engel lachte wieder hässlich. „Aber du hast Recht, es war auch diesmal wieder eine echt große Befriedigung! Es hat sich echt gelohnt, ein Jahr darauf hinzuarbeiten. Und es hat ja auch noch Hannes Tengg gegeben, den letzten Verwandten von dieser Schlampe. Dass der im nächsten Jahr dran glauben wird müssen, das habe ich am Grab seines Papis geschworen."

„Das heißt, Sie sind auch bei Hannes Tengg wieder gleich vorgegangen?", fragte Sabine. „Sie haben diese Arztgehilfin wieder ‚zufällig' auf der Straße getroffen?"

„Diesmal an einer Bushaltestelle. Inzwischen habe ich schon gewusst, wo sie wohnt, weil ich ihr einmal heimlich nachgegangen bin. Dabei habe ich auch gesehen, wann sie in welchen Bus einsteigt. Dort bin ich ihr dann über den Weg gelaufen und war wieder ganz überrascht."

„Und diesmal haben Sie sie beim Kaffeetrinken über Hannes Tengg ausgefragt", stellte Chefinspektor Steiner fest.

Martina kicherte und erzählte mit absichtlich übertriebener Theatralik: „Ist das nicht furchtbar? Schon wieder ein Toter! Sag, hat der nicht auch einen Sohn, der regelmäßig beim Ironman mitmacht? Ist der etwa auch dein Patient? – ‚Dein Patient' habe ich gesagt, da war sie so stolz, dass sie mir gleich alles erzählt hat, was ich wissen wollte. Allerdings war der Hannes Tengg ein ganz schöner Brocken: kerngesund und durchtrainiert. Ich habe gleich gewusst, dass ich bei ihm mehr Gift brauchen werde, als sich oberflächlich vertuschen lässt, damit er draufgeht. Aber es war wurscht, weil eh klar war, dass die Polizei nach dem dritten Toten näher hinschauen wird. Außerdem war Hannes der letzte Verwandte von dieser Schlampe. Deshalb war es nicht mehr so genau mit der Geheimhaltung, und deshalb habe ich diesmal auch wieder die Trinkflasche geimpft, weil ich die nötige Giftmenge nicht in ein Gelpäckchen hineingebracht hätte. Aber es hat wieder alles geklappt, und bei der Trauerfeier war ich wieder mit dabei, wieder ganz in Schwarz, vorne, nahe bei dieser Schlampe. Und ich bin wieder voll auf meine Rechnung gekommen; eigentlich mehr noch."

Martina Engel hielt inne und grinste mit irrem Blick vor sich hin, als sähe sie etwas auf der Tischplatte, das sie amüsierte.

„Was meinen Sie damit?", fragte Ingo Steiner. Seine Gemütsruhe rang Sabine wieder einmal Hochachtung ab.

„Wie ich so dagestanden bin und diese Schlampe schluchzen gesehen habe, da habe ich mir gedacht, eigentlich haben wir jetzt erst Gleichstand. Sie hat mir alle meine Verwandten genommen und ich habe ihr alle ihre Verwandten genommen. Meine Rache beginnt eigentlich erst jetzt. Und da habe ich gesehen, wie sich der lange Lulatsch, dieser Prugger, um sie gekümmert hat. Eigentlich, habe ich mir gedacht, wenn der dieser Schlampe jetzt am nächsten steht, dann ist der als nächster fällig."

„Verdammt noch einmal, halten Sie das für eine Art Wettrennen?"

Sabine Oleschko war spontan aufgesprungen und hatte die Verdächtige angeschrien. Sie hielt die Selbstzufriedenheit nicht mehr aus, mit der sich Martina Engel in ihrer Perversion aalte. Diese klatschte erfreut in die Hände und rief: „Ooo! Herzinfarkt?"

Steiner legte Sabine wieder beschwichtigend die Hand auf den Arm, und während sie sich langsam setzte, fragte er weiter: „Woher haben Sie Herrn Prugger gekannt?"

„Ich habe die ganze Sippe ja schon am Anfang ordentlich durchleuchtet, damit ich Bescheid weiß. Außerdem war der lange Lulatsch ja auch bei den Begräbnissen mit dabei, ich habe gewusst, wie nah er der Familie steht."

„Wie haben Sie Näheres über seinen Gesundheitszustand herausgefunden?"

„Gar nicht, war mir egal. Nachdem das Gift beim Hannes so gut gewirkt hat, habe ich damit gleich weitergearbeitet", sie grinste Sabine an, „vorher habe ich es aber noch einmal bei deinem Bruder getestet. Nicht schlecht, hautnah mitzuerleben, was dabei abgeht."

Sabine spürte nach wie vor Steiners Hand auf ihrem Arm. Sie fixierte die Sadistin und begann im Stillen, bis fünfzig zu zählen.

„Weiter", sagte Steiner indessen, um die Situation zu überspielen.

„Das Bruderherz von der Frau Oberkommissarin hier hat mich besucht und so getan, als würde er ein Buch über diese Schlampe schreiben; das ist mir gleich verdächtig vorgekommen. Wie er gegangen ist, bin ich ihm hinterhergefahren, deshalb habe ich gewusst, wo er wohnt. Und weil auf den Klingeln an seinem Wohnhaus der Name nicht angeführt war, den er mir gesagt hat, habe ich gewusst, dass er etwas im Schilde führt. Die Frau, die dort im Erdgeschoss wohnt, hat mir gesagt, wie er wirklich heißt, nachdem ich ihr weisgemacht habe, ich hätte gesehen, wie er vorhin vor der Tür seine Brieftasche verloren hätte."

Sabine wandte den Blick von der Verdächtigen ab. Sie musste ihr zugestehen, dass sie schlau war, doch das machte sie in den Augen der Chefinspektorin nur noch widerlicher.

„Dann hat er auch noch Frau Doktor Stix über mich ausfragen wollen, und da habe ich gewusst, er ist mir auf der Schliche und muss beseitigt werden. Von da weg habe ich ihn beschattet und auf die passende Gelegenheit gewartet, ihm das Gift zu verabreichen."

„Erzählen Sie mir detailliert, wie Sie es schlussendlich angestellt haben, Heinz zu vergiften", sagte Sabine in einem drohenden Murmelton.

„Die richtige Gelegenheit war ausgerechnet da, wie er sich mit dir im Augustin getroffen hat. Ich habe mich an die Bar gesetzt, wo die Getränke für die hinteren Tische eingeschenkt werden, wo ihr gesessen seid. Ich habe meine Hand mit der Spritze lässig über die Theke hineinhängen lassen. Von außen hat man nur die Nadelspitze gesehen, und die ist keinem aufgefallen; damit habe ich gerechnet. Wie die Kellnerin von eurem Tisch zurückgekommen ist und eure Getränke eingeschenkt hat, habe ich raten müssen. Ich bin davon ausgegangen, dass das große Bier für ihn sein wird, und deshalb habe ich das Gift in das Bierglas gespritzt, während die Kellnerin sich gebückt hat, um den Energydrink aus einem Kühlfach zu holen."

„Was, wenn es umgekehrt gewesen wäre", fuhr Sabine sie an, „wenn ich das Bier getrunken hätte und er den Energydrink?"

Martina zuckte mit den Achseln, machte große Augen und sagte: „Dann hätte ich noch eine zweite Spritze aufziehen müssen!"

Das war der Tropfen, der das Fass in Sabine zum Überlaufen brachte. Sie sprang von ihrem Sessel auf und wollte der Verdächtigen über den Vernehmungstisch hinweg an die Kehle springen. Doch Chefinspektor Steiner war schneller und umklammerte ihren Oberkörper.

„Lass mich los! Lass mich los!"

Sabine Oleschkos Stimme war pure Aggression und ihre Beine zappelten in der Luft, während Steiner sie aus dem Raum trug, begleitet vom gehässigen Gelächter Martina Engels. Als die Tür hinter den beiden ins Schloss gefallen war, stieß Steiner Sabine von sich und blieb vor der Tür stehen, um ihr den Durchgang zu verwehren.

„Beruhige dich", sagte er mit seiner sonoren, unglaublich beruhigenden Stimme, als sie auf die Beine kam und gegen ihn vorgehen wollte. „Sie bringt dich genau dorthin, wo sie dich haben will, begreifst du das nicht?"

„Dich will ich sehen, wenn sie deinen Bruder vergiftet, und dann so über ihn spricht!", schrie Sabine.

„Pscht", machte er mit einer Kopfbewegung in Richtung Tür. Es war klar, dass er verhindern wollte, dass die Verdächtige etwas von ihrem Gespräch mitbekam. Dann sagte er: „Das verstehe ich sehr gut, aber du kannst sie nicht einfach verprügeln. Wenn du befangen bist, dann mach Schluss für heute, das Verhör regle ich schon."

„Aber ... aber ..."

„Kein Aber! Wir verstehen uns schon richtig, nur keine Sorge. Ich halte dich nicht von dem Fall weg, ich will nur verhindern, dass die Befragung eskaliert. Die Frau ist geisteskrank, verstehst du? Sie ist nicht zurechnungsfähig. Du aber schon."

Das saß. Wie immer hatte Ingo Steiner die richtigen Worte gefunden, um Sabine auf den Boden der Tatsachen zurückzuholen. Als er sah, dass sie einlenkte, fuhr er fort: „Geh nach Hause und leg dich schlafen. Wir haben gut gearbeitet, es besteht keine Gefahr mehr. Ich mach die Befragung noch fertig und gehe dann auch. Alles Weitere sehen wir morgen."

Sabine ging einen kleinen Kreis, als müsste sie nachdenken, dann sah sie Steiner in die Augen, legte ihm eine Hand auf die Schulter und nickte ihm zu; Einverständnis und Dankbarkeit in einer Geste. Er erwiderte ihr Nicken, dann ging sie.

Kapitel 20
Sonntag, 9 Uhr

Nachdem Heinz gestern in den frühen Morgenstunden den Polizisten vor seiner Zimmertür gewarnt hatte, erlitt er einen weiteren Schwächeanfall, der die Stationsschwester dazu veranlasste, den diensthabenden Arzt zu holen. Dieser verabreichte Heinz ein Beruhigungsmittel, denn Schlaf, so die einhellige Meinung der behandelnden Ärzte, wäre die beste Medizin für Heinz.

Dieser bekam von alledem nichts mit, er erwachte erst wieder in den frühen Abendstunden, war da aber noch so erledigt, dass er sich nur von einer Krankenschwester erzählen ließ, was geschehen war, und dann gleich wieder weiterschlief.

Heute Morgen erwachte er mit einem Bärenhunger und nahm ein Frühstück zu sich, von dem er zunächst glaubte, es sei viel zu klein, von dem er aber dennoch die Hälfte stehen ließ, weil er schon satt war. Dann kam Sabine vorbei. Sie erzählte, selbst erst vorhin aufgestanden zu sein, weil die vergangenen Tage sehr an ihrer Substanz gezehrt hätten. Nachdem sie das Verhör verlassen hatte, hatte sie drei Stunden geschlafen, und war dann wieder ins Büro gefahren, um die Sache abzuschließen. Ihr Kollege, Chefinspektor Steiner, hatte zu diesem Zeitpunkt das Verhör schon beendet, und so half sie ihm beim Papierkram und dabei, die Unterlagen für den Pressesprecher zusammenzustellen, die dieser für die Pressekonferenz brauchte, die heute am Vormittag abgehalten würde.

Heinz wollte selbstverständlich all seine offenen Fragen beantwortet wissen. Er fragte Sabine ein Loch nach dem anderen in den Bauch und sie ließ sich das ganz entgegen ihrer sonstigen Art gefallen; mit dem nachsichtigen Lächeln einer Schwester, die ihrem kleinen Bruder ein paar Dinge durchgehen lässt, weil er eben krank ist. Überhaupt hatte Heinz das Gefühl, dass sie diesmal allgemein mehr Nachsicht als sonst mit ihm hatte walten lassen, was die Angelegenheiten ihrer Ermittlungen anging. Doch das lag wohl daran, dass diesmal er mit seinen Ermittlungen die Nase vorne gehabt hatte und sie von seinen Informationen profitieren konnte und nicht, wie sonst, umgekehrt.

Sabine erzählte ihm alles, was Martina Engel ausgesagt hatte, auch jene Dinge, die sie selbst nur von Steiner und aus dem Vernehmungsprotokoll kannte, weil Martina sie erst gestanden hatte, als Sabine schon nach Hause gegangen war.

„Wie hat sie es geschafft, Valentin Prugger dazu zu bringen, ihren Schnaps zu trinken?", fragte Heinz schließlich.

„Sie fand heraus, dass Prugger gerne selbstgebrannte Bauernobstler trinkt", erklärte Sabine, „deshalb organisierte sie eine solche Flasche, mischte ihr Gift hinein und hing ein Dankbillett dran, mit dem sich die Securitymannschaft des Ironman 2015 herzlich für die gute Bewirtung bedankte. Diese Flasche gab sie während der Abbauarbeiten einem der Cateringmitarbeiter mit der Bitte, sie an Prugger weiterzureichen, weil sie selbst es eilig hätte. So kam es, dass niemand Verdacht schöpfte. Prugger freute sich über den Schnaps und trank ihn akkurat wenige Stunden, bevor dir die Erleuchtung kam."

„Apropos Erleuchtung, wie geht es ihm?"

„Prugger? Schlecht. Er hat zwar überlebt, aber im Gegensatz zu dir hatte bei ihm das Gift stundenlang Zeit, seine Nerven zu schädigen. Ich habe mit dem zuständigen Arzt gesprochen und der meint, ob Prugger durchkäme oder nicht, werde sich erst in ein paar Wochen zeigen. Bis dahin würde man ihn im künstlichen Tiefschlaf halten. Aber auch wenn er überlebt, wird er wohl für den Rest seines Lebens ein Pflegefall bleiben, denn er hat irreparable Gehirnschäden davongetragen."

„Meine Güte, wie schrecklich!" Heinz wusste, dass er selbst nur um Haaresbreite an diesem Schicksal vorbeigeschrammt war. „Wer weiß, was diese Irre noch alles angestellt hätte, hättest du sie nicht festgesetzt."

„Was ich ohne dich nicht geschafft hätte. Heinz", Sabine nestelte verlegen an ihren Fingernägeln herum, „du weißt, wie ich dazu stehe, dass du dich in meine Ermittlungen einmischst. Aber diesmal, dieses eine Mal, bin ich dir echt dankbar."

Heinz setzte ein schiefes Grinsen auf.

„Ich werde dich daran erinnern, das nächste Mal, wenn wieder ich etwas von dir brauche."

Sie begegnete ihm mit einem offenen Blick: „Hast du mir nicht zugehört? Dieses eine Mal, habe ich gesagt. Das ist schon vorbei, da gibt's nichts mehr zu erinnern."

„Schon gut, schon gut, das sehen wir dann eh. Aber sag, gibt es schon so etwas wie ein psychologisches Gutachten über Martina Engel?"

„Ein Gutachten noch nicht, aber eine erste Einschätzung des Polizeipsychologen. Er meint, sie sei ein grundsätzlich labiler Mensch. Deswegen hat sie sich auch so an Christoph Neunteufel geklammert. Die ganze Situation mit ihrem Vater, der ein Pflegefall war, hat sie noch zusätzlich ständig überspannt, weshalb sie wohl auch während ihrer Beziehung mit Neunteufel, ihrer Aussage nach eine wunderbar harmonische Zeit, ständig nervös und hysterisch war."

„Kein Wunder, dass ihm die erste Frau, die ihn anlächelt, wie die Liebe seines Lebens erschienen ist", witzelte Heinz.

„Das ist leider überhaupt nicht komisch", entgegnete Sabine und sie klang fast ein bisschen traurig dabei. „So etwas passiert immer, wenn psychisch labile Menschen in Situationen leben, die sie grundsätzlich überfordern. Das war aber nicht der Grund für ihre Taten."

Heinz horchte auf.

„Nicht? Was dann?"

„Heinz, wenn jeder mit einer labilen Persönlichkeit zum Serienmörder wird, nur weil sein Partner ihn wegen eines anderen verlässt, dann würde es auf der Welt ganz anders zugehen. Der Grund für ihre Taten ist, dass sie eine durch und durch schwarze Seele besitzt."

„Wie meinst du das?"

„Wir haben ihre Vergangenheit durchleuchtet und einiges gefunden. Sie wurde als kleines Kind von ihren Eltern zur Adoption freigegeben. Halt dich fest: Ihre Adoptiveltern gaben sie nach wenigen Monaten wieder zurück, weil ihnen das Kind unheimlich war."

„Wie ist so etwas möglich?"

„Das Protokoll, das in dem Waisenhaus angefertigt wurde, das von da an für die kleine Martina zuständig war, besteht nur aus groben Fakten. Aber die Adoptivmutter gab zum Beispiel an, die Kleine hätte die Wohnung andauernd nach Messern durchstöbert, die sie dann in ihrem Kinderbett versteckt hätte."

„Um Himmels willen, wie alt war das Kind da?"

„Vier Jahre. Aber das war erst der Anfang, denn während ihres gesamten Heranwachsens gab es immer wieder Probleme. Zunächst im Waisenhaus, später in der Schule und noch später bei ihrer Berufsausbildung.

Manche der Dinge lesen sich wie schlechte Ideen für ein Horrorfilm-Drehbuch; sie war anscheinend schon von Geburt an einfach abnormal. Einer der Höhepunkte war, dass sie eine Mitschülerin, die ihr angeblich den Freund ausgespannt hatte, was diese aber bestritt, als Geisel nahm und sich mit ihr in der Mädchentoilette der Berufsschule einsperrte."

„Wie bitte?"

„Sie hat sie mit einem Skalpell bedroht. Sie machte ja die Schule für allgemeine Gesundheits- und Krankenpflege, da hantieren sie mit solchen Instrumenten."

„Wie ist die Sache ausgegangen?"

Sabine sah ihren Bruder mit einem seltsamen Blick an, als sie antwortete: „Willst du nicht wissen."

„Sag es mir trotzdem."

„Sie hat ihr das halbe Ohr abgetrennt. Danach wurde sie zum ersten Mal in die Psychiatrie eingewiesen."

„Zu Recht!"

„Ein knappes Jahr später kam sie wieder heraus, angeblich geheilt. In Wahrheit hat sich niemand darum geschert, was dahintersteckte, und sie war schlau genug, allen die Kurierte vorzuspielen. Aber zumindest hat sie danach keine Straftaten mehr begangen."

„Bis zum Ironman 2013. Hat sie eigentlich gesagt, was sie noch vorgehabt hätte, wenn wir sie nicht geschnappt hätten?"

„Sie hat keinen speziellen Plan verfolgt. Nachdem Hannes Tengg tot war und wir zu ermitteln begannen, war ihr jährlicher Ironman-Mord nicht länger machbar, das wusste sie. Das hielt sie aber nicht davon ab, mit Prugger weiterzumachen, weil auch er Christine Tengg nahestand. Wer weiß, vielleicht hätte sie nach weiteren Vertrauten oder Freunden der Tengg Ausschau gehalten oder diese selbst getötet?"

Heinz schüttelte den Schauer von sich ab, der sich seiner bei der Vorstellung bemächtigt hatte, welche Grausamkeiten das kranke Gehirn von Martina Engel noch hätte ausbrüten können.

„Ich bin ... ich bin echt froh, dass wir es nicht herausfinden werden", stotterte er.

„Ja, ich auch."

Sonntag, 19 Uhr

Auch wenn Heinz sich körperlich so fühlte, wie sich wohl ein alter Mann fühlen musste, war er glücklich, denn es war vorbei. Die Ärztin hatte ihm in Aussicht gestellt, dass er das Krankenhaus übermorgen verlassen könne, und seine Eltern hatten ihn wieder besucht. Das war allerdings nicht einfach gewesen, denn sein Vater war nicht davon abzubringen, dass Heinz die Sache mit Othmar Wiener und Georg Jesenko aus der Welt schaffen müsse. Heinz hatte seufzend zugestimmt, dies tun zu wollen, sobald er sich stark genug dazu fühlte – worüber sein Vater sichtlich unzufrieden war, auch wenn er so tat, als sei er einverstanden.

Jetzt saß Heinz im Krankenbett und blickte zum Fernsehapparat hinauf, der an der gegenüberliegenden Zimmerwand hing. Ab und zu glitt sein Blick auch zur Seite, denn dort saß Verena auf einem der Besuchersessel und erwiderte jeden seiner Blicke mit einem Lächeln. Sie war ihn schon gestern besuchen gekommen, von der Stationsschwester aber wieder weggeschickt worden, weil Heinz geschlafen hatte. Deshalb hatte sie ihn heute zu Mittag angerufen, um zu erfahren, ob er fit genug für ihren Besuch sei. Nach einem neckenden Hin und Her, was sie wohl mit fit genug meinte, waren sie übereingekommen, dass Verena gleich nach der Arbeit vorbeischauen würde.

Nun saßen sie vor dem Fernseher, um sich den Bericht über die Aufklärung der Ironman-Morde in den Landesnachrichten anzusehen. Dieser war eher kurz gehalten. Zu einigen Bildern vom heurigen Ironman-Rennen, den eingeblendeten Porträtfotos der drei Mordopfer und Aufnahmen von der Pressekonferenz von heute Vormittag moderierte der Reporter, dass eine „dreißigjährige Klagenfurter Arzthelferin" die Morde mit Gift begangen hätte, wobei ihre Motive „in einer psychischen Erkrankung" vermutet würden.

Und dann kam der Augenblick, auf den Heinz eine Woche lang hingearbeitet hatte: Der Pressesprecher der Landespolizeidirektion Kärnten kam ins Bild, wie er bei der Pressekonferenz saß und redete. Anstelle des Originaltons kommentierte der Reporter: „Einen besonderen Dank sprach die Polizei dem Klagenfurter Detektiv Heinz Sablatnig aus, dessen Ermittlungsarbeit wesentlich zur Aufklärung des Falles beigetragen hat."

„Ja", rief Heinz und klatschte in die Hände, „danke, Schwesterherz!"

In Verenas anerkennendes Lächeln mischte sich unverhohlener Stolz.

„Mein Held", raunte sie.

„Wenn das die Presse morgen auch so bringt, dann hole ich mir die Entschuldigung von Direktor Oberhofer höchstpersönlich bei ihm ab – wenn ich ihm nämlich meine, übrigens dicke, fette, Honorarnote vorbeibringe." Heinz lachte, glucksend vor Genugtuung. „Zumindest der Kärntner Beobachter wird es bringen, das hat mir der Egger versprochen."

Verena lächelte noch immer, ein wenig enttäuscht, dass Heinz ihre Anerkennung nicht wahrgenommen hatte. Aber er war dennoch ihr Held.

„Was wird jetzt aus der Engel?", fragte sie.

„Die kommt jetzt erst einmal so richtig zwischen die Mühlsteine der Justiz", sagte Heinz und die Genugtuung in seiner Stimme tat ihm selbst gut, als er sie hörte. „Sie hat alles gestanden und ihre Aussage ist schlüssig, das heißt, ihr wird der Prozess gemacht. Vermutlich kommt sie in eine Anstalt für geistig abnorme Rechtsbrecher und ich hoffe, für den Rest ihres Lebens."

„Ist das nicht ein bisschen hart?" Verena sah ihn mit ihren kornblumenblauen Augen direkt an, offen, atemberaubend. „Ich meine, sie kann immerhin nichts dafür, dass sie so ist, wie sie ist, oder?"

„Na, ihr Umfeld kann erst recht nichts dafür. Und abgesehen von ihren Morden und sonstigen grausigen Taten hat dieses Miststück versucht, mich umzubringen. Da kannst du von mir kein Verständnis erwarten, alles, was Recht ist."

Verena blickte zur Seite, schien nachzudenken, und als sie Heinz wieder ansah, nickte sie.

„Das verstehe ich. In dem Fall ist es ja auch wirklich immer schlimmer und schlimmer für dich geworden."

Heinz war irritiert.

„Was meinst du damit?"

„Zuerst hast du dich nur blond gefärbt. Dann aber hat dich dein Auftraggeber fallen gelassen wie eine heiße Kartoffel. Dann bist du auch noch verprügelt worden und schlussendlich sogar vergiftet. Wer weiß, was dir noch alles passiert wäre, wenn deine Schwester Martina Engel nicht dingfest gemacht hätte."

Heinz lächelte. Ihm gefiel diese Steigerung vom Haarefärben bis zum Mordversuch.

„Ich glaube, in diesem Punkt machst du dir zu große Sorgen", sagte er amüsiert, „denn weißt du, ein missglückter Mordversuch lässt sich kaum noch steigern."

„Kaum, aber doch. Und ich will nun einmal nicht mit einem toten Heinz ausgehen müssen."

„Ausgehen? Du willst mit mir ausgehen? Echt?"

„Ja, du weißt schon: essen, trinken, plaudern ..."

„... schmusen, mitkommen zum Briefmarken-Anschauen ..."

„Na, na, na, du vergisst wohl, in welchem Zustand du bist."

„Ich habe gedacht, du willst mit mir ausgehen, wenn ich hier wieder heraußen bin."

„Und im Vollbesitz deiner geistigen und körperlichen Kräfte? Niemals! So gefällst du mir viel besser."

Heinz sah sie lange gespielt-kritisch an.

„Leichtere Beute, oder?"

Sie schnippte mit dem Finger, zeigte auf ihn und erwiderte: „Du sagst es."

Er forschte eine Sekunde lang in ihren Augen, dann begann er: „Was ich dich jetzt frage, habe ich dich schon einmal gefragt und du bist mir ausgewichen. Versteh mich nicht falsch, ich respektiere das, aber jetzt bin ich krank und schwach und brauche besondere Rücksichtnahme."

„Weichei-Sprüche stehen dir nicht, harter Mann", erwiderte sie mit betont ausdruckslosem Gesicht.

„Okay, dann frage ich dich jetzt noch einmal und wehe, du weichst mir wieder aus." Heinz versuchte, so etwas wie ein amüsiertes Gesicht aufzusetzen, um Verena die Möglichkeit zu geben, seine Frage als Spaß aufzufassen, sollte ihr das lieber sein. „Warum glaubst du, dass ich eine schwierige Beute bin – für dich?"

Sie schürzte die Lippen und sah ihn lange an. Und dann sprach sie den Satz aus, der ihm noch wochenlang durch den Kopf hallen würde: „Weil eine schwierige Beute einfach viel attraktiver ist als eine leichte."

Wilhelm Kuehs
Der letzte Rock hat keine Taschen
Ein Kärnten-Krimi
304 Seiten, € 12.95
HAYMON taschenbuch 181
ISBN 978-3-7099-7804-7

Todessturz im Kärntner Hüttenberg: Ein Mönch verunglückt auf dem Gebetspfad des Tibet-Zentrums. Der Landeshauptmann und sein Pressesprecher befürchten schlechte Publicity und versuchen, die Angelegenheit als Unfall abzutun. Journalist Ernesto Valenti hat jedoch seine Zweifel. Rasch stößt er zum einen auf dubiose politische Verstrickungen, zum anderen auf mögliche Motive für einen Mord – und damit auch auf Tatverdächtige: ein Biobauer, ein Oligarch und eine Pfarrersköchin ...
  Wilhelm Kuehs spielt ein teuflisches Spiel mit Abgründen: jenen der Kärntner Landespolitik, jenen der menschlichen Seele und den ganz realen Abgründen der Alpen.

www.haymonverlag.at

Herbert Dutzler
Letzter Applaus
Ein Altaussee-Krimi
392 Seiten, € 12.95
HAYMON taschenbuch 207
ISBN 978-3-7099-7820-7

Der Gasperlmaier hat alle Hände voll zu tun: In Bad Aussee erhitzt eine neue Billigtrachten-Kette die einheimischen Gemüter ausgerechnet wenige Tage vor dem Narzissenfest. Dann wird plötzlich die Narzissenkönigin tot aufgefunden. Besteht ein Zusammenhang zwischen ihrem Tod und der Geschäftseröffnung? Franz Gasperlmaiers fünfter Fall überzeugt mit einem durch und durch liebenswürdigen Ermittler, authentischem Ausseer Flair, einer großen Portion Humor und einer noch größeren Portion Spannung!

„spitzzüngig, urig und amüsant"
Thomas Raab

www.haymonverlag.at